Michael Kibler

Madonnenkinder

Michael Kibler, geboren 1963 in Heilbronn, ist heute leidenschaftlicher Darmstädter. Nach Studium und Promotion arbeitet er als Texter und Schriftsteller. Seit 2005 veröffentlicht er erfolgreiche Kriminalromane um die Darmstädter Ermittler Steffen Horndeich und Margot Hesgart.

Michael Kibler

Madonnenkinder

Kriminalroman

PIPER

Mehr über unsere Autoren und Bücher:
www.piper.de

Wenn Ihnen dieser Krimi gefallen hat, schreiben Sie uns unter Nennung des Titels »Madonnenkinder« an empfehlungen@piper.de, und wir empfehlen Ihnen gerne vergleichbare Bücher.

www.piper.de
Für direkten Kontakt und Fragen zum Produkt wenden Sie sich bitte an: *info@piper.de*
ISBN 978-3-492-50533-8

Korrektur: Ines Kaplan
Satz auf Grundlage eines CSS-Layouts
von digital publishing competence (München)
mit abavo vlow (Buchloe)
Covergestaltung: semper smile, München
Covermotiv: Hans Holbein d. J.
Madonna des Bürgermeisters Jacob Meyer zum Hasen,
1525/26 und 1528 (Öl auf Nadelholz, 146,5 x 102 cm, Detail)
Sammlung Würth, Inv. 14910
Fotograf: Volker Naumann, Schönaich
Printed in Germany

Für Basia und Misiu

Donnerstag

Sie hätte sich nie darauf einlassen sollen. Hauptkommissarin Margot Hesgart schalt sich eine Idiotin. Eine Idiotin, deren Fuß schmerzte, ebenso wie die Schürfwunde am Unterarm. Wieder hatte sie sich zu etwas breitschlagen lassen, was sie eigentlich nicht wollte. Bergsteigen. Idiotische Beschäftigung für eine Frau, die über dreihundertfünfzig Kilometer von den Alpen entfernt lebte und über hundertfünfzig vom nächsten Gebirge, das den Namen auch nur halbwegs verdiente.

Vor drei Wochen hatte sie von Cora, ihrer besten Freundin, einen Gutschein geschenkt bekommen. Probetraining beim Südhessischen Bergsteigerklub in Bensheim. Die trainierten in einer eigenen Halle an der Kletterwand. Und nahmen im Sommer mehrmals besagte dreihundertfünfzig Kilometer in Kauf, um den Alpen per Kletterseil und Karabinerhaken zu trotzen.

Nicht dass Margot den Bergen nicht verbunden gewesen wäre. Sie war begeisterte Bergsteigerin gewesen. War. Bis vor zehn Jahren. Damals hatte es Spaß gemacht, sich mit Gämsen zu messen. Nun, nachdem sie heute einmal abgerutscht war und an die Konsequenzen bei jedem Kuppeln schmerzhaft erinnert wurde, wusste sie, dass dieses Kapitel in ihrem Leben endgültig abgeschlossen war. Sie hatte sich den Donnerstag Nachmittag extra für dieses dumme Training freigenommen. Aber die beiden anderen Trainingsstunden würde sie jemandem schenken, der Freude daran hätte.

Vielleicht Ben, ihrem Sohn. Oder Horndeich, ihrem Kollegen.

Sie lenkte ihren BMW 116i von der A5, fuhr die Rheinstraße nach Darmstadt hinein. Vor dem Zentrum der Stadt verschwand der Verkehr in einem Tunnel und wurde unter der Innenstadt hindurchgeführt. Als Margot wieder das Tageslicht erblickte, waren die Wolken endgültig strahlendem Sonnenschein gewichen. Sie wollte über den Cityring fahren, der den Verkehr um das Stadtzentrum herumleitete, doch die Absperrung lenkte sie nach rechts.

Auch das noch, dachte sie. Heinerfest. Jedes Jahr der gleiche Zirkus. Die Darmstädter feierten ihr jährliches Stadtfest mitten auf den Durchgangsstraßen, und der Verkehr kam zum Erliegen. Jetzt leiteten sie die Autos schon nachmittags um, obwohl zu der Zeit noch kaum Heiner – wie die Darmstädter sich selbst meinten nennen zu müssen – über das Fest flanierten. Die Uhr auf dem Armaturenbrett zeigte 17:00 Uhr. Um diese Zeit konnte man dem Personenstrom durchaus noch mit den vorhandenen Ampeln Herr werden.

Margot fluchte, bog nach rechts in die Pädagogstraße und schlich entlang der ausgewiesenen Umleitung. Die führte natürlich am Ende auch übers Festareal, wenn auch nur am Rande. Zur Rechten sah sie die größte transportable Wasserrutschbahn Deutschlands. Oder Europas? Ihr war es gleichgültig, sie konnte ohnehin nicht nachvollziehen, wie jemand dafür Geld ausgab, sich in voller Montur nass spritzen zu lassen. Sie mochte das Fest, aber die ganzen Fahrgeschäfte und Karussells waren ihr ein Gräuel. O.k., für das Riesenrad legte sie noch ein gutes Wort ein. Nachts darin über den Lichtern der Stadt zu schweben … Genau, jetzt noch einen kleinen Anfall von Romantik, dachte sie. Verdirb dir nicht selbst die Laune, Schätzchen.

Fünf Minuten später bog sie in den Richard-Wagner-Weg ein, in dem ihr Haus stand. Gleich würde sie sich den Fuß genauer ansehen. Hoffentlich war die Schwellung zurückgegangen. Fünfzehn Minuten Leid unter Eiswürfeln durften nicht vergeblich gewesen sein. Und sie würde ihren Arm verbinden.

Sie stellte den Wagen vor dem Haus mit der Nummer sechsundfünfzig ab. Einer der unschlagbaren Vorteile des Domizils im Komponistenviertel war das Angebot an freien Parkplätzen. Sie schloss den BMW ab, öffnete das Gartentörchen zum Haus – und blieb abrupt stehen. Erst sah sie ihn. Dann seine Koffer. Wer zur Hölle – »Rainer?« Der Tonfall verriet, dass ihre Freude über den Gast ungefähr so überschwänglich war wie jene beim Anblick eines Gerichtsvollziehers.

»Hallo, Margot, entschuldige, wenn ich hier so aus dem Nichts auftauche. Aber – ich …«

Margot stemmte die Hände in die Hüften. »Wie kommst du dazu …? Wieso mit den Koffern …?« Ohne Bart hatte sie ihn nicht gleich erkannt. Ansonsten waren die vergangenen sieben Jahre jedoch gnädig mit ihm umgegangen. Doch wie um alles in der Welt konnte er es wagen, einfach mit Sack und Pack bei ihr aufzukreuzen? »Hat dich gerade deine Frau vor die Tür gesetzt?«

Sein Lächeln verursachte ihr ein leises Kribbeln, das sie jetzt weder zulassen wollte noch zulassen würde. »Nein, nein, nein, keine Panik. Es handelt sich nur um vier Tage. Dein Vater, er hat gesagt, dass ich vielleicht bei dir übernachten könne. Ich habe kein Zimmer in der Stadt mehr bekommen. Abgesehen von den Suiten im Maritim ist alles dicht. Ich bezahle dir auch gern …«

Es hatte etwas Rührendes, wie er so vor ihrem Haus stand, gleich einem zu gut gekleideten Clochard. Sieben Jahre, Margot, mach dich nicht lächerlich. Du bist Kommissarin. Hauptkommissarin. Du wirst mit ganz anderen Kerlen fertig. »Hast du nicht geklingelt?«

»Doch, aber es hat niemand geöffnet.«

»O. k., dann komm erst mal rein«, kapitulierte sie.

Wenige Minuten später standen sie in der Küche, jeder einen Cappuccino in der Hand. Rainer hatte kurz zusammengefasst, wie es dazu kam, dass er überraschend vor ihrem Haus aufgetaucht war. Als Kunsthistoriker nahm er an einer mehrtägigen Veranstaltung in Darmstadt teil. Die Pension, in der er sich ursprünglich hatte einquartieren wollen, war völlig überbelegt, weil das Personal und der Computer eine Privatfehde austrugen. »Wenn es dir nicht recht ist, finde ich sicher auch in irgendeinem Vorort was, aber dein Vater sagte ...«

»Was hast du eigentlich mit meinem Vater zu tun?«

»Er hat die Veranstaltung organisiert, an der ich teilnehme. Dieses Madonnentreffen.«

Margot dachte, sie habe sich verhört. »Was hast du denn auf dem Madonnentreffen verloren?« Irgendwo auf dem steinigen Weg seiner Erklärungen musste sie die falsche Abzweigung genommen haben. Nicht genug, dass er mit dem halben Inhalt seines Kleiderschranks vor ihrer Tür aufgetaucht war, er mischte auch bei Vaters Veranstaltung mit ...

»Was ist denn ein Madonnentreffen?« Ihr Sohn Ben trat in die Küche.

»Du bist da? Rainer hat geklingelt ...«

Ben wandte sich dem Gast zu, streckte ihm die Hand entgegen. »Ich bin Ben. Margots Sohn.«

»Rainer. Ein alter Freund von Margot.«

»Ich habe ein bisschen unterm Kopfhörer entspannt, sorry. Haben Sie lange draußen warten müssen?«

»Nein. Nur zehn Minuten. Was hört man denn so unterm Kopfhörer?«

»Kennen Sie sicher nicht. Moloko.«

Rainer zog die Augenbraue nach oben. »Die *I Am Not a Doctor* oder die *Things to Make and Do*«?

Ben lächelte erstaunt. »Letztere. Gefällt mir am besten.«

»Mir auch«, meinte Rainer. Margots Blick wanderte zwischen den beiden hin und her, als ob sie ein Tennisspiel verfolgte. Satz und Sieg für Rainer. Das war die längste Unterhaltung, die Ben in den vergangenen zehn Jahren von sich aus mit einem ihrer Bekannten geführt hatte. »Und du bleibst nur zu diesem Madonnentreffen?«

Rainer nickte.

»Haben Sie schon ein Hotel? Wir haben unten ein Gästezimmer – also wenn meine Mutter nichts dagegen hat …«

Rainer hatte nicht nur den Satz gewonnen, sondern das ganze verdammte Match. Sie erkannte ihren Sohn nicht wieder. Und hatte über dem Erstaunen den Zeitpunkt für eine taktvolle Absage verpasst. Sie deutete mit dem Kinn in Richtung ihres Sohnes. »Der Herr zeigt dir das Zimmer, und ich mache mich noch frisch. Um sechs wird das Heinerfest offiziell eröffnet, und da muss ich hin.«

»Lust mitzukommen?«, lud Ben den neuen Kurzzeitmitbewohner ein, als Margot gerade die Küche verließ. Es klang, als ob sie sich seit Langem kennen würden. Margot schüttelte unmerklich den Kopf.

»Was ist das eigentlich, das Heinerfest?«, fragte Rainer.

»Ich schlag Ihnen etwas vor: Ich erklär Ihnen auf dem Weg in die Stadt, was das Heinerfest ist, und Sie sagen mir, was es mit diesem Madonnentreffen auf sich hat.«

»Eigentlich ist es ganz einfach«, erklärte Ben dem unverhofften Gast, den er genauso offensichtlich wie seltsamerweise ins Herz geschlossen hatte. Zu dritt schlenderten sie in Richtung Innenstadt. »Einmal im Jahr, immer am ersten Wochenende im Juli, feiern die Darmstädter ihr ›Heinerfest‹, in diesem Jahr zum vierundfünfzigsten Mal. Die Innenstadt und die große Einfallstraße von Osten werden gesperrt, und Buden und Karussells nehmen das Terrain in Beschlag. Ein riesiges Volksfest. Dazu gibts viel Livemusik und eine Menge Veranstaltungen. Nachher wird das Fest eröffnet, und mein Opa ist einer von denen, die das ganze Jahr zuvor geplant und organisiert haben. Deshalb gehen wir auch immer zur Eröffnung.«

Während des letzten Satzes legte er den Arm um Margot. Was war in ihren Jungen gefahren?

»Und was ist ein Madonnentreffen? Klub der Nonnen oder so?«

»Du oder ich«, fragte Rainers Blick, und Margot zuckte nur mit den Schultern. »O. k., die kurze Variante«, begann Rainer. »Nach dem Krieg wurden Kinder aus dem zerbombten Darmstadt zur Erholung in die Schweiz geschickt. Ähnlich wie heute Kinder aus den durch Tschernobyl verseuchten Gebieten zur Erholung ins Ausland fahren. Das Geld dafür stammte aus ›Mietzahlungen‹ der Stadt Basel für das berühmte Madonnenbild von Hans Holbein dem Jüngeren, einem berühmten Maler, der lange Zeit in Basel lebte. Das Gemälde gehörte damals der großherzoglichen Familie, die es an das Kunstmuseum Basel auslieh. Prinzessin Margret von Hessen und bei Rhein verwendete das Geld ausdrücklich zu diesem wohltätigen Zweck – daher auch der Name ›Madonnenkinder‹ für die, die in den Genuss einer solchen Erholungsreise kamen. Und dein Opa hat ein Wiedersehen für diese Madonnenkinder organisiert, die zwischen 1947 und 1957 nach Davos gefahren sind. Es fängt morgen an und dauert bis Sonntagabend.«

»Ja, ich erinnere mich, ich glaube, er hat mir mal von einer solchen Reise erzählt«, dachte Ben laut nach.

»Und was hast du auf diesem Treffen zu suchen?« Margots Ton war schärfer, als sie es beabsichtigt hatte. Doch der Plauderton zwischen Rainer und ihrem Sohn irritierte sie. Jedes Mal wenn sie in den vergangenen Jahren auch nur eine flüchtige Verabredung mit einem Mann hatte, strafte Ben diesen im günstigsten Fall mit Missachtung. Die Familienpackung zynischer Seitenhiebe hatte schon einige potenzielle Beziehungen im Keim erstickt. Was war los mit ihrem Sohn? Nach Saulus nun Paulus?

Rainer ignorierte den Tonfall und erklärte, dass er gerade an einem Buch über Holbein arbeite.

»Dem Jüngeren?«, fragte Ben. Sie verstand die Welt nicht mehr.

»Ja, über Holbein den Jüngeren. Da das Buch sich an Jugendliche richtet, möchte ich auch ein Kapitel über den Bezug der Kunst zum ›wirklichen Leben‹ schreiben, und da erschien mir das Madonnentreffen als gutes Beispiel.«

Inzwischen schlenderten sie die Alexanderstraße parallel zur Festmeile entlang, um sich nicht durch den Trubel schlängeln zu müssen, und erreichten wenig später das Fest. Noch drängten keine Massen entlang der Stände. Unmittelbar neben Margot rief eine Losverkäuferin unermüdlich »Tombola, Tombola« ins Mikro und betonte stets die zweite Silbe. »Der Preis ist heiß«, verkündete sie weiter, »Werbespiele, Werbespiele, Werbespiele.« »Also was nun, Werbespiel oder Tombola?«, fragte sich Margot. Andere offenbar auch, denn vor dem Stand war nicht viel los.

Sie erreichten das Schloss, das eigentliche Zentrum der Stadt, in dem auch die Eröffnung stattfand. Rund um die Mauern des Schlossgrabens breitete sich das Volksfest aus.

Im Glockenbauhof, dem größten der drei Schlosshöfe, herrschte drangvolle Enge. Margot fühlte sich wie der berühmte Hering in der Dose. Dagegen erschien die Freiheit an einer Kletterwand geradezu verlockend.

Ihr Vater entdeckte sie, kam auf sie zu, begrüßte Margot mit einem Kuss, umarmte seinen Enkel und reichte Rainer die Hand. »Hat es geklappt?«, fragte er seine Tochter. »Ich hoffe, es war dir recht, doch wir haben einfach kein Zimmer mehr für Rainer bekommen!«

Wir. Margot hatte eine passende Entgegnung auf der Zunge, die ihr jedoch schon wieder unpassend erschien, bevor sie sie aussprach. Zumal ihr Vater unterbrochen wurde. Ein älterer Herr tippte ihm auf die Schulter, hesselte: »Ei, He' Rossbäsch', dass Sie aach hiē sind, dess freid misch abbä«, schüttelte ihm die Hand, als ob es sich um den Ast eines Pflaumenbaums handelte.

Margot kannte das Prozedere. Da ihr Vater einen Sitz in der Stadtverordnetenversammlung inne hatte, kannten ihn die wichtigen Darmstädter und die, die sich dafür hielten. Nur schade, dass einige seinen Namen ›Rossberg‹ offenbar nicht richtig aussprechen konnten. Sosehr Margot ihre Stadt liebte – mit dem Dialekt würde sie nie warm werden.

»Danke, Herr Rossberg, für die Vermittlung, Margot war so freundlich, mir ihr Gästezimmer zur Verfügung zu stellen.«

Ben war so freundlich, korrigierte Margot stumm.

»Na, das freut mich zu hören. Bei euch alles ruhig?«

Margot nickte. Zum Heinerfest hatte die Mordkommission glücklicherweise noch nie einen neuen Fall bekommen. Die Menschen brachten sich zu anderen Zeiten um. Sie hoffte, die Regel, die sich seit Jahrzehnten bestätigte, würde auch in diesem Jahr nicht gebrochen.

Wieder wurde ihr Vater angesprochen. Ernst Dengler begrüßte ihn herzlich, nickte den anderen zu. Margot kannte den alten Freund ihres Vaters. Auch er saß in der Stadtverordnetenversammlung, zählte, wie ihr Vater, zum Darmstädter Urgestein.

Die Musik auf der Bühne wurde unterbrochen, Festpräsident Metzger und Oberbürgermeister Benz gaben salbungsvolle Worte von sich, Margot beobachtete ihren Sohn, der dies bemerkte, ihr eines seiner güldensten Lächeln schenkte und abermals den Arm um sie legte.

Nach dem Festakt verabschiedete sich Ben, er wolle noch ein paar Freunde treffen. Rainer und Margot begleiteten ihren Vater noch ins Hamelzelt, dem größten Bierzelt des Festes, benannt nach seinem Besitzer, der Darmstädter Institution Willi Hamel. Das Zelt stand auf dem Karolinenplatz, dem großen Platz zwischen dem alten Theater, das heute das hessische Staatsarchiv beherbergte, und dem Schloss. Der traditionelle Bieranstich ging im allgemeinen Trubel unter, und Margot fand es entschieden zu eng. Ihr Vater strahlte übers ganze Gesicht. Das war sein Moment. Ein Jahr Planung, Organisation und damit verbundener Ärger lagen hinter ihm. Jetzt ließ er sich feiern.

»Ein toller Mann, dein Vater«, sagte Rainer.

Margot schmunzelte. »Ihr wart einander schon immer die beiden treuesten Fans ...«

In dem Moment, in dem sich ihr Magen lautstark dafür einsetzte, dem von seiner Besitzerin offenbar angedachten Hungerstreik entgegenzutreten, fragte Rainer, ob sie nicht etwas essen gehen wollten.

»Hast du nichts anderes vor?« Margot war sich nicht sicher, ob ihr ein Nein oder ein Doch lieber gewesen wäre.

»Nein, das Treffen fängt ja erst morgen an.«

Sie hatten beide keine Lust, sich dem Trubel des Festes länger auszusetzen. »Gegenüber vom Haus deines Vaters, da ist doch so ein netter Mexikaner – ›Pueblo‹ oder so«, schlug Rainer als Alternative vor.

Margots Magen stimmte zu, Salat und Krebsfleisch hatte er schon lange nicht mehr kredenzt bekommen. Und das Pueblo lag nur fünf Minuten zu Fuß entfernt. Gleich neben dem Kneipeneingang, nur abgetrennt durch einen Windfang, stand ein kleiner Tisch für zwei Personen, Margots Lieblingstisch. Oft saß hier ein Typ, etwas älter als sie, immer mit Buch oder Laptop bewaffnet und immer dann, wenn sie einmal in aller Ruhe hier essen wollte. Doch heute war der Tisch unbesetzt. Der Mann war wohl auch ein Fan des Heinerfestes.

Rainer und Margot nahmen Platz, sie begrüßte Sina, die Bedienung. Dann bestellten beide etwas zu essen und plauderten danach in lockerem Tonfall, als ob sie sich nicht vor sieben Jahren, sondern vergangene Woche zum letzten Mal gesehen hätten. Margot erzählte von ihrer Arbeit, er von der seinen. Private Themen standen nicht auf der Tagesordnung. Kein Passierschein.

Nach gutem Mahl und einer gemeinsam geleerten Flasche Wein spazierten sie durch die milde Sommernacht nach Hause, setzten sich dann noch in den Garten.

»Noch ein Glas Wein?« Kein vernünftiger Vorschlag, Frau Hesgart, schalt sie sich selbst. Doch Vernunft war definitiv nicht ihre herausragende Eigenschaft am heutigen Tage. Die Unvernunft hatte schon begonnen, als sie Hand an die Kletterwand gelegt hatte.

Sie genoss die frische Luft, stieß mit Rainer an, der den Sicherheitsabstand von einem halben Meter unaufgefordert einhielt. Aber Rainer war Geschichte. Er hatte in ihrem Leben für genügend Turbulenzen gesorgt. Nicht heute Abend. Nicht morgen. Und ganz gewiss nicht in den Stunden dazwischen.

»Was macht Ben jetzt eigentlich?«, riss Rainer sie aus ihren Gedanken.

»Er studiert. Zweites Semester BWL. Hat ausnahmsweise mal auf seine Mutter gehört. Obwohl er mir immer in den Ohren gelegen hat, er wolle Kunst studieren. Wäre dann eher dein Metier gewesen.«

Sie prostete ihm zu, er hob das Glas, und wieder fiel ihr Blick auf seine rechte Hand. Sie versuchte zu erahnen, ob Rainer den Streifen am Finger per Sonnenstudio in Expresstempo getilgt hatte: »Kein Ring mehr?«

Rainer grinste verlegen. »Nein, seit drei Jahren nicht mehr – und du? Immer noch keinen?«

Irgendwer hatte die Tagesordnung manipuliert. Hatte nicht vorhin unter der Rubrik *»Auf keinen Fall«* noch gestanden *»Alles was auch nur im Entferntesten nach Privatleben riecht«*? Und war sie es nicht selbst gewesen, die jetzt durch ihre Frage dieser Manipulation – zu Recht – bezichtigt werden konnte?

Rainers Hand strich sanft über die ihre. Ameisen krabbelten unter der Haut. Zeit, die Tagesordnung gänzlich abzuschließen, wenn ihr schon die Einhaltung der einzelnen Punkte entglitt.

Sie entzog die Hand. »Nein, kein Ring. Seit Horsts Tod nicht mehr.« Und ich werde diesen bereits seit sechzehn Jahren anhaltenden Zustand auch nicht beenden, dachte sie. »Ich gehe jetzt schlafen. Du hast unten ein eigenes Bad.«

»Ben hat es mir gezeigt.«

Sie wandte sich zum Gehen.

»Margot?«

Ein letzter Blick? Denk an Orpheus ... »Ja?«

»Danke.«

Margots Schlafzimmer lag im ersten Stockwerk des Hauses, von Bens Zimmer durch ihr Arbeitszimmer getrennt. Rainer schlief in der Einliegerwohnung im Souterrain. Sie hatte Ben damals angeboten, die Wohnung zu beziehen, doch er hatte es vorgezogen, das hellste Zimmer des Hauses für sich zu wählen. Heute Nacht war sie ihm dafür dankbar.

Wie konnte Rainer sich erdreisten, so plötzlich wieder in ihrem Leben aufzutauchen? Sie fand keine Antwort mehr auf diese Frage, denn Müdigkeit und Wein entzogen den Augenlidern jegliche Kraft. Margot versank in unruhigen Schlaf.

Freitag

War es Instinkt, oder waren elektromagnetische Felder daran schuld? Margot erwachte immer, wenige Sekunden bevor der Radiowecker sie mit den neuesten Nachrichten quälen konnte. Und oft auch schon kurz bevor Telefon oder Handy anschlug.

Trotz ihres Flirts mit Bacchus' Bestem und nur wenigen Ruhestunden riss irgendetwas Margot aus dem Schlaf. Bevor noch alle Sinne »Aufgewacht, Mylady« meldeten, klingelte das Handy wie ein altes Schellacktelefon. Margot hielt überhaupt nichts von irgendwelchem Klingeltonschnickschnack, ebenso wenig wie von ins Handy integrierten Kalendern, Kameras und bald noch Handwärmern und Taschenlampen. Als Horndeich, der große Junge, ihrem mobilen Quälgeist beibrachte, sich zumindest akustisch wie ein normales Telefon zu benehmen und das blöde Technogepiepse für Arme aufzugeben, hätte sie ihn umarmen können.

Sie schaute aufs Display. Für einen Anruf um 2:45 Uhr hingegen hätte sie ihn am liebsten erwürgt!

Sie raunte ein müdes »Ja?« in den Äther.

»Kundschaft, Margot«, sagte er nur.

Kundschaft für die Mordkommission. Irgendwie stand dieses Heinerfest unter keinem guten Stern. Kletterwand, Rainer und jetzt auch noch eine Leiche ... Der Nachricht über den gewaltsamen Tod eines Menschen konnte sie meist mit professioneller Distanz begegnen. Anders sah es aus, wenn sie den Tatort untersuchte. Aber sie hatte ja noch eine Gnadenfrist. »Wo?«

»Direkt hinterm Eingang zum Herrngarten. Der zwischen altem Theater und Museum. Alles schon in Flutlicht getaucht wie bei den Achtundneunzigern – du kannst es nicht verfehlen.«

»O. k., gib mir zehn Minuten.« Während der letzten Silben schloss sie bereits den Reißverschluss ihrer Jeans.

Neun Minuten später erreichte sie den hell illuminierten Herrngarten, und Steffen Horndeich trat durch einen Vorhang aus feinem Bindfadenregen auf sie zu. Das Flutlicht ließ den Tatort in grausam klarem Licht erscheinen, nicht einmal der Regen milderte diesen Eindruck. Das Opfer lag auf der Seite, zwischen zwei Büschen, wirkte achtlos weggeworfen wie ein benutztes Taschentuch. Trotz des Regens erkannte sie noch Blutspuren auf dem Weg und die Blutseen, die Kopf und Oberkörper umflossen. Gleich emsigen Ameisen wuselten zwei Beamte der Spurensicherung, Paul Baader und Hans Häffner, in ihren weißen Anzügen um die Leiche herum. Ein anderer Kollege schoss die wirklich letzten Bilder von dem Toten. Aus den Augenwinkeln erkannte Margot, dass dieser groß, schlank und nicht mehr ganz jung war.

»Und?«, fragte sie.

»Keine Ausweise, kein Portemonnaie. Schürfwunden an der linken Hand – wahrscheinlich eine geklaute Uhr. Ich tippe auf einen Junkie, der es wirklich nötig hatte, an ein paar Kröten zu kommen …«

Tagsüber, bei Sonnenschein, war die grüne Lunge der Stadt Tummelplatz für Liebespaare, Spontanpicknicker, Jung und Alt. Der Teich in der Mitte bot Enten und anderem Wasserfedervieh ein Zuhause. Aber der Teil des Parks zwischen Süd- und Südwesteingang war Marktplatz der Pillen und Pülverchen für Sternenjäger ohne Rakete. Mal wurde die Szene geduldet, um sie zumindest unter Kontrolle zu halten. Dann wieder protestierten einige Bürger etwas lautstarker, woraufhin sie durch Razzien wieder aufgelöst wurde.

Bis die Klagen aus anderen Ecken der Stadt kamen, dass sich nun dort überall neue Szenen bildeten.

»Schon was zur Todesursache?« Margot hatte ihren Kollegen noch nicht einmal begrüßt, aber das kannte der schon. Sie knetete eine Ausbuchtung an ihrer Jacke, sicheres Zeichen für ihre Anspannung. Sie hatte in ihrem Leben schon einige Leichen gesehen, auch wenn Darmstadt sich glücklicherweise nicht mit Tötungsmetropolen wie Frankfurt oder einigen Städten im Osten des Landes messen konnte. Doch stellte sie fest, dass sie trotz zunehmender Erfahrung nicht abgebrühter wurde, sondern die feine Schicht Abwehr, die ihre Seele vor der Wirkung dieser Bilder beschützen sollte, immer dünner wurde.

Steffen Horndeich – den jeder Horndeich nannte, auch Margot, obwohl sie sich schon über drei Jahre lang kannten und duzten – sagte: »Hinrich sitzt auch schon im Wagen, er müsste gleich da sein.«

Martin Hinrich war der zuständige Arzt der Pathologie, und er hatte, wie Horndeich, in dieser Nacht Bereitschaftsdienst. Da sich Darmstadt mangels Klientel den Luxus einer Gerichtsmedizin nicht leisten musste, rauschten bei Mordfällen immer die Gerichtsmediziner aus Frankfurt an.

»Wer hat ihn gefunden?«

»Karl Strässer, ein Rentner, hat seinen Hund hier Gassi geführt. Der ist losgeschossen und hat Herrchen zu der Leiche geführt, kurz vor halb drei. Hundi hat was an der Blase, deshalb muss er alle zwei Stunden mit ihm raus. Auch nachts.«

»Wo ist er?«

Horndeich führte seine Kollegin zu dem Mann. Der Hund wedelte mit dem Schwanz, Margot streichelte ihm über das nasse Fell. »Herr Strässer?«

»Ja, dä binn isch«, antwortete der Mann in breitem Hessisch. Margot fragte ihn, wie er die Leiche entdeckt hatte, und erfuhr nur die epische Variante von Horndeichs Zusammenfassung, verknüpft mit der kriminalistischen Schlussfolgerung, dass der Täter sicher einer von den Ausländern sein müsse, die den Herrngarten ja schon fast besetzt hätten.

»Tippen Sie auf Österreicher oder Belgier?«, erkundigte sich Margot und ließ den verdutzten Rentner einfach stehen.

Die Lichter zweier Scheinwerfer blendeten sie kurz, als Hinrichs Alfa den Weg entlangfuhr. Der Arzt stieg aus, begrüßte Margot und Horndeich. Sie hatten schon früher zusammengearbeitet. Dann ließ Hinrich sich zu dem Toten führen.

Er kniete sich neben die Leiche, untersuchte sie mit geübtem Blick und flinken Händen.

»Und?«, fragte Horndeich.

»Tot«, sagte er.

»Ach nee.«

Hinrich erhob sich. »Also, soweit ich das jetzt schon sagen kann: Er hat wahrscheinlich von hinten einen über den Kopf gezogen bekommen. Vielleicht damit.« Er deutete auf den Stumpf einer zerbrochenen Bierflasche, die etwas abseits des Toten auf dem Boden lag.

»Das haben weder Kopf noch Flasche gut überstanden. Und hier ist eine Schnittwunde. Hat die Halsschlagader getroffen. Vielleicht auch mit der Bierflasche? Das kann ich aber erst in Frankfurt rausbekommen. Das Ganze ist noch nicht lang her, ich tippe so auf zwei Uhr – plus minus zehn Minuten. Alles Weitere morgen. Jetzt nehm ich ihn erst mal mit.«

Margot dankte dem Kollegen, trat dann näher zum Tatort. »Kann ich ihn mir ansehen?«, fragte sie eine Beamtin von der Spurensicherung.

»Ja, wir sind hier durch. Wegen des Regens gibts keine verwertbaren Fußabdrücke. Ach ja, er ist nicht zwischen den Büschen umgebracht worden, sondern hier auf dem Weg. Der Täter hat ihn wohl zur Seite gerollt, damit nicht jeder gleich über ihn stolpert. Sehr aufmerksam. Schauen Sie ihn sich ruhig an.«

Schon während sie sich neben den Toten kniete, überfiel sie ein Gefühl, dass dieser Mann noch etwas verbarg, und drehte den Kopf in ihre Richtung. Dann wusste sie, was es war.

Margot hatte den Augenblick immer gefürchtet und doch gewusst, dass er eines Tages kommen würde. Sie kannte den Toten.

»Ernst Dengler«, sagte sie tonlos und schaute in die toten Augen eines Freundes ihres Vaters. Vor wenigen Stunden hatte sie den Mann noch lebend gesehen, als er ihren Papa begrüßte. Er war wohl schon Wegbegleiter ihres Vaters gewesen, als sie selbst noch nicht einmal in Gedanken existierte. Sie hatte ihn kaum gekannt, er war nur ein paarmal in der Wohnung ihrer Eltern zu Gast gewesen, als sie dort noch gelebt hatte. Doch sie hatte immer gespürt, dass er und ihr Vater tief verbunden waren.

Dengler wurde in einen Zinksarg gelegt, dieser verschwand in einem Leichenwagen.

»Zoschke, fahren Sie mit«, wies Margot einen Beamten an, der Hinrich begleiten und der Obduktion beiwohnen würde. »Wenn Hinrich durch ist, bringen Sie uns die Ergebnisse. Wenn's länger dauert, bitte um acht einen Zwischenbericht.« Die hochgezogene Lippe von Heribert Zoschke, der sich verständlicherweise ebenfalls gern mit Nachnamen anreden ließ, zeigte, wie sehr er über den Job erfreut war. Er nickte und ging zu Hinrichs Wagen.

Margot ließ sich auf eine Bank fallen, streckte die Beine von sich, ignorierte den Regen. Horndeich setzte sich neben sie.

»Wer bringt einen fast Siebzigjährigen um? Von hinten. So feige und hinterhältig.«

»Nach allem, was wir hier haben, scheint es wirklich ein Raubüberfall zu sein«, dozierte Horndeich.

Margot schloss die Augen, seufzte. »Wie bringe ich das bloß meinem Vater bei?«

Das Bettlaken hätte einem Modell der tektonischen Verwerfungen des San-Andreas-Grabens alle Ehre gemacht. Nach drei Stunden unruhigem Schlaf schälte Margot ihren Körper unter der Decke hervor, duschte und fühlte sich danach ein wenig besser. Das bleiche Gesicht Denglers hatte sie auch in ihren Träumen verfolgt. Diese Art Horrorkino war ihr bislang erspart geblieben. Sicheres Zeichen dafür, dass die Seelenschutzschicht bedenklich dünn geworden war. Dünner, als sie bislang gedacht hatte.

Als sie aus dem Badezimmer trat, signalisierte ihre Nase Kaffeeduft, den sie zunächst für die Geruchsvariante einer Fata Morgana hielt. Doch auch nach drei Atemzügen hatte sich das Aroma nicht verflüchtigt, sondern verstärkt. Außerdem wurde er inzwischen durch das Röcheln der Kaffeemaschine untermalt, das anzeigte, dass diese die letzten Wassertropfen verarbeitete.

Sie schlüpfte in ihre Kleidung und stieg die Stufen hinab. Der Wecker zeigte halb acht.

»Guten Morgen«, sagte Rainer, als er Kaffee in ihre Tasse goss. »Immer noch schwarz mit einem halben Löffel Zucker gegen die Bitterkeit?«

Sie nickte nur stumm, denn am Tisch saß eine echte Fata Morgana. »Wie kommt es denn, dass du schon auf bist?«

Die Fata Morgana mit Bens Antlitz antwortete: »Weil es Frühstück gibt. Sag mal, ›ein halbes Stück Zucker gegen die Bitterkeit‹ – wie gut kanntet ihr euch eigentlich?«

Margot ignorierte die Frage sowie das Grinsen und ließ ihren Blick über den liebevoll gedeckten Tisch wandern, auf dem nicht einmal ein Strauß Blumen fehlte. »Wow«, brachte sie bloß heraus.

»Na, ich dachte, wenn du mich hier schon wohnen lässt, kann ich mich auch ein wenig nützlich machen.« Rainer goss auch Ben eine Tasse Kaffee ein, dann sich selbst.

»Was ist mit dir los, freust du dich nicht?«, fragte Ben.

»Kundschaft«, meinte Margot. In knappen Worten umriss sie, was in der Nacht geschehen war.

Rainer ließ Messer und Brötchen sinken. »Ernst Dengler?«

»Ja.«

»Er wollte auch auf das Madonnentreffen kommen.«

»Das wird er jetzt wohl nicht mehr«, konstatierte Margot. Sie leerte die Tasse in einem Zug, griff dann nach der Hand ihres Sohnes. »Sorry, ich muss los. Ich hatte gehofft, dass ich ein ruhiges Heinerfestwochenende mit dir verbringen könnte, aber daraus wird wohl nichts werden.«

»Schon o. k., kannst ja nichts dafür. Ich werde Rainer mal die Stadt zeigen.«

»Ja, macht euch einen schönen Tag. Danke für das tolle Frühstück.«

»Gern geschehen. Wir sehen uns.«

Das wird sich kaum vermeiden lassen, dachte Margot, bevor die Haustür ins Schloss fiel.

Horndeich saß bereits am Schreibtisch ihres gemeinsamen Büros. Der Raum war mit modernen Möbeln eingerichtet. Margot hatte auch ein bisschen Grün ins Leben gebracht: drei Töpfe mit Zyperngras, einen mit einer Grünlilie. Doch Kollege Horndeich war die Person mit dem grünen Daumen. Zumindest der, der regelmäßig die Gießkanne schwenkte.

Auf einem Sideboard neben dem Waschbecken und unter dem großen Stadtplan thronte die Kaffeemaschine, die hier ihr Gnadenbrot bekam. Sie hatte keine Inventarnummer, was wohl daran lag, dass sie lange vor der Erfindung der Inventarisierung gekauft worden war. Und sie produzierte den schlechtesten Kaffee der Welt. Immer wieder dachte Margot daran, das marode Teil zu ersetzen. Doch leider kam ihr der Gedanke immer nur dann, wenn sie gerade wieder einen Kaffee aufsetzte oder – was seltener vorkam – einen trank.

Horndeich kaute auf einer Mohrrübe und war in ein Schriftstück vertieft. Sie konnte das Büro betreten, wann immer sie wollte, Horndeich war schon da. Der Mann war ein wandelndes »Ich-bin-schon-da«-Phänomen. Er war frisch rasiert, und sie mochte sein Rasierwasser. Wenn es auch nicht annähernd das auslöste, was Rainers Duftwässerchen … Sie verbot sich, den Gedanken weiterzuspinnen. *Polizeihunden trainiert man mühevoll ab, sich durch den Geruch von Kaninchen oder läufigen Artgenossinnen aus der Ruhe bringen zu lassen. Also sollte dir das doch wohl auch gelingen, Margot.* Die innere Stimme. Besserwisserin.

»Morgen!«, grüßte sie.

Horndeich verringerte die Lebenserwartung seiner Möhre um weitere zwei Zentimeter, bevor er den Gruß kauend erwiderte.

»Hast du schon was rausgefunden?«

»Klar.« Wieder ein Zentimeter.

»Und schon was Neues von den Frankfurtern?«

»Ja, Zoschke hat vor ein paar Minuten angerufen. Die Bierflasche sei die Tatwaffe. Aber Hinrich sei noch immer fleißig am werkeln. Bis zum finalen Tusch können noch ein paar Stunden vergehen. Aber«, fuhr er, ohne abzusetzen, fort, »ich habe heute Nacht ohnehin nicht mehr schlafen können. Da hab ich ein bisschen recherchiert.«

»Über das Opfer?«

»Ja.«

»Ich weiß nur, dass Ernst Dengler der gleiche Jahrgang wie mein Vater ist, also 1937. Dann …«, sie musste überlegen. »Er ist auch in der Stadtverordnetenversammlung.«

»Jepp, aber das ist noch nicht alles. Er war ebenfalls Mitglied im Heinerfestausschuss, Parteivorstand der Darmstädter CDU, IHK-Präsident und Schirmherr diverser Wohltätigkeitsveranstaltungen. Ziemlich aktiv auf dem Stadtparkett. Verheiratet mit Marianne Dengler, geborene Fuchs. Sie haben einen Sohn, Fritz, der ist 41, und Ernst hat noch einen Zwillingsbruder. Der heißt Max.«

Manchmal konnte sie Horndeichs Fleiß nur bewundern. »Sonst noch was?«

Horndeich blätterte zwischen ein paar Ausdrucken, dann zog er eines der Blätter hervor. »Er hatte eine Firma. Die Pointus GmbH.«

Bei dem Namen klingelte etwas. Pointus. Software. »*Die* Pointus?«

Das Unternehmen residierte am alten Messplatz in einem Glaspalast, vor zehn Jahren neu hochgezogen, dreistöckig, und in seiner Sachlichkeit ein reizvoller Kontrast zu Hundertwassers Waldspirale. Margot hatte immer gedacht, der Bau hätte sich bei seinen architektonischen Brüdern im Frankfurter Bankenviertel viel wohler gefühlt.

»Ja. Genau die. Sind wohl inzwischen nach SAP die Zweitgrößten, was Unternehmenssoftware angeht. Jahresumsatz 3dreihundertfünfzig Millionen, rund zweitausend Mitarbeiter. Für Darmstadt ein echter Goldesel. Und das Vermögen des alten Herrn lässt sich nur schätzen, aber er ist mehrfacher Millionär. Dengler ist Vorstandsvorsitzender, seit Gründung der Firma vor fünfunddreißig Jahren. Das Unternehmen ist nach wie vor in Familienbesitz.«

»Waren die schon immer so erfolgreich?«

»Ja. Dengler war einer der Ersten, die begriffen haben, welches Potenzial in Bits und Bytes liegt. Hat sich auch sehr früh Know-how über Vernetzung eingekauft. Vor zehn Jahren schon hatte jeder Büroarbeitsplatz einen Internetzugang, ging damals durch die Presse. Dengler meinte, das Internet werde bald so selbstverständlich genutzt werden wie das Telefon.«

»Du hast deine Hausaufgaben gemacht«, lobte sie Horndeich und fragte sich wieder einmal, weshalb ihr Kollege eigentlich nicht unter der Haube war. Meinetwegen auch die Haube einer wilden Ehe. Horndeich war sicher einer der Männer, die sie in der Schublade »gut aussehend« unterbringen würde. Volles Haar, markante Züge, durchtrainiert, was den kleinen Bauchansatz kaschierte. O.k., vielleicht sogar eine Schublade darüber, deren Etikett die Worte »Brad Pitt und Co.« zierten. Doch in privaten Dingen gab er sich verschlossen wie die Safetüren der Bundesbank. Sie hatte nur mitbekommen, dass er sich vor drei Jahren von seiner Lebensgefährtin getrennt hatte. Und seitdem war in keiner seiner Erzählungen ein Frauenname aufgetaucht.

Ralf Marlock, einer der Kollegen der Spurensicherung, klopfte, trat ein und schwenkte triumphierend einen Plastikbeutel in der Luft, als sei es eine Freikarte für die Oper. Im Beutel lag ein Portemonnaie aus braunem Leder. »Bingo.«

»Denglers?«

»Ja. Haben unsere Leute gerade in einem der Papierkörbe im Herrngarten gefunden. Personalausweis war drin, aber kein Bargeld und keine Kreditkarten.«

»Wo genau habt ihr das Ding rausgefischt?«

Marlock trat an den großen Stadtplan über dem Sideboard. Der Herrngarten präsentierte sich als große grüne Fläche nördlich der Stadtmitte. Marlock deutete mit dem Finger auf den runden blauen Kreis in der Mitte des Grüns. Der Ententeich.

Horndeich zeigte zwei Zentimeter neben den Südausgang zur Stadt hin.

»Und hier lag Dengler.«

»Wo wohnt der eigentlich?«

Horndeichs Finger fuhr weiter nach Norden, über den Park hinaus. »Mollerstraße. Ihm gehören drei der großen Altbaukästen, gut vierhundert Meter nördlich vom Parkausgang.«

»Komisch, ich hätte eher gedacht, er bewohnt ein fürstliches Domizil außerhalb dieser stickigen Stadt.«

»Der Täter ist auf jeden Fall nach Norden gerannt, hat dabei wahrscheinlich das Wichtigste aus dem Portemonnaie geklaut und es dann weggeworfen.«

Margot sah auf ihre Armbanduhr. Halb neun. »Gut, dann werde ich mal der Familie die freudige Nachricht überbringen.« Es würde einen weiteren jener Momente bedeuten, die sie in ihrem Job so hasste. Wenn die Tür geöffnet wurde, zeichnete sich meist schon eine vage Ahnung ab im Gesicht des Ehegatten, des Freundes, der Freundin oder – am schlimmsten – des Vaters oder der Mutter. Wenn sie sich als Kommissarin zu erkennen gab, war klar, dass sie kaum einen Stapel Fernsehzeitungen hervorzauberte, um für ein Abo zu werben. Dann folgte das innere Zerbrechen, wenn sie die dunkelsten Ahnungen bestätigte, zu sehen in der Art, in der der Blick glanzlos wurde. Es folgten Tränen – oder auch keine. Aber der Moment des Sterbens der Hoffnung war für Margot immer der schlimmste.

»Vielleicht kannst du dich mal im Herrngarten umschauen und umhören«, meinte sie noch zu Horndeich. »Und schick noch zwei Leute in Denglers Firma. Vielleicht gibts da noch Hinweise.« Dann machte sie sich auf den Weg.

Zunächst war Horndeich nicht sicher gewesen, ob er mit dem grünem Bus und ein paar Uniformierten eine umfassende Personenkontrolle hätte durchführen sollen. Niemand könnte ausbüchsen, und im Inneren des Polizeitransporters wäre einer nach dem anderen verhört worden. Doch er entschied sich für den kleinen Dienstweg. Polizeimarke und Zivil. Reine Bauchentscheidung.

Horndeich stellte den Dienst-Vectra am Westtor des Parks ab. Dunkle Wolken dominierten den Himmel. Horndeich hoffte, dass ihm eine weitere himmlische Dusche erspart bliebe. Er folgte dem Weg am Westrand in Richtung Innenstadt, hielt dic Marke griffbereit.

Sie standen da, wo sie immer stehen. Am Eingang vor der Bismarckstraße. Er gesellte sich zu dem lockeren Grüppchen. Ein Zweimeterhüne, vielleicht vierzig, hielt eine Bierflasche in der aufgedunsenen Hand, deren Färbung jedem Hämatom zur Ehre gereicht hätte. Die beiden anderen schätzte Horndeich zehn Jahre jünger. Kein Alkoholproblem, sondern auf »H« – Heroin.

Während ihn die drei anschauten, als ob sich soeben ein behaarter Außerirdischer von Melmac zu ihnen gesellt hätte, zückte Horndeich seine Dienstmarke mit den Worten: »Ich bin nicht von der Drogenfahndung.« Die Beruhigung in den Gesichtern der drei währte nur kurz. Denn bei einem der Heroinsüchtigen, dessen Denkvermögen unlängst intravenös wieder auf Trab gebracht worden war, folgte sofort die Frage: »Sondern?«

»Mordkommission.«

»Wir haben den Typ nicht umgebracht«, beteuerte der Dritte im Bunde augenblicklich. Die Buschtrommeln funktionierten offenbar.

»Keiner, der heute früh aufgefallen ist, weil er die Spendierhosen angehabt hat? Oder versucht hat, 'ne Uhr oder 'nen Satz Kreditkarten zu verticken?«

Auch hier schien die Buschtrommelkommunikation zu klappen, denn statt einer Antwort wurden nur Blicke ausgetauscht, mentale SMS der Ratlosigkeit, die fragten, ob es besser wäre, etwas zu sagen oder lieber nicht. Der Kleiderschrank drehte den Kopf zur Seite, sein Blick fiel auf einen jüngeren Mann, bekleidet mit rotem Kapuzensweatshirt, Jeans und Turnschuhen. Der erwiderte den Blick, schaute zu Horndeich – und gab Fersengeld.

»Danke, die Herren«, meinte Horndeich und setzte dem Mann hinterher.

Er hatte vielleicht vierzig Meter Vorsprung. Horndeich war durchtrainiert, ein wenig übernächtigt und noch ohne Frühstück, doch er hätte, ohne zu zögern, auf sich selbst gesetzt, hätte sich jemand spontan zu einer Sportwette entschlossen, ob er den Flüchtenden einholen würde.

Rotkäppchen flitzte auf den Südausgang zu, in Richtung Stadt. Hinter dem Ausgang erstreckte sich der Platz zwischen ehemaligem Landestheater und Landesmuseum. Beide zählten zu den historischen und architektonisch schöneren Gebäuden der Stadt. Das fiel umso mehr auf, als sich auf der anderen Seite des Theaters als Kontrastprogramm die Nachkriegssünde der Universitätsgebäude ausbreitete. Vor dem Theater lag der Karolinenplatz. An gewöhnlichen Tagen war er leer. Weite Steppe, in der er Rotkäppchen ohne Mühe hätte fokussieren und einholen können.

Und heute stand alles voll mit Buden, Karussells und nicht zuletzt dem Hamelzelt. Einmal mehr verfluchte Horndeich den Volksrummel des Heinerfestes. Als er den Parkausgang erreichte, sah er die rote Kapuze gerade nach links verschwinden. Er legte noch ein wenig an Tempo zu.

Um diese Uhrzeit war der Festbetrieb noch nicht im Gange. Vereinzelte Schausteller putzten ihre Buden heraus, richteten Kassenhäuschen her, nahmen Planen von Gondeln. Kurz überlegte Horndeich, ob er den berühmtesten aller Polizeisprüche gellen sollte: »Haltet ihn.« Doch meistens verstanden die Menschen dann auf wundersame Weise nur: »Bildet eine Gasse für den Mann« – und er wusste nicht, ob Rotkäppchen bewaffnet war. Also musste er es mal wieder selbst erledigen.

Als er hinter dem Theater nach links abbog, war der rote Blitz nicht mehr zu sehen. Vielleicht flitzte er gerade ums Theater herum, zurück in den Herrngarten. Doch das war eher unwahrscheinlich, schließlich konnten dort ja ein paar von Horndeichs netten Kollegen warten. Vielleicht rannte er auch gerade über den Cityring nach Süden. Horndeich schaute sich um, kletterte auf eines der Karussells, um von oben einen besseren Überblick zu bekommen. Nichts. Rotkäppchen schien dem Wolf entkommen zu sein.

Gesetzt den Fall, der Kerl war so außer Puste, wie Horndeich vermutete, dass er nach diversen Injektionen des falschen Dopingmittels sein müsste – dann wäre es viel wahrscheinlicher, dass er sich ein Versteck suchte. Und das beste Versteck bot mit Sicherheit das Bierzelt vor ihm.

Als Horndeich daran vorbeilief, hörte er von innen eine männliche Stimme: »He, was machen Sie hier drin? Wir machen erst mittags auf!«

Im hinteren Teil des Zelts befand sich der Eingang für das Personal. Er war nicht abgeschlossen. Horndeich schlüpfte ins Innere, überlegte kurz, ob er die Waffe zücken sollte. Doch er hatte sich schon immer angehalten, eine Waffe nur im äußersten Notfall einzusetzen. Und das hier mochte höchstens als Notfall für Anfänger durchgehen. Horndeich ging in die Hocke, spähte über die Tischreihen. Ein dicker Mittvierziger, offenbar ein Neffe vom guten, alten Bonanza-Hoss, blaffte Rotkäppchen weiterhin an, machte ein paar Schritte auf ihn zu, wedelte dabei mit einem blauen Müllsack.

Es geschah, was geschehen musste. Rotkäppchen zückte ein Messer. »Bleib weg, oder ich stech dich ab.«

Hoss' Double rechnete Chance und Risiko gegeneinander auf, multiplizierte mit dem Heldenbonus, teilte durch Krankenhaustage. Das Ergebnis rechtfertigte weiteres Vorgehen nicht. Horndeich war inzwischen mehrere Meter an der Wand im Sichtschutz der orangenen Bierbankgarnituren entlanggekrochen. Hier müsste Hoss noch mal nachbessern, dachte er verächtlich, und rechnete schon mal die Reinigungskosten für die Klamotten hoch.

Horndeich linste über die Tischkante. Er war noch etwa zwanzig Meter von Rotkäppchen entfernt. Der Dicke nur fünf. Und er wollte weder eine Geiselnahme riskieren noch die Flucht des Junkies. Also doch die Waffe.

Er zog die SIG Sauer aus dem Halfter und fegte hinter dem Tisch hervor. Und wieder der Satz, den man jeden Tag dreißigmal im Fernsehen hören konnte, selbst innerhalb der Fernsehzeiten, die von den Jugendschützern noch als tolerierbar angesehen wurden, also zwischen 15:15 und 15:45 Uhr: »Hände hoch, oder ich schieße.«

Weder das eine noch das andere. Rotkäppchen drehte sich um, rannte davon. Horndeich entschied sich für rennen statt schießen und hechtete hinterher. Im Hürdenlauf über Tische und Bänke konnte er bereits einige Meter gutmachen. Kurz bevor der Verdächtige am Zelteingang angekommen war, hatte er ihn erreicht, schubste ihn nach vorn, der Messerträger bretterte in die Tische, das Messer flog zur Seite.

Der Rest war Routine. Polizeigriff mit der Rechten, Pistole verstauen mit der Linken, Pöbeleien ignorieren mit mentalen Rollos vor den Ohren. Er tastete nach dem Handy und rief seine Kollegen. Alles Weitere auf dem Präsidium.

Gut gemacht, Horndeich.

Wenn's schon kein anderer sagt ...

Sie mochte diesen Teil der Stadt, die alten Häuser mit ihren hohen Decken im Martinsviertel. Sie waren zu einer Zeit entstanden, als das Wort »Parkplatz« noch keinen Einzug in die Lexika gefunden hatte ...

Margot kurvte herum, entschied sich dann, eine Einfahrt zumindest teilweise zu blockieren. Sie sah Denglers Haus bereits von außen an, dass sein Besitzer nicht zur Gruppe der Sozialhilfeempfänger gehörte. Der Putz war unlängst in hellem Braun gestrichen worden, die Stuckarbeiten dabei farblich abgehoben. Das Klingelbrett beherbergte zwei Klingeln weniger, als das Haus Stockwerke zählte – Maisonettewohnungen. Eine echte Alternative zu einer Villa, zumindest was die Wohnfläche anbelangte. Der Garten würde in einem Vorort jedoch sicher üppiger ausfallen.

Die Klingelschilder trugen von unten nach oben die Namen H. & S. Dengler, Ernst und Sylvia Dengler, I. Häussler. Irritierend einzig das Fischauge der Kamera, die über den Klingeln in das Portal eingelassen war.

Sie suchte nach einem Grund, das Klingeln hinauszuzögern, aber es gab keinen. Sie drückte den polierten messingfarbenen Knopf. Der Türsummer gab die alte ebenfalls hervorragend restaurierte Tür augenblicklich frei.

Der Hauseingang zeigte sich ebenso akkurat ausgestattet wie die Außenwände, hier dominierten Gelbtöne. Zwei mehrflammige Leuchter und der Marmorboden verbreiteten Eleganz.

»Frau Marianne Dengler?«

»Ja, die bin ich.« Ihre dunklen schulterlangen Haare waren im Nacken zusammengebunden. Der Teint ihrer Haut passte zum Haus: schon immer liebevoll gepflegt. Ein dunkelgrüner Hosenanzug betonte die schlanke Linie, dezenter Schmuck ergänzte die Kleidung stilvoll. Margot wusste, dass sie knapp über sechzig war, und sie wäre sicher für zehn Jahre jünger durchgegangen. Nur die Angst in ihren Augen wirkte wie ein elektronisches Störfeuer auf das perfekte Äußere. »Sie – sind von der Polizei?«

»Ja. Margot Hesgart, Kriminalhauptkommissarin. Frau Dengler …«

»Ist ihm etwas passiert?« Noch immer loderte ein winziger Funke Hoffnung in ihren Augen.

Margots »Ja« ließ ihn ersterben.

»Ist er …?« Die wenigsten konnten es aussprechen. Auch sie nicht.

Erst das Wort wandelte den bloßen Gedanken in Realität. »Ja, Frau Dengler. Ihr Mann ist tot. Er wurde vergangene Nacht ermordet.« *Tot ist auch ein Palindrom* – ein Wort, das man von hinten und von vorn lesen kann, dachte sie. *Wie um alles in der Welt kommt dir das jetzt in den Sinn?*

Marianne gehörte nicht zu den Menschen, denen die schlechte Nachricht augenblicklich den Boden unter den Füßen wegzog. Sie begann weder zu weinen, noch brach sie zusammen. Und Margot war ihr dankbar dafür. Marianne Dengler sah die Kommissarin auch nicht mehr an, wandte sich ab, ihre Art, die Kraft aufzubringen, um die nächsten Momente zu überstehen. »Kommen Sie doch bitte herein.«

Sie führte Margot durch einen breiten Flur, der mit Bildern behangen war, deren Maler Margot nicht kannte. Ihr Blick blieb kurz auf einem Werk haften. Es zeigte eine stürmische See, einen Leuchtturm im Hintergrund, dessen Leuchtfeuer kaum sichtbar durch den Sturm zu erkennen war. Hauch eines Wegweisers. Das Bild war düster, gänzlich in Schwarz und in Blautönen gehalten.

Das Wohnzimmer hatte früher einmal aus zwei Räumen bestanden, zwei Stützen zeugten von der ehemaligen Trennwand. Parkett auf dem Boden, weiße Wände, schwarzes Leder, Chrom und Glas standen in angenehmem Kontrast zu Stuck und geteilten Fensterscheiben. Links führte eine Terrassentür in den Garten, der deutlich größer war, als Margot es erwartet hätte. Eine Villa hätte kaum edleres Ambiente verbreiten können. Bunte Farben zeigten den Garten von seiner schönsten Sommerseite. Gelbe Nelken, violetter Schmetterlingsflieder, weißer Jasmin und lila Phlox umrahmten zahlreiche rote Rosen. Und unweit des kleinen Gartenteichs entdeckte Margot auch ein paar »Tränende Herzen«. Wie passend ...

Marianne Dengler bemerkte Margots interessierte Blicke. »Es ist viel ruhiger als außerhalb der Stadt. Schon die Tatsache, dass es hier kaum Parkplätze gibt, hält ungebetene Besucher ab und erspart Partys in den eigenen vier Wänden. Bitte nehmen Sie doch Platz. Darf ich Ihnen etwas zu trinken anbieten?«

Margot verneinte, ließ sich auf das Sofa sinken.

»Wie ist es passiert? Wissen Sie, wer es war?«

Margot schilderte kurz die Fakten, versuchte, die Brutalität der Tat nicht durchscheinen zu lassen.

Mariannes Haut glich sich dennoch im Ton den Zimmerwänden an. »Sie haben den Täter schon?«

»Nein. Deshalb muss ich Ihnen leider auch ein paar Fragen stellen. Vielleicht hilft uns das, ihn zu finden.«

Marianne Dengler nickte. »*Ich* brauche jetzt etwas zu trinken.«

Sie ging zur Schrankwand, entnahm der Hausbar eine Flasche Cognac, schenkte sich ein Glas ein.

»Frau Dengler, wissen Sie, ob Ihr Mann Feinde hatte?« Immer dieselben Fragen am Anfang. Wie hohl musste diese Phrase in ihren Ohren klingen?

»Nein. Ich kenne keine. Wissen Sie, mein Mann hatte sicher nicht nur Freunde. Das fängt schon in der Familie an. Er verstand sich nicht mit seinem Bruder, er hatte ständig Konflikte mit unserem Sohn, seine patriarchalische Art wurde in der Firma gewiss nicht nur bewundert. Er war im Stadtparlament, engagierte sich in Verbänden. Er hatte sicher Gegner. Aber *Feinde*? Menschen, die ihn so gehasst haben könnten, dass ... dass sie ihn abschlachten wie ein Schwein?«

O. k. Margots Versuch, die Brutalität des Verbrechens herunterzuspielen, war ungefähr so erfolgreich gewesen wie der Versuch eines Blinden, Gold im Bogenschießen zu gewinnen.

»Er wurde beraubt. Hatte er Kreditkarten bei sich?«

»Ja, die ganze Palette.«

»Sie sollten sie sperren lassen.«

Marianne Dengler entschuldigte sich, rief sofort in Denglers Firma an, wies die Assistentin ihres Mannes an, alle privaten Kreditkarten sperren zu lassen. Margot bewunderte die Souveränität, mit der sie der Frage nach dem »Warum«

aus dem Weg ging. Es war wohl eine der Schlüsselqualifikationen einer Unternehmergattin.

»Trug Ihr Mann eine Armbanduhr?«

Ein Lächeln huschte über ihr Gesicht. »Ja. Wissen Sie, er machte sich nicht viel aus Statussymbolen. Seine Schätze waren eher unscheinbar, wie die Armbanduhr. Eine Glashütte Senator. In Gold. Er wollte unbedingt eine, die auch die Mondphasen zeigt.« Mit dem letzten Wort wurde auch das Lächeln wieder ausgeknipst.

Da hatte der Dieb ein Schnäppchen gemacht. Diese Uhr wanderte gewiss *nicht* für einen vierstelligen Europreis über die Ladentheke. »Hatte er noch weitere Wertsachen bei sich?«

»Ich weiß es nicht. Aber ich glaube nicht. Ein Sony P-900, wenn Sie das als Wertgegenstand definieren wollen.«

Bei einem Ladenpreis von achthundert Euro definierte Margot das Handy sehr wohl als Wertgegenstand.

»Wann haben Sie Ihren Mann das letzte Mal gesehen?«

Ihre Gesprächspartnerin rang um Fassung, Tränen drückten mit Gewalt von hinten gegen die Augen wie Dampf gegen ein Überdruckventil. Cognac als Abwehrmittel, das zumindest für den Moment wirkte. »Gestern Abend. Wir waren gemeinsam bei der Eröffnung des Heinerfestes. Mein Mann ist im Heinerfestausschuss, es ist quasi Pflichtprogramm. Und eine der wenigen Veranstaltungen, die wir nicht auslassen, wenn es geht. Weder mein Mann noch ich sind – waren Partylöwen. Mein Mann ging danach mit den anderen vom Ausschuss und mit Benz und Metzger ins Hamelzelt. Ich ging nach Hause. Es muss so gegen acht gewesen sein. Und als er heute morgen nicht zum Frühstück erschien, dachte ich mir, dass ihm etwas zugestoßen ist.«

Marianne interpretierte Margots fragenden Blick richtig. »Ja, wir haben getrennte Schlafräume. Ich schlafe sehr unruhig, und er – nun, er schnarcht. Schnarchte.« Margot erkannte, dass Marianne Dengler die Tränen nicht mehr lange zurückhalten konnte.

»Darf ich das Schlafzimmer sehen?«

Marianne nickte, deutete in den Flur. »Gehen Sie ruhig nach oben und schauen sich um. Wenn es Ihnen nichts ausmacht, bleibe ich hier.«

Margot stieg die Wendeltreppe nach oben, wieder zeugten Messinghandlauf und Mahagonistufen von teurem Geschmack. Sie betrat Mariannes Schlafraum, geschmackvoll eingerichtet, in beigen und grünen Tönen gehalten. Des Gatten Schlafgemach war deutlich dunkler gehalten, nur wenig persönliche Gegenstände ließen den Raum seltsam kalt erscheinen. Das Zimmer daneben maß sicher fünfundzwanzig Quadratmeter. Ernsts Arbeitszimmer. Zwei Zimmerwände bis unter die Decke voller Bücher. Dennoch wirkte der Raum aufgeräumt, weit und luftig. Das lag sicher auch daran, dass der riesige Schreibtisch bis auf eine Schreibunterlage, zwei Fotos, Telefonapparat und Laptop gänzlich leer war.

Margot umrundete den Tisch. Ein Bild von Marianne, sicher nicht älter als fünf Jahre. Das andere zeigte einen Mann in ihrem Alter, wohl den Sohn. Vielleicht würde der Laptop noch etwas an wertvollen Informationen hergeben.

Als Margot aufsah, stand Marianne in der Tür. Die roten Augen zeugten davon, dass der Druck dahinter zumindest ein wenig abgebaut worden war.

»Nehmen Sie nur mit, was Sie brauchen. Wenn ich irgendetwas tun kann, um den Mörder zu finden, werde ich Ihnen helfen.«

»Danke«, sagte Margot. Und meinte es aufrichtig.

Das Handy klingelte. »Hesgart.«

Horndeichs Stimme. »Margot, wir haben hier einen Junkie dingfest gemacht. Er hat eine Glashütten-Uhr in der Jackentasche. Eine Kreditkarte von Amex auf den Namen ›Ernst Dengler‹. Und eine Packung Doriphyl. Ich bin ja kein Apotheker, sieht aber verdammt nach einem Schmerzmittel Marke ›Wolke sieben‹ aus.«

»Einen Moment«, entgegnete Margot. Wandte sich Marianne Dengler zu. »Nahm Ihr Mann ein Schmerzmittel namens Doriphyl?«

Marianne schüttelte den Kopf. »Nicht dass ich wüsste.«

»Haben Sie den Täter schon?«, fragte Marianne, nachdem Margot das Gespräch beendet hatte.

Wie sehr wünschte sich Margot, dass dem so wäre. Doch sie glaubte nicht recht daran. »Wir wissen es nicht. Wir haben einen Verdächtigen. Frau Dengler, wo kann ich Ihren Sohn sprechen?«

»Er wird in seiner Firma sein. Dengler GmbH in Rossdorf.«

»Wer wohnt noch in diesem Haus? Ich habe den Namen Dengler auch auf dem zweiten Klingelschild gelesen.«

»Herbert, unser Neffe. Der Sohn von Ernsts Zwillingsbruder Max. Er wohnt hier mit seiner Frau Sylvia. Und unter dem Dach wohnt Irina Häussler, sie ist unser Hausmädchen. Aber sie hat Urlaub, ist mit ihrem Freund auf Mallorca. Sie kommt nächsten Freitag wieder.«

Marianne Dengler gab Margot die Adresse der Firma ihres Sohnes und überreichte ihr den Laptop ihres Mannes.

»Hat er noch weitere Rechner?«

»Nein. Nur diesen. Er hasste es, wenn Daten sich an verschiedenen Orten befanden. Sie finden alles auf diesem Gerät. Wenn Sie es hochfahren können. Ich kenne sein Passwort nicht. Und ich glaube, außer ihm kennt es kein anderer.«

»Nun, dann haben unsere Spezialisten ein wenig mehr Arbeit.«

»Also, das Ganze noch mal von vorn.« Horndeich.

»Ich habe die Uhr von einem Typ im Herrngarten gekauft. Billig. Zwanzig Euro. Die Tabletten gleich mit, für nur fünf Euro.«

»Und die Kreditkarte?«

»Bonus.«

Klar. Inzwischen mussten auch Dealer und Kleinkriminelle der »Geiz-istgeil«-Mentalität ihrer Klientel Rechnung tragen und Rabatte gewähren. Das waren die Momente, in denen Horndeich *seiner* Klientel am liebsten an die Gurgel gesprungen wäre. Keineswegs metaphorisch.

Seit einer Stunde drehten sie ihn jetzt durch die Mangel. Er hieß Heinrich Hainer. Darmstädterischer hätte er höchstens noch mit einem »ei« im Nachnamen sein können. So viel zu der These des Rentners, der Täter sei bestimmt Ausländer.

Auf Horndeichs Nerven wirkte das Klopfen an der Tür wie der Pausengong im Boxkampf. Horndeich bedeutete dem uniformierten Beamten, der mit ihnen das Zimmer teilte, er wäre gleich zurück.

Er besprach sich kurz mit Otto Fenske, dem Spezialisten für Fingerabdrücke aus dem Labor. Mit einem Grinsen, freundlich wie das eines Bullterriers, kam er zurück ins Verhörzimmer. Das neonbeleuchtete blasse Gelb der Wand wirkte plötzlich wie das seidene Schimmern eines Wandgobelins.

Horndeich trat neben Hainer, dann krachte seine Faust auf den Tisch, dass das Mikro einen Satz machte.

»O. k., mein Freund, jetzt Tacheles. Deine Patschehändchen haben wunderbare Abdrücke auf dem Portemonnaie des Toten hinterlassen. Und weshalb?«

Hainers Selbstsicherheit wankte zum ersten Mal. Er war nicht gefasst auf die Sturmböe Windstärke neun.

»Ich sags dir. Du hast Dengler in der Nacht gesehen. Teurer Mantel. Fette Beute für den Affen, der dir schwer zu schaffen machte. Du nimmst die Bierpulle, die du in der

Hand hast, haust sie ihm von hinten über den Schädel. Dengler klappt zusammen. Stöhnt. Der Kerl lebt noch. Und um sicherzugehen, dass er sich nicht mehr beschwert, wenn du ihm seine Sachen abnimmst, stichst du mit der kaputten Flasche nochmals zu. In den Hals. Dengler ist endlich ruhig. Und du räumst seine Taschen aus, die Uhr sieht auch ganz wertvoll aus. Du rollst ihn ins Gebüsch und – arrivederci – schnell zum nächsten Händler für Stoff ...«

»Nein! Ich hab den Mann nicht umgebracht.«

»Sondern?«

»Er war schon tot. Ja, ich hatte einen Affen, aber ich hatte Stoff. Gerade frisch gekauft. Wollt' mir endlich den Schuss setzen. Zufall, dass ich genau in diesem Scheißgebüsch landete. Er lag da. Hat aber keinen Mucks mehr gemacht.«

»Und du Scheißkerl hast, anstatt Hilfe zu holen, seine Taschen ausgeräumt!« Es waren Momente wie diese, in denen Horndeich sich nur mühsam beherrschen konnte. Für solche Fälle hatte er ein Stoppwort. Ein Stoppwort, das er sich selbst zurief, wenn er die Kontrolle zu verlieren drohte. Psychologen rieten diese verbalmentale Notbremse prügelnden Ehemännern. Er hatte festgestellt, dass es bei ihm auch wirkte. Sein Stoppwort war »Heidelbeere«, genauso lecker wie simpel und wirkungsvoll. Wenn er drauf und dran war, die Faust nicht auf den Tisch sausen zu lassen, sondern die Einflugschneise eher in Richtung Nasenbein wies. Die Anzahl an Heidelbeeren hätte im Laufe seiner Polizeikarriere zumindest für den Nachtisch in einem Gourmetrestaurant gelangt.

»Nein, er war tot. Ich hab seinen Puls gefühlt ...«

»... und voll auf Turkey bestimmt sicher erkannt ...«

»... er war mausetot. Also habe ich das Portemonnaie genommen. Die Uhr. Das Handy. Und das Doriphyl. Dann hab ich mich vom Acker gemacht. Den Schuss gesetzt. Und heute früh die Karten und das Handy vertickt.«

»An wen?«

Hainer murmelte einen Namen, der Horndeich auch nicht unbekannt war.

Wieder der Pausengong. Fenske. Danach kam Horndeich weit weniger gut gelaunt in den Raum zurück. Denn Hainer sagte offenbar die Wahrheit. Oder er hatte Dengler mit einem Komplizen aufgelauert. Denn Fenske hatte bestätigt, dass die Fingerabdrücke auf dem Portemonnaie von Hainer stammten. Aber die auf der abgebrochenen Bierflasche stammten ganz sicher von jemand anderem. Und keinem aus der Kartei.

»Und das Doriphyl, das hast du auch aus seiner Tasche?«

»Klar. Wunderbares Zeug, wenn du den Affen hast. Kommst du aber nicht so leicht ran …«

Da hatte er wohl recht. Aber was hatte Dengler eigentlich damit gemacht? Er war wohl kaum heroinsüchtig gewesen.

Margot Hesgart ließ sich das Gespräch mit Fritz Dengler nochmals durch den Kopf gehen, als sie von Rossdorf zurückfuhr. Der Sohn von Ernst Dengler leitete die Dengler GmbH, eine kleine Hightechschmiede, die sich mit Produkten rund um die Fotovoltaik einen Namen gemacht hatte. Mit der Erzeugung von Strom aus Sonnenenergie war sie eine der wenigen Firmen, die den Crash des Neuen Marktes an der Börse überlebt hatte. Dengler hatte die drei führenden Fotovoltaiker Deutschlands eingekauft und damit eine feste Stellung im Markt erworben. Sie stellten Voltaikchips her, die bislang unerreichte Wirkungsgrade erzielten. Gute Firmen kamen auf rund fünfzehn Prozent, bei achtundzwanzig lag die theoretische Grenze. Und in Denglers Safe lagen derzeit zwei Prototypen, die die zwanzig Prozent überschreiten sollten.

Margot hatte in der vergangenen Stunde mehr über Fotovoltaik erfahren als über Ernst Dengler. Aber auch eine ganze Menge über das Verhältnis zwischen Vater und Sohn.

Fritz' Blick, als sie ihn auf den Tod des Vaters ansprach, hätte in einer Eismaschine mit Schockfrostmethode eingesetzt werden können. Seine Mutter hatte ihn schon zuvor über den Tod des Vaters informiert. Und nur um ihrer Frage zuvorzukommen – so Fritz –, er habe seinen Vater nicht ermordet.

Fritz Dengler hielt zehn Prozent der Firmenanteile von Pointus, die ihm sein Vater jedoch keineswegs vermacht hatte. Dengler hatte sich eingekauft, mit Überschüssen aus dem eigenen Betrieb. Fritz hatte seinem Vater auch Verbesserungsvorschläge für dessen Firma gemacht, Gefahren benannt, mit denen klassische Softwareschmieden bald zu kämpfen haben würden. Er erzielte damit ungefähr den gleichen Erfolg wie ein Fisch auf einem Tanzturnier.

Ihre Wege hatten sich nicht nur geschäftlich schon früh getrennt. Für seinen Vater galt immer nur eine einzige Meinung, und das war die eigene, hatte Fritz Dengler erzählt. Und so habe er immer viel engeren Kontakt zur Mutter gepflegt, sei mit achtzehn ausgezogen. Nein, seines Wissens habe sein Vater keine Feinde gehabt. Aber mit Sicherheit auch kaum echte Freunde.

Hatten sich Vater und Sohn so weit auseinander gelebt, dass die Gleichgültigkeit ehrlich war, fragte sich Margot? Oder zog der Sohn einen Nutzen aus dem Tod des Vaters?

Sie fand keine Antwort auf die Frage. Noch nicht.

Der Himmel war wieder wolkenverhangen. Schade, dass die Sonne nicht kräftiger schien. So wie gestern, als Rainer vor ihrer Tür gesessen hatte.

Wieder schlich sich der Mann in ihre Gedanken. Vor Kurzem hatte sie einen Roman gelesen, in dem die Heldin sagte »unsere Beziehung als steinig zu bezeichnen wäre ähnlich untertrieben, wie zu sagen, Atlantis hatte ein Wasserproblem«. Treffend. Deshalb hatte sie vor sieben Jahren die Beziehung abgebrochen, die ja nie eine gewesen war. Gestohlene Stunden. Manchmal gestohlene Tage. Die gestohlenen gemeinsamen Wochen konnte sie an den Fingern einer Hand abzählen. Ohne Daumen oder kleinem Finger einen Job geben zu müssen.

Und jetzt war er wieder aufgetaucht. Versuchte, sich mit seinem Charme erneut in ihrem Herzen einzunisten. Wie ein Pendel schwankten ihre Empfindungen ständig zwischen Wut auf seine Chuzpe und Freude, ihn wiederzusehen. Ihren Sohn hatte Rainer nie kennengelernt, denn sie hatten sich immer heimlich getroffen. Es war ihr unheimlich, dass die beiden sich offenbar auf den ersten Blick mochten.

Als er klein war, hatte Ben eine kurze Zeit lang jeden Mann als potenziellen Vater betrachtet, seine Art, mit dem Tod des eigenen Vaters fertig zu werden. Wobei deren Verhältnis auch kein herrliches gewesen war. Ben war gerade vier gewesen, als sein Vater starb. Und der werte Papa hatte ihn im letzten Jahr seines Lebens ohnehin nur noch durch die Nebelwand des Alkohols gesehen.

Sie hatte einige Versuche unternommen, einen Partner und Stiefvater für ihren Sohn zu finden. Alle genauso vergeblich wie schmerzhaft. Und wenn sie einen Mann wirklich mochte, stellte sich der Filius quer. Kreischende Kinder, die den neuen Lover gleichzeitig mit ihrem gesamten Repertoire an Schimpfworten bombardierten, wirkten unglaublich sexy. Vielleicht hatte sie Rainer auch deshalb nie mit nach Hause genommen, um wenigstens diese Stunden mit ihm für sich zu haben.

Und jetzt stand er wieder vor der Tür.

Margot passierte das Darmstädter Ortsschild und beschloss, noch einmal kurz zu Hause vorbeizufahren.

Dort stieg sie die Stufen in die Souterrainwohnung hinab, in der Rainer sich ausgebreitet hatte. Über einer Sessellehne lagen Kleidungsstücke, in der Ecke der Koffer. Drei Hemden hingen auf Bügeln am Bücherregal. Wärme durchflutete ihren Körper, dann Kühle. Eine emotionale Wechseldusche, die sich wiederholte, als sie das Badezimmer betrat. Der Duft seines Rasierwassers – der sich bereits heute früh beim Frühstück in ihre Nase gestohlen hatte, heimlich, links am Kaffee vorbei und rechts am Geruch der frischen Brötchen – lag auch hier in der Luft. War es eine gute Idee gewesen, jetzt nach unten zu gehen?

War es eine gute Idee gewesen, Rainer überhaupt hier übernachten zu lassen?

Ihr Blick fiel auf ihr Spiegelbild. »Sag du's mir.«

Und tatsächlich antwortete die Dame aus dem Spiegel. Lautlos. Gab tatsächlich gute Ratschläge. Zwei.

Und Margot beschloss, beide zu befolgen.

Wenig später bog sie auf den Parkplatz des Präsidiums ein, stellte den Vectra ab, betrat das Gebäude. Jetzt erst mal einen Kaffee, so schlecht er auch immer sein mochte.

Fehlanzeige. »Margot! Da bist du ja endlich.«

Sie starrte ihren Vater entgeistert an. »Was machst du denn hier?«

»Marianne hat mich angerufen. Stimmt es?«

Sie zog die Gedankenspiele, wie sie ihrem Vater den Tod des Freundes schonend beibringen könnte, über den Bildschirm im Kopf in Richtung Papierkorb. »Ja, es stimmt.«

Sein Blick formulierte die Frage, die er nicht aussprach: *Warum hast du mich nicht gleich informiert?*

Und sie antwortete ebenso stimmlos: *Es war mitten in der Nacht. Und ich kann diese Botschaften schon tagsüber kaum überbringen.* In ihren Kindheitserinnerungen tauchte immer der Geldbriefträger aus den Anzeigen der Zeitung auf. Er verteilte die Scheine offenbar freimütig an lächelnde Menschen. Sie war so etwas wie der Gegenpol zu diesem Menschen, den jeder herbeisehnte. Scheißjob.

»Können wir irgendwo in Ruhe reden?«

»Klar.«

Sie brachte ihren Vater in ihr Büro. Horndeich lehnte über dem Schreibtisch. Er sah auf, setzte an zu einem Bericht über den nur halbwegs zufriedenstellenden Morgen. Es gab eine Eigenschaft, die Margot an ihm sehr schätzte: Er spürte, wann er besser die Klappe hielt. Und ging. »Zehn Minuten, Horndeich, o. k.?«

Er hob die Hände, die typische »Ich-ergebe-mich«-Geste, die er zum Beispiel liebend gern bei Hainer gesehen hätte, und verließ das Büro.

»Kaffee? Ein Wasser?«

Ihr Vater schüttelte den Kopf. Komisch, ihn hier zu sehen. In ihrer Welt. Wie ein weißes Schaf inmitten einer Herde von schwarzen.

»Ich habe Ernst gestern noch gesehen«, begann er unvermittelt. »Im Hamelzelt.«

»Wann?«

»Willi hat alle um eins rausgeworfen. Sperrstunde. Wir haben nur noch im kleinen Kreis gesessen. Ernst und noch ein paar vom Ausschuss.«

Ihr Vater sprach immer nur vom »Ausschuss«, wenn er den Heinerfestausschuss meinte. Knapp zwanzig Leute, die, einige mehr, einige weniger aktiv, das Heinerfest vorbereiteten. Die sich jedes Jahr freuten, wenn sie ein weiteres Fest erfolgreich auf den Weg gebracht hatten.

»Wer?«

Ihr Vater nannte die Namen. »Aus dem Ausschuss Ferbinger, Selgros, Ramstätter und Zschau. Ernsts Bruder Max war auch noch da, aber er ist schon viel früher gegangen.«

»Warum?«

»Wir saßen in zwei Grüppchen. An einem Tisch wir, am anderen Gerhard Zitz und Ernst. Und Max gehörte weder richtig zu den einen noch zu den anderen. Außerdem war er ziemlich betrunken. Ich hatte auch den Eindruck, dass er auf seinen Bruder nicht besonders gut zu sprechen war. Ernst und Gerd, die saßen auch noch da, als wir anderen schon aufbrachen.«

»Wann seid ihr gegangen?« Sie mochte ihren professionellen Ton selbst nicht, redete mit ihrem Vater wie mit jedem anderen Zeugen. Aber Emotionen konnte sie jetzt so gut gebrauchen wie die ›Darmstädter Lilien‹ ein Eigentor.

»Ich hab nicht auf die Uhr geschaut, denke es war so gegen zwei.«

»Und dieser Gerhard Zitz saß noch mit Ernst Dengler am Tisch, als alle anderen weg waren?«

»Ja.«

»Also war Zitz der Letzte, der ihn lebend gesehen hat?«

»Das weiß ich nicht. Ich weiß nur, dass Ernst um kurz nach halb zwei noch gelebt hat und mit Gerd an einem Tisch saß.«

»Und wer ist dieser Gerhard Zitz?«

»Auch einer aus der Stadtverordnetenversammlung. Nicht im Ausschuss. Ihm gehört das Hotel ›Goldener Hirsch‹, gleich neben dem Herrngarten.« Kurz knetete er seine Finger. »Da ist noch was.«

»Ja?«

»Ich habe Ernsts Testament verwaltet.« Überraschungen bot dieser Tag reichlich.

»Du kennst den Inhalt?«

Ihr Vater nickte.

»Kannst du mir darüber Auskunft geben?«

»Ich würde es vorziehen, das Testament offiziell zu eröffnen. Dann kannst du dabei sein. Es sind nicht viele Leute, und alle Begünstigten leben hier in Darmstadt. Ich werde versuchen, sie für heute Abend um 18 Uhr zusammenzutrommeln. In meiner Kanzlei.«

»Klingt akzeptabel.« Sie schenkte ihm ein Lächeln.

»Und danach kommst du mit zur Eröffnung des Madonnentreffens?«

Sie wusste nicht, was sie dort sollte. Wenn sie ihren Vater begleitete, würde es ihr kaum gelingen, das Durchschnittsalter unter siebzig zu drücken. Ihre Elterngeneration, die Erinnerungen austauschte, die aus einem anderen Leben stammten. Es würde für sie wahrscheinlich so interessant werden wie die Sitzung eines Kleintierzuchtvereins. Doch sie sah die Erwartung in seinen Augen glitzern wie achtkarätige Brillanten.

Sie wollte ihn nicht enttäuschen. Auch wenn das hieß, dass sie wahrscheinlich Rainer begegnen würde.

Dennoch. »Gut, ich komme mit.«

Als sie mit dem Wagen in Richtung von Gerhard Zitz' Hotel aufbrachen, berichtete Horndeich kurz über die morgendliche Hatz auf dem Karolinenplatz. Und darüber, dass Hainer kaum der Mörder sein konnte. Dreihundert Euro hatte er an Bargeld erbeutet, für die Kreditkarten und das Handy hat er nochmals dreihundert bekommen.

»Und wenn sie zu zweit waren?«

»Wir haben ihn jetzt festgesetzt. Aber ich denke, das ist eine Sackgasse. Ich fürchte, das kleine Frettchen sagt die Wahrheit.«

Horndeich lenkte den Wagen durch den Tunnel, wollte über den Cityring weiter – und sah mit Erstaunen, dass ihm ein Zebraschild mit roten Streifen den Weg versperrte.

»Die meinen das nicht ernst mit der Absperrung, oder?«

Horndeich ließ den Wagen auf das angrenzende Gleisbett der Straßenbahn hoppeln, lenkte an der Absperrung vorbei und landete auf dem völlig auto- und menschenleeren Cityring.

»Tze, tze, tze ...«, tadelte ihn die Kollegin.

Vorsichtig steuerte er den Vectra zwischen den Buden hindurch. Sie fuhren vorbei an Kettenkarussell, Hamelzelt und schließlich am »Slingshot«. Margot schüttelte den Kopf.

Wie konnte man sich freiwillig an einem Gummiband wie ein Kiesel in der Steinschleuder nach oben katapultieren lassen? Lieber doch klettern.

Hinter dem Landesmuseum bog Horndeich nach rechts in die Schleiermacherstraße ab und parkte den Wagen. Das Hotel »Goldener Hirsch« versprühte den typischen Charme eines Kastens der Fünfzigerjahre. Doch der Putz war gut in Schuss. Als sie das Foyer betraten, war jeder Gedanke an die Nachkriegszeit verschwunden.

»Nette Hütte«, konstatierte auch Horndeich.

Viel Glas, viel Licht, irgendwie erinnerte Margot das Ambiente an die Wohnung von Marianne Dengler. Nach rechts führte eine Tür in den Frühstücksraum, die Tür nach links zierte ein Schild mit der Aufschrift »Privat«.

Eine adrette Dame in klassisch schwarz-weißer Hoteluniform legte eben den Hörer des Telefons auf. »Kann ich Ihnen helfen?«, erkundigte sie sich.

Margot stellte sich und Horndeich vor. »Wir sind von der Kripo Darmstadt, Mordkommission, und möchten bitte mit Gerhard Zitz sprechen.«

»Geht es um den Mord von heute Nacht?«

Buschtrommeln ...

»Ist er im Hause?«

Die Dame akzeptierte, keine Antwort zu erhalten, rief ihren Chef übers Telefon an und geleitete sie daraufhin durch die linke Tür. Dahinter lag ein schmaler Gang, der mit dem edlen Ambiente des Foyers kontrastierte. Die Wände waren zwar frisch geweißt, aber weder Bilder noch andere Verzierungen nahmen dem Flur die kalte Atmosphäre.

Die dritte Tür auf der rechten Seite führte ins Büro des Hotelbesitzers. Die Möbel standen noch mehr im Kontrast zum Foyer als der Gang.

Zitz erhob sich hinter einem Schreibtisch, einem massiven Klotz aus Holz. Die Möbel, obwohl gepflegt, stammten offenbar noch aus der ersten Einrichtung des Raums.

Zitz selbst war mit einem Anzug bekleidet und von kräftiger Statur. Er trug einen Kurzhaarschnitt, der jedem Offizier der Bundeswehr gut zu Gesicht gestanden hätte.

Er begrüßte die Polizisten, bat Margot und Horndeich Platz zu nehmen, orderte etwas zu trinken.

Ein klassischer Nierentisch mit passenden Stühlen bildete die Sitzecke.

»Was kann ich für Sie tun? Sie kommen sicher wegen des Mordes an Ernst Dengler.«

»Ja. Woher wissen Sie davon?« Hatte irgendjemand Plakate aufgehängt?

»Nun, in einem Hotel bleibt kein Geheimnis lange gewahrt.«

»Sie kannten Ernst Dengler?«

»Ja. Ich kannte ihn. Nicht wirklich gut. Er war ein Bekannter. Man kennt sich eben – da ist unsere Stadt ganz provinziell.«

»Wann haben Sie Ernst Dengler zum letzten Mal gesehen?«

»Heute Nacht. Wir saßen in Willis Zelt. Willi Hamel. Ich habe mich mit Ernst unterhalten. Lange.«

»Worum ging es in der Unterhaltung? Hat er irgendetwas angesprochen, was im Zusammenhang mit seinem Tod stehen könnte?«

Zitz schien zu überlegen. »Er hatte ein bisschen getrunken. Je später es wurde, umso mehr schwadronierte er von alten Zeiten. Ich hatte den Eindruck, dass ihn etwas bedrückte. Aber vielleicht war er auch nur ein bisschen sentimental. Ich kann es nicht genau sagen. Ich habe auf jeden Fall mehr zugehört, als dass ich selbst geredet habe.«

Margot betrachtete den Raum. Hier schien die Zeit vor fünfzig Jahren stehen geblieben zu sein. Möbel, Teppichmuster, Gardinen – alles stammte aus dieser Epoche, auch wenn keines der Utensilien abgenutzt oder alt wirkte. Nur Computer und Telefon zeugten von der Gegenwart. An den Wänden hingen Fotografien. Alle in Schwarz-Weiß. Drei Bilder zeigten Ruinen des zerbombten Darmstadt. Das Spiel von Licht und Schatten ließ das Grauen fast ästhetisch erscheinen.

»Haben Sie das fotografiert?«

Gerhard Zitz folgte ihrem Blick. »Ja. Alle. Kurz nach der Bombennacht. Eine halbe Stunde, die das ganze Leben verändert hat. Ich war dreizehn. Hatte die Kamera drei Wochen vor dem Bombenhagel von meinem Großvater geschenkt bekommen. Seine Augen waren immer schlechter geworden, da hat er sie mir gegeben. Das tote Darmstadt war das Erste, was ich fotografierte.«

Margot drehte den Kopf noch weiter. Ein weiteres Bild zeigte ein vielleicht achtjähriges Mädchen vor den Ruinen. Der Versuch eines Lächelns, der die Leere des Blicks nicht überspielen konnte. Die Generation ihrer Eltern, sie waren alle Kinder gewesen, als die Bomben auf Darmstadt gehagelt waren.

Daneben Bilder des neu entstehenden Darmstadts. Neue Häuser neben Ruinen. Ein seltsamer Kontrast, der ihr bewusst machte, dass die Entwicklung der Stadt ein jahrelanger Prozess gewesen war. Margot sah auch Fotografien vom Hotel, doch diese hingen neben dem Schrank, wo sie nicht im Entferntesten die Wirkung der anderen Bilder entfalten konnten.

Margot sah wieder in Zitz' Richtung. »Wann haben Sie das Zelt verlassen?«

»Gemeinsam mit Ernst. Wir waren die Letzten, Willi hat uns rausgeschmissen, drei Minuten nachdem die anderen gegangen waren – Sebastian Rossberg und noch ein paar. Willi wollte selbst ins Bett.«

»Wann war das?«

»Ich habe nicht auf die Uhr geschaut, aber es muss so um Viertel vor zwei gewesen sein. Ich habe mich dann vor dem Zelt von Ernst verabschiedet. Habe ihn noch gefragt, ob ich ein Taxi rufen soll, aber er wollte nicht. Er meinte, ein bisschen frische Luft täte ihm gut. Er wohnt ja nur zehn Minuten von hier. Einfach durch den Park. Ich ging direkt ins Hotel. Ist ja keine zwei Minuten vom Zelt entfernt.«

»Und dann?«

»Dann bin ich ins Bett gegangen. Und da ich in meinem Leben sicher an die fünfhundert Krimis gesehen habe, weiß ich, dass nun die Frage kommt – kommen muss –, ob es Zeugen dafür gibt. Die Frage kann ich sogar bejahen. Alicia Prosper, eine Angestellte, saß an der Rezeption, sie hatte Nachtschicht und sah mich kommen. Sie ist heute Nachmittag wieder hier. Ich gebe Ihnen aber auch gern die Telefonnummer.«

Horndeich nahm Adresse und Telefonnummer der Angestellten entgegen.

»Wenn Ihnen noch etwas einfällt, lassen Sie es uns bitte wissen.« Margot legte ihre Karte auf den Tisch.

Horndeich erhob sich schon, doch Margot blieb noch sitzen. »Sagen Sie, hätten Sie eventuell noch ein Zimmer frei? Ein Bekannter von mir wollte ein paar Tage in Darmstadt übernachten, und durch die Messe in Frankfurt scheint ganz Darmstadt ausgebucht zu sein.«

Zitz schien irritiert. Ebenso Horndeich. Sie hatten ja auch keine Ahnung, dass Margot vor gut einer Stunde eine stumme Debatte mit ihrem Spiegelbild geführt hatte.

»Ich kann nachsehen. Aber ich habe eigentlich immer ein Zimmer für den Notfall übrig, wenn auch nicht das luxuriöseste.« Zitz stand auf, ging um den Schreibtisch herum, tippte etwas in den Rechner, ließ die Maus kreisen und klicken, verkündete dann: »Ja, ein Einzelzimmer. Sogar nach hinten hinaus, da hört man den Festlärm nicht so sehr.«

Zitz begleitete sie zur Rezeption, regelte mit seiner Angestellten die Formalitäten und nannte Margot die Zimmernummer.

Sie saßen schon wieder im Wagen, als Margots Handy klingelte. Sie zog es aus der Innentasche, warf es Horndeich zu. Der meldete sich mit seinem Namen. Verbesserte sich sofort darauf. »Nein, Sie sind nicht falsch verbunden, sie sitzt neben mir.«

Das weitere Gespräch war sehr einseitig, bestand nur noch aus einem »Alles klar, bis gleich«. Er legte das Handy in die Ablage zwischen den Sitzen. »Hinrich. Er meint, er hätte noch was Interessantes gefunden. Wir sollen mal vorbeikommen, bevor er endlich schlafen geht.«

Margot wechselte die Spur, lenkte den Wagen in Richtung Autobahn. Also würden auch sie einen Abstecher zur Gerichtsmedizin nach Frankfurt machen.

Wieder einmal stellte Margot fest, dass der Geruch in den Räumen der Pathologie im krassen Gegensatz zu deren sterilem Äußeren stand. Unter einem grünen Tuch lag ein Körper, andere Tote schliefen in ihren stählernen Kühlfächern. Ein Zettel am Zeh diente als neuer Personalausweis. Ernst Dengler.

Pathologe Martin Hinrich zog das Tuch zur Seite. Dengler lag auf dem Rücken. Die Narbe über dem Brustkorb war mit groben Stichen vernäht. Zum Glück sahen Angehörige die Opfer nur noch angezogen. Doch der entwürdigende Zustand half, Denglers Mörder zu finden.

»Wie ich bereits heute Nacht angenommen habe, ist die Bierflasche die Tatwaffe«, präsentierte Hinrich seine Erkenntnisse ohne Einleitung. »Zuerst ein Schlag mit der noch ganzen Flasche auf den Hinterkopf. Der Schlag war aber nicht tödlich, auch wenn er eine Fraktur hervorrief.«

»Irgendwas über die Größe des Täters?«

»Nein. Das heißt, wir können Zwerge und Riesen ausschließen, aber zwischen eins sechzig und eins neunzig ist alles drin. Rechtshänder. Aber das hat Ihnen ja sicher schon die Spurensicherung gesagt. Hier also keine Überraschungen. Die Flasche ist dabei zu Bruch gegangen, wir haben

Spuren der Kopfhaut an der Flasche gefunden. Nachdem Dengler zu Boden gegangen ist, hat der Täter mit dem Flaschenstumpf zugestochen. Und die Halsschlagader erwischt. Möglich, dass euer Täter blutige Kleidung hatte. An den Schuhen war auf jeden Fall Blut.«

»Ja, die Spurensicherung hat noch Blutspuren entdeckt, er hat die Schuhe wohl in der Wiese abgeputzt. Aber durch den Regen gibts keine Abdrücke und auch keine Möglichkeit herauszufinden, wie er abgehauen ist.«

»Zumal der Junkie auch noch in dem Blut herumgetappt ist«, ergänzte Horndeich.

»Der Junkie?«

»Ein Junkie, der ihn im Gebüsch gefunden hat. Und ausgenommen hat, anstatt einen Arzt zu rufen. Egal, was noch?«

»Also, Dengler ist verblutet. Wenn ihn jemand vor uns gefunden hat, hätte er vielleicht überleben können.«

»Scheiße!«, zischte Horndeich. »Scheiße! Ich krieg dieses kleine Arschloch dran! Unterlassene Hilfeleistung. Mindestens.« Sein Teint hatte sich annähernd dem des Toten angeglichen. Immer wenn Horndeich wirklich wütend war, schien sich das Blut aus den Hautgefäßen zu verabschieden.

»Moment, ich bin noch nicht fertig. Also zu den Kratzspuren am Handgelenk: eindeutig vor Eintritt des Todes zugefügt. Wenn da eine Uhr war, dann ist sie abgenommen worden, als das Opfer noch lebte.«

Horndeich sagte nichts mehr. Jede weitere Bemerkung war überflüssig. Zumal es ihm sicher nicht gelingen würde, sie in angemessener Lautstärke über die Lippen zu bringen. Margot legte ihrem Kollegen die Hand auf die Schultern. »He«, ein kleines, meist nutzloses Wort, das jedoch nach einer Wiederholung langsam die Farbe auf Horndeichs Gesicht zurückzauberte.

»O. k.?«

»O. k.«

Margot verstand nicht, was in Horndeich gefahren war. Sie kannte ihn als äußerst beherrschten Kollegen. Die Zusammenarbeit mit ihm war sicher auch deshalb so angenehm, weil er die Dinge ohne Emotionen sehen konnte, sachlich blieb und so den Überblick bewahren konnte. Dass er jetzt das HB-Männchen mimte, wenn auch ohne abzuheben, konnte sie nicht verstehen.

»Tja, das ist aber noch nicht alles. Wenn er nicht umgebracht worden wäre, hätte er wahrscheinlich auch nicht mehr lange gelebt.«

»Wieso das? Hat er irgendwelchen Risikosportarten gefrönt? Schwarze-Pisten-Ski, Formel 1 oder so was?«, entgegnete Horndeich bissig.

Hinrich sog hörbar Luft ein. Es schien ihm auch nicht länger leichtzufallen, Horndeichs Wut auf die Welt zu ertragen. »Nein. Ich habe mir sein Blut angeschaut, nachdem ihr heute morgen was von Doriphyl erzählt habt. Eigentlich nichts anderes als Morphium pur. Dengler muss ziemlich high gewesen sein, er hatte zum Todeszeitpunkt sicher null Komma fünf Promille intus und muss mindestens drei Kapseln von diesem Hammerzeug genommen haben. Tagesdosis: maximal zwei. Und das auch nur einmalig. Also habe ich nachgeschaut, was dem Guten solche Schmerzen verursacht hatte.«

»Und?«

»Ganz einfach. Dengler hatte Krebs. In weit fortgeschrittenem Stadium.«

»Krebs?« Margot und Horndeich wiederholten es gleichzeitig.

»Ja. Ich bin kein Onkologe, aber ich habe im Magen ein Krebsgeschwür entdeckt, schon über vier Zentimeter groß. Hat sich schon bis ins Bindegewebe vorgearbeitet. Wollt ihr's sehen?«

Margot winkte dankend ab. Wozu hatte man die Spezialisten? Sicher auch darum, damit man nicht alles selbst machen – und sehen – musste. Auch Horndeich verzichtete freiwillig auf den Anblick des Magens im Glas.

»Das Doriphyl ist verschreibungspflichtig. Findet den Arzt, der es ihm verschrieben hat. Der kann euch gewiss über alle Details informieren. Aber ich glaube, Dengler hatte wirklich nicht mehr lange zu leben. In wenigen Wochen hätten ihn entweder die Schmerzmittel oder der Krebs umgebracht.«

Als sie wieder im Auto saßen, wollte Horndeich den Zündschlüssel umdrehen und den Wagen starten. Margot hielt ihn davon ab.

»Was war das vorhin?«

Horndeich starrte durch die Frontscheibe. »Ich könnt diesem Frettchen den Hals umdrehen. Ich weiß selbst, dass das nicht besonders professionell klingt. Aber die Socke hat ihn einfach verbluten lassen, um an seinen nächsten Schuss zu kommen. Hat nicht mal einen Arzt gerufen, nachdem er ihn beklaut hat.«

Margot nickte. Auch sie kam oft mit der Kaltblütigkeit einiger Zeitgenossen nicht zurecht. Inzwischen hatte sie sich ein ziemlich dickes Fell zugelegt, außen Löwe, darunter noch ein Futter aus Mammutleder. Es gab sie, die bösen Menschen auf der Welt. Und nichts und niemand würde das ändern.

»Verzeih die persönliche Frage, Horndeich, aber warum geht dir das so an die Nieren? So kenne ich dich gar nicht.«

»Ich erkenne mich selbst kaum wieder.«

Schweigen. Erstaunlich, dass man Schweigen hören kann. All die Umgebungsgeräusche schienen fast unerträglich laut. Margot fühlte sich an die Szene aus *Der verrückte Professor* mit Jerry Lewis erinnert. Nachdem er einen Trank zu sich genommen hatte, nahm er alle Geräusche viel lauter wahr. Das Platzen einer Kaugummiblase mutierte bei ihm zum

Donnerschlag. Und der Streit eines Pärchens unweit ihres eigenen Autos zu einer Massendemonstration.

»Ich hätte auch so werden können.«

Margot hatte den Satz zwar vernommen, jemand hatte auch brav den Lautstärkeregler für Hintergrundgeräusche runtergedreht, aber er schien Chinesisch zu sprechen. »Was meinst du?«

»Ich war auch ein Junkie. Mit sechzehn. Es hätte nicht viel gefehlt, und ich wäre genauso abgedriftet wie Freund Hainer. Hab damals noch in Hamburg gewohnt.«

Es war das erste Mal, dass Horndeich etwas Privates erzählte. Wieder dauerte es eine Weile, bis er fortfuhr. Margots Handy klingelte, aber sie stellte das Gerät kurzerhand ab.

»Ich konnte die Jungs in Grün riechen, auf hundert Meter, auch wenn sie als Zivilisten verkleidet waren. Doch so gut mein Instinkt in Bezug auf die Trachtengruppe Grün-Weiß funktionierte, so sehr versagte er damals für mich selbst. Alkohol, dann Haschisch, mehr Haschisch, Pillen, einmal H, dann weiter H, wie in den bunten Broschüren, die die Kollegen immer in den Schulen verteilen. Die Bullen haben mich nie mit Stoff erwischt, obwohl ich meine Sucht auch mit Dealen finanzierte.«

»Hast du gerade ›*Bullen*‹ gesagt?«

Horndeich grinste schräg. »Ja. Damals gab es nur Bullen.«

»Und wie bist du selbst zum Bullen mutiert?«

Wieder eine Pause. Horndeich schien nicht sicher, ob er noch weitererzählen sollte. Schaute Margot an. »Sie haben mich damals neben dem Hauptbahnhof aufgelesen. Neben mir Peter, ein Freund. Sofern man in der Szene Freunde hatte und nicht nur Rivalen im Kampf um Stoff. Und als ich im Krankenhaus zu mir kam, teilte mir meine Mutter mit, dass ich keinen Freund mehr hatte. Peter war verreckt. Zu viel von dem gestreckten Zeug, das man uns angedreht hatte.

Meine Mutter besann sich auf das, was sie am besten konnte: Vorwürfe machen. Sehr motivierend. Aber wirklich geholfen hat mir der Beamte, der mich vernommen hatte. Kein moralinsaures Gewäsch. Er hat nur den Kopf geschüttelt, mich angeschaut, gemeint, er könne nicht verstehen, warum ein kluger und kräftiger junger Mann sein Leben wegwerfen wollte. Ich hab ihn angesehen und wollte die ganze Litanei herunterbeten, die ich auswendig besser hersagen konnte als jedes Gedicht, das ich in meiner bisherigen Schulkarriere gelernt hatte. Eine lange Aufzählung, wer alles daran schuld war, dass ich vor einem Jahr abgerutscht war, angefangen beim Tod meines Vaters – weiter kam ich nicht. Der Polizist sagte: ›Ich könnte mir jetzt deine ganze Geschichte anhören und dich bemitleiden. Ich werde es nicht tun. Mein Problem war der Alkohol. Und es gibt nur einen einzigen Weg, solch ein Problem loszuwerden. Du musst es *wollen.* Jede Hilfe ist umsonst, wenn du deinen kleinen Hintern nicht aus dieser Gosse hochheben willst, um mit trockenen Hosen durch die Welt zu laufen.‹«

»Netter Text.«

»Ja. Er hat sich nach dem Entzug um mich gekümmert. Wie ein Pate, so in der Richtung. Alle zwei Wochen ist er mit mir essen gegangen. Er hat zwei Bedingungen gestellt: kein Klagen. Keine Drogen. Ich blieb clean. Mein Gehirn war noch nicht so vernebelt, dass ich nicht mehr lernen konnte. Ich ging zurück an die Schule, wiederholte eine Klasse, und mit den ersten kleinen Erfolgen wurde mein Ehrgeiz geweckt. Da sie mich nie mit Stoff erwischt hatten, stand auch nichts in meiner Akte. Und als dann so ein Bullenpolizist an der Schule erschien, dachte ich, es sei vielleicht doch keine schlechte Idee, gegen diese Typen zu kämpfen, die mit Drogen dealen und mit schlechtem Stoff andere umbringen. Vielleicht ist meine Selbstdisziplin heute etwas übertrieben. Aber es war das Einzige im Leben, auf das ich mich wirklich verlassen konnte. Denn sonst wäre ich wie Hainer geworden.«

»Bist du aber nicht«, konstatierte Margot und drehte den Zündschlüssel herum.

»Ja. Bin ich nicht.«

»Genau. Wir sind die Guten.«

Dr. Siegfried Petrow führte die Polizisten in seinen Behandlungsraum. »Was kann ich für Sie tun?«

Der Teppichboden des Raumes war sicher nur unwesentlich jünger als der grau melierte Arzt. Ein Skelett bewachte eine Ecke des Raumes, zwei Wände waren mit Lehrpostern behangen, und eine wurde gänzlich von einem dunklen Bücherregal verdeckt. Petrow selbst erfüllte das Klischee des gemütlichen Hausarztes bis aufs i-Tüpfelchen. Er hatte ein Stethoskop umgehängt, dessen Membran in der Brusttasche eines weißen Kittels verschwand.

Wieder stellte Margot sich und den Kollegen vor. »Frau Marianne Dengler sagte mir, dass Sie der Hausarzt von Ernst Dengler sind?«

Ein Stirnrunzeln verriet, dass dem wohl so war – und Skepsis über den Grund der Frage. »Ja. Ich habe ihn seit über dreißig Jahren betreut. Weshalb die Frage?«

Margot klärte ihn über Denglers Tod auf. Und über das Magenkarzinom und die Tabletten. »Jetzt wüssten wir gern, ob Sie uns Näheres über seine Krankheit mitteilen könnten.«

Petrow setzte sich hinter den ausladenden Schreibtisch, griff kurz zum Telefon. »Anna, bitte bringen Sie mir doch die Akte von Ernst Dengler.« Keine Minute später erschien eine adrette Sprechstundenhilfe mit langen blonden Haaren, die sie zu einem Zopf geflochten hatte. Sie nickte den Polizisten zu, bedachte Horndeich sogar mit einem Lächeln. Dann reichte sie Petrow eine Hängemappe aus dem Register: »Bitte, Herr Doktor.«

Mit einem leichten Schmunzeln registrierte Margot, dass Horndeich ihr hinterhersah. Petrow war es ebenfalls nicht entgangen, doch für ihn war dies wohl tägliches Erleben.

Der Arzt überflog die Blätter, dann zog er eines heraus, legte es vor sich. »Ernst kam vor einem halben Jahr zu mir. Ich kenne – ich kannte ihn schon über dreißig Jahre. Wir waren beide im Förderverein der Kinderkliniken Prinzessin Margret. Eine gute Sache, wichtig, wenn auch nur in kleinem Rahmen. Ernst hat sich ja schon immer sozial engagiert. Auch in viel größeren Organisationen. So haben wir uns sicher einmal im Jahr gesehen. Und ich habe ihn immer aufgefordert, zur Vorsorge zu kommen. Er hat mich daraufhin mit dem freundlichsten seiner spöttischen Blicke bedacht. Und es ignoriert. Bis er vor einem halben Jahr mit Schmerzen im Oberbauch zu mir kam. Ich mache es kurz: Ich schickte ihn in eine Spezialklinik nach München. Er wollte nicht hier in der Nähe untersucht werden, denn er wollte es niemanden wissen lassen, nicht einmal Marianne. Es war das einzige Mal, dass er ehrenrührig wurde: Wenn ich meine Schweigepflicht verletzen würde, würde er mich vor den Kadi zerren. Und bei aller Freundschaft, das hätte er gemacht. Die Diagnose der Münchner war niederschmetternd. Sie diagnostizierten ein Margenkarzinom T4 N0 M0.«

Als sei damit alles erklärt, legte er das betreffende Blatt wieder in die Akte zurück.

Margot räusperte sich. »Und was bedeutet das?«

»Es ist ein internationaler Code, nach dem Krebs klassifiziert wird. Hier bedeutet es, er hatte ein riesiges Geschwür, das bereits die Organe neben dem Magen angegriffen hatte. Lymphknoten waren noch nicht betroffen, und Metastasen gab es auch noch keine.«

»Also gute Heilungschancen?«

Petrow schüttelte den Kopf. »Nein, leider nicht. Der Tumor war schon viel zu groß. Sie hätten ihm den ganzen Magen herausnehmen müssen. Und um eine Chemotherapie wäre er auch nicht herumgekommen.«

»Wäre eine OP noch infrage gekommen?«

»Sicher. Er hätte eine Chance gehabt. Aber er wollte nicht. Er war sturer als ein Esel. Ach, was sag ich, gegen diesen Dickschädel war ein Esel ein folgsamer Bernhardiner. Er habe keine Lust, seine Haare zu verlieren. Sich die Seele aus dem Leib zu kotzen und sich von seiner Frau irgendwann den Hintern abwischen zu lassen. Das waren seine Worte. Er wollte nur etwas gegen die Schmerzen. Doriphyl nahm er seit etwa drei Monaten. Er hat sich nie wieder untersuchen lassen. Holte sich immer nur das Rezept für das Schmerzmittel ab. Er wollte lediglich noch ein paar Monate, um seine Sachen in Ordnung zu bringen.«

Petrows Blick zeigte inzwischen in Richtung Fenster, aber Margot hatte nicht den Eindruck, dass sein Gehirn irgendeine der Informationen, die seine Netzhaut produzierte, wahrnahm. »Ich hätte ihn ohrfeigen können. Weil er freiwillig Jahre seines Lebens verschenkte. Und gleichzeitig bewunderte ich ihn für seinen Mut. Ich weiß nicht, ob ich ihn hätte.«

Er nahm sein Gegenüber wieder in den Blick.

»Mehr kann ich Ihnen dazu nicht sagen.«

»Margot, kann ich schon Schluss machen?«

Ein neuer Satz in Horndeichs Repertoire. »Ja. Zu der Testamentseröffnung kann ich allein gehen. Musst du nicht mit. Soll ich dich zu Hause absetzen?« Horndeich bewohnte eine schöne Altbauwohnung im Paulusviertel, nicht weit vom Revier entfernt.

»Nein, ich bummle noch ein bisschen übers Fest.«

»Soll ich dich dort absetzen?«

»Nein, schon gut, ich laufe lieber.«

Margot zuckte die Schultern. »O. k., dann bis morgen. Ich denke, da kommen wir nicht drumrum.« Sie mochte es nicht, am Wochenende zu arbeiten. Aber es führte wohl kaum ein Weg daran vorbei.

»Jepp, werde da sein.«

Margot fuhr ebenfalls nicht direkt ins Präsidium zurück. Sie musste noch einen der beiden Ratschläge ihres Spiegelbildes befolgen. Deshalb war sie nicht traurig, nun ohne ihren Kollegen im Wagen zu sitzen. Sie lenkte den Opel abermals in Richtung Autobahn, bog aber unmittelbar hinter dem Ortsschild rechts nach Griesheim ab. Dort würde sie eine Freundin besuchen, denn vielleicht konnte sie ihr eine Antwort geben. Auf eine der vielen Fragen, die in ihrem Kopf herumspukten.

Auf eine der wichtigen Fragen.

Und die Freundin versprach, ihr die Antwort zu faxen. Vielleicht schon am Sonntag.

Als sie eine Dreiviertelstunde später wieder in ihr Büro ging, fand sie dort eine Notiz: Ihr Vater bestätigte, dass er heute um 18:00 Uhr Denglers Testament eröffnen würde. Sie sah auf ihre Armbanduhr. Noch eine gute Stunde. Genug Zeit, um auch den zweiten Ratschlag ihres Spiegelbildes umzusetzen. Sie kramte das Handy hervor, wählte Rainers Handynummer, die sie gestern zum Glück doch in ihrem Gerät gespeichert hatte.

»Hallo, Margot. Schön, dich zu hören!«

»Rainer, ich muss mit dir reden. Sofort.«

Sebastian Rossbergs Kanzlei lag am Rande des Luisenplatzes und nachmittags im wahrsten Sinne des Wortes im Schatten des Langen Ludwigs, wie die Ludwigssäule im Zentrum der Stadt im Volksmund genannt wurde. Im Straßencafé zu Füßen des Kanzleigebäudes saßen Margot und Rainer einander gegenüber.

Rainer nippte an seinem Latte macchiato, während Margot einen halben Löffel Zucker in ihren Kaffee gleiten ließ. Rainer konnte ein Schmunzeln nicht unterdrücken.

»Was ist?«

Der Polizistin entging auch nichts. »Gegen die Bitterkeit …«

»Ja.« Margot ging auf den humorvollen Ton Rainers nicht ein.

»Also, schieß los. Weshalb die Vorladung? Brauche ich einen Anwalt? Dann würde ich noch kurz deinen Vater anrufen.« Auch dies keine Bemerkung, die die Leichtigkeit des gestrigen Abends wieder herbeizaubern konnte.

»Es geht nicht.«

»Was geht nicht?«

»Du. Ich meine, du in meinem Haus. Ich habe dir ein Hotelzimmer gebucht. Im ›Goldenen Hirschen‹. Ist auch näher bei deinem Madonnentreffen.« Das Treffen fand im Festsaal der Stiftskirche statt. Ihr Vater engagierte sich in der Gemeinde, und die Kirche lag nur einen Katzensprung von seiner Wohnung entfernt. »Das Hotel liegt direkt am Herrngarten.«

»Ich weiß, es stand auch auf der Liste derer, die ich angerufen habe. Aber du hast in dieser Stadt entschieden die besseren Kontakte.« Sie konnte seiner Stimme nicht entnehmen, ob Zynismus oder Anerkennung überwog.

»Zimmer dreiundzwanzig, die Rezeption ist vierundzwanzig Stunden lang besetzt.« Sie hatte erwartet, dass die Freundlichkeit in Rainers Zügen Bitterkeit weichen würde. Dass sie Enttäuschung in seinen Augen lesen könne. Doch sein Blick streichelte sie noch immer mit der gleichen Wärme, mit der er es gestern schon getan hatte, was Margot nicht behagte.

»Warum?«

»Es ist ganz einfach, es ist mir zu nah. Rainer, wir haben uns sieben Jahre nicht gesehen. Und das nicht ohne Grund. Und es war wohl auch gut so. Du wolltest es auch.«

»Ja. Nachdem ich innerhalb von zwei Jahren vierunddreißig Dampframmen verschlissen habe, bei dem Versuch, die Tore deiner Burg zu öffnen.«

»Du warst ein verheirateter Mann.«

»Ja.«

»Und jetzt, jetzt sitzen wir von einem Moment zum anderen gemeinsam am Frühstückstisch. Mein Sohn mit dabei, der dich nie im Leben gesehen hat. Und dennoch könnten wir als die RTL-Familie des Monats durchgehen. Es ist einfach völlig absurd. Schräg. Abgedreht ...«

»... schön.«

Sie wollte ihm widersprechen. Dachte einen Moment zu lange darüber nach, um es *glaubwürdig* verneinen zu können. »Nein. Nicht schön.« Glaubwürdigkeit hin, Glaubwürdigkeit her ...

»So schlimm?«

Eine der Fragen, die sie ihm jetzt sicher nicht beantworten würde. »Rainer, du platzt einfach in mein Leben. Du hast dieses Madonnentreffen. Deine Idee. Du triffst dich mit meinem Vater. Eure Idee. Du stehst plötzlich vor meinem Haus, als ob Scotty auf der *Enterprise* beim Beamen Mist gebaut hätte. Die Idee meines Vaters. Und du nächtigst in meinem Haus. Bens Idee. Und nun sag mir, wo ich darin vorkomme.«

Er sagte nichts.

»... du ziehst in ein Hotel. Meine Idee. Punkt. Das Ganze ist mir zu nah, zu plötzlich – und außerdem habe ich gerade einen Mordfall am Bein und weder Lust noch Kraft noch Zeit, mich nebenher noch mit meiner – mit unserer Vergangenheit auseinanderzusetzen.«

»Schon o. k., Margot.« Seine Gelassenheit machte sie rasend. Hatte er sich so gut im Griff? Oder machte es ihm wirklich nichts aus? Und würde es ihr etwas ausmachen, wenn es ihm nichts ausmachte? Verdammt. Genau die Art von Überlegungen, die sie nicht anstellen wollte …

»Hier ist ein Zweitschlüssel.« Sie hatte ihn vorhin eingesteckt, nach der kurzen Debatte mit ihrem Spiegelbild. »Bitte hol deine Sachen und schmeiß den Schlüssel in den Briefkasten.« Sie sah demonstrativ auf die Uhr. »Ich muss zu meinem Vater.« Lieber würde sie noch eine halbe Stunde im Gang stehen, als hier noch eine Minute länger zu sitzen. Sie fischte zwei Euro aus der Geldbörse, legte sie neben die Kaffeetasse. Dann erhob sie sich.

»Hat nicht gewirkt, was?«

»Was hat nicht gewirkt?«

»Der halbe Löffel Zucker.«

»Nein. Leider nicht. Machs gut.« Sie wandte sich zum Gehen.

»Margot?«

Na gut. Noch ein Blick. »Ja?«

»Trotzdem danke.«

Viertel vor sechs. Margot war die Erste. Ihr Vater trat hinter seinem Schreibtisch hervor und begrüßte sie herzlich. Das Kanzleizimmer war nicht besonders groß. Ihr Vater hatte ein Faible für dunkle Holzmöbel und dunkle Holzvertäfelungen. In ihren Augen ein Ambiente, das bei jedem Selbstmordkandidaten die letzten Zweifel an seinem Vorhaben ausräumen könnte. Ihr Vater hatte sechs Stühle vor dem dunklen Schreibtisch aufgestellt. Einer davon stand etwas abseits. Ihr Platz.

»Wer wird kommen?«, erkundigte sie sich.

»Natürlich Ernsts Frau und ihr Sohn. Max, sein Bruder. Und dessen Sohn mit seiner Frau.«

In diesem Moment klopfte auch schon Ernsts Bruder an die nur halb geschlossene Tür. Er war Ernst Dengler wie aus dem Gesicht geschnitten. Margot hatte ihn schon ein paarmal gesehen, zuletzt am gestrigen Tag im Hamelzelt. Aber nicht aus der Nähe. Er wirkte nicht so elegant und souverän, wie sie Ernst erlebt hatte.

Sebastian Rossberg stellte sie einander vor. »Meine Tochter Margot Hesgart, sie bearbeitet den Mord an Ihrem Bruder.«

Max Dengler reichte ihr die Hand. Kräftiger Händedruck. »Sehr angenehm.«

»Ich muss Ihnen auch ein paar Fragen stellen, Herr Dengler.« Die Gelegenheit beim Schopfe gepackt.

»Bitte sehr.«

Sie fragte ihn zunächst ebenfalls nach potenziellen Feinden, doch auch er konnte keine nennen. »Wann haben Sie Ihren Bruder zum letzten Mal gesehen?«

Max Dengler überlegte kurz. »Am Abend seines Todes. Wir waren alle zusammen noch im Hamelzelt. Aber ich bin vor den anderen gegangen. Ich denke, so gegen ein Uhr. Ich weiß es nicht mehr genau. Bin mit einem Taxi nach Hause gefahren.«

Wie Margot bereits wusste, wohnte Max Dengler nicht weit von ihrem eigenen Haus entfernt, ebenfalls im Komponistenviertel. Sie war heute schon an seinem Domizil vorbeigefahren, eine nette kleine Villa im Mozartweg.

»Sie erinnern sich noch an die Taxinummer?«

Die Freundlichkeit verschwand einen winzigen Moment aus den Zügen gleich einem Aussetzer einer Livekonzertübertragung im Radio. »Nein. Merken Sie sich Taxinummern?«

»Herr Dengler, ich muss Sie das fragen, ebenso, wie ich alle Menschen aus dem direkten Umfeld Ihres Bruders befragen muss. Was haben Sie gemacht, als Sie zu Hause waren?«

»Ich bin zu Bett gegangen.«

Margot setzte zu einer Frage an, doch Dengler war schneller: »Nein, es gibt keine Zeugen dafür. Ich pflege gemeinhin allein zu nächtigen. Wenn also nicht gerade ›Versteckte Kamera‹ zu Gast gewesen sein sollte …«

Marianne Dengler und ihr Sohn Fritz trafen wenig später ein. Sie begrüßten Margot und ihren Vater freundlich, Max hingegen frostig.

»Haben Sie schon etwas herausgefunden?« In Mariannes Stimme schwang ein zarter Hauch Hoffnung mit, dem Margot leider keine neue Nahrung geben konnte.

»Nein, wir ermitteln noch. Sobald wir etwas wissen, erfahren Sie es sofort.« Immer dieselben Phrasen …

»Setzen Sie sich, wir erwarten nur noch Herbert und Sylvia Dengler«, sagte Margots Vater.

Sie hatten kaum Platz genommen, als die beiden Fehlenden den Raum betraten. Margot kannte beide nicht. Herbert war von durchtrainierter Statur, seine Frau sehr zierlich. Sie wirkte neben ihm fast zerbrechlich. Herbert begrüßte Marianne, Fritz und Margot Hesgart sowie Sebastian Rossberg. Die beiden Stühle neben Max am rechten Rand waren frei. Herbert setzte sich auf den äußeren. Er bedachte seinen Vater nicht einmal mit einem Blick. Die Kälte zwischen ihnen schien die Raumtemperatur abzusenken, als ob er mit seinem Eintritt in den Raum eine Tiefkühltruhe geöffnet hätte. Sylvia Dengler schenkte ihrem Schwiegervater zumindest ein Nicken, als sie sich neben ihn setzte. Zusätzlich zur Kälte schien die Luft nun auch noch elektrisch aufgeladen zu sein. Nette Stimmung hier, dachte Margot.

»Sie haben bereits meine Tochter Margot Hesgart kennengelernt, sie ist Hauptkommissarin der Kripo Darmstadt und bearbeitet den Mord an Ernst Dengler.« Damit übergab er das Wort an Margot.

»Es ist für die Ermittlungen wichtig, dass wir den Inhalt von Ernst Denglers Testament kennen. Ich möchte Sie deshalb darum bitten, dass ich an der Eröffnung teilnehmen darf.«

Alle Augen waren auf sie gerichtet. Schweigen im Raum, das Max Dengler als Erster brach: »Ich glaube, alle hier im Raum sind daran interessiert, dass der Mörder meines Bruders so schnell wie möglich gefasst wird. Wegen mir können Sie gern bleiben.«

Die anderen nickten nur.

Margot bedankte sich kurz, dann begann ihr Vater mit der Eröffnung des Testaments, eingeleitet durch einige Formalitäten. Daraufhin verlas er den Text.

Ohne persönliche Worte teilte Ernst Dengler mit, dass seine Frau Marianne und sein Sohn Fritz von seinen Firmenanteilen jeweils fünfundvierzig Prozent erben sollten und zu gleichen Teilen die drei Häuser in der Mollerstraße. Sämtliches Vermögen fiele ebenfalls an sie, abgesehen von den nachfolgenden Ausnahmen: »Ich möchte, dass mein Neffe Herbert eine Million Euro meines Vermögens erhält. Herbert, bleib, wie du bist. Eine weitere Million meines Vermögens erhält der Kinderschutzbund. Außerdem habe ich vor langer Zeit ein Versprechen gegeben, und ich habe mein Leben lang Wort gehalten. Deshalb erhält mein Bruder Max zehn Prozent meiner Firmenanteile sowie fünf Millionen Euro meines privaten Vermögens. Du hast es nicht verdient. Auch Sebastian Rossberg, Weggefährte und Freund, erhält eine Millionen Euro.« Margots Vater schluckte. »Du hast es verdient, Sebastian. Es ist traurig, dass Richard nichts mehr bekommen kann.«

»Das ist der letzte Satz«, sagte Rossberg.

Bleiernes Schweigen breitete sich im Raum aus. Mariannes Ausbruch war Erlösung und Schock zugleich. »Ich fasse es nicht, dass er diesem Nichtsnutz auch nur einen Cent hinterlassen kann. Herr Rossberg, ich gönne Ihnen Ihren Anteil von Herzen, ich weiß, wie sehr sie einander verbunden waren. Aber du« – dabei zeigte sie auf ihren Schwager Max – »dir steht nichts zu!« Ihre Stimme schwoll an, überschlug sich fast. Jede Farbe war aus ihrem Gesicht gewichen.

Ihr Schwager reagierte nicht, nur ein verlegenes Grinsen umspielte kurz seinen Mund.

»Herr Rossberg, kann ich den Erbteil für Max anfechten?«

Margots Vater waren sowohl Marianne Denglers Auftritt als auch seine Antwort peinlich: »Nein. Das Testament ist juristisch wasserdicht.«

Sonst hätte Ernst Dengler es wohl kaum mithilfe ihres Vaters aufsetzen lassen, dachte Margot.

Marianne sprang auf, gleich einer Raubkatze. Margots Instinkt ließ ihre Muskeln anspannen, denn sie befürchtete, Ernst Denglers Frau würde sich auf ihren Schwager stürzen. Doch sie schritt um die Stuhlreihe herum und verließ den Raum. Ihr Sohn erhob sich ebenfalls und folgte ihr.

Auch die anderen standen auf. Margot ging auf Herbert zu. »Dürfte ich Sie noch einen Moment sprechen?«

»Selbstverständlich.«

»Kann ich ... Soll ich hinausgehen?«, fragte seine Frau schüchtern.

»Nein, bleiben Sie ruhig hier. Herr Dengler, wann haben Sie das letzte Mal mit Ihrem Onkel gesprochen?«

Herbert Dengler überlegte kurz. »Vor zwei Wochen. Wir sind zusammen ein Wochenende zum Angeln gefahren. Das machen wir mindestens einmal im Jahr.«

»Sie haben sich gut mit ihm verstanden?«

Herbert schluckte. »Ja. Wir teilten weder die politische Einstellung, noch gefiel mir sein patriarchalisches Gehabe, das er manchmal an den Tag legte. Aber ich mochte ihn. Wobei er sich mir gegenüber auch immer korrekt verhalten hat.«

»Waren Sie ebenfalls mit Ernst Dengler befreundet?« Sylvia Dengler schien erstaunt, dass Margot auch sie ansprach.

»Nein. Nicht wirklich. Er war ein paarmal bei uns zu Besuch. Selten, obwohl wir im gleichen Haus wohnen. Nein, ich hatte keinen intensiven Kontakt zu Herberts Onkel oder seiner Frau.«

»Ich bin mit ihm vielleicht dreimal im Jahr zusammen essen gegangen«, ergänzte Herbert Dengler. »Ab und zu hatten wir geschäftlich miteinander zu tun. Meine Firma passt Software an. Wir sind Spezialisten, was die Verkaufsprozesse in der Automobilindustrie angeht, besonders zwischen Zulieferern und den großen Marken wie Daimler-Chrysler. Und diese Prozesse bilden wir in Programmen ab. Unter anderem auch für Pointus, damit sich deren Produkte auch in dieser Branche gut verkaufen lassen.«

»Ist Pointus ihr einziger Auftraggeber?«

»Nein. Aber ein großer Kunde.«

»Wussten Sie, dass Ihr Onkel Ihnen etwas vererben wollte?«

»Wenn ich jetzt Ja sage, rutsche ich auf der Liste der Verdächtigen nach oben, nicht wahr?« Der schwache Versuch eines Scherzes.

»Wussten Sie es oder nicht?«

»Nein, ich hatte keine Ahnung.«

»Wussten Sie davon?« Margot wandte sich wieder an Herberts Frau.

»Nein, ich sagte schon, dass wir keine wirklichen Freunde waren.« Der Blick ihres Gatten brachte sie kurz zum Schweigen, doch gleich darauf sprach sie weiter. »Warum darum herumreden? Er mochte mich nicht, und das beruhte auf Gegenseitigkeit. Bei ihm von *ein bisschen patriarchalischen Gehabe* zu reden ist das Gleiche, wie den Papst als ein *bisschen* katholisch zu bezeichnen. Er war ein Macho, wie man ihn sich nicht ätzender vorstellen konnte.«

»Sylvia!« Herberts Begeisterung über die Einschätzung seiner Frau hielt sich in Grenzen.

»Es ist doch wahr. Du hast ihn gemocht, o. k., er war dein Onkel. Aber ich verstehe es nicht. Denn auch bei dir wollte er immer recht haben! Als er das letzte Mal bei uns war, hat er das Abendessen als Arbeitsgespräch betrachtet und deine

Firma umorganisiert. Als ob sie ihm gehörte. Er gab keine Ratschläge, er erteilte Befehle.«

Herbert kommentierte ihre Aussage nicht, aber sein Blick sagte, dass er seine Meinung Sylvia gegenüber sehr wohl noch Ausdruck verleihen würde. Der Blickwechsel zwischen ihm und seiner Frau glich einem Tennismatch im Zeitraffer.

»Ist Ihnen an Ernst Dengler etwas aufgefallen? Hat er sich in der letzten Zeit anders verhalten als sonst?«

»Ja. Jetzt, wo Sie fragen, habe ich tatsächlich den Eindruck, dass er sich verändert hatte. Er wirkte traurig, manchmal. Vielleicht sogar schon eine Spur depressiv. Es war nicht offensichtlich, aber gerade an unserem Angelwochenende war er anders.« Herbert deutete ein Lächeln an. »Keine Ratschläge mehr. Aber es wäre mir nicht bewusst geworden, wenn Sie es jetzt nicht angesprochen hätten. Es schimmerte nur so durch. Aber vielleicht bilde ich es mir auch nur ein.«

»Wann, glauben Sie, hat er sich verändert?«

Herbert überlegte kurz. »Vielleicht vor einem halben Jahr. Da waren wir gemeinsam essen. Und er war regelrecht wortkarg. Ich dachte damals noch, er hätte vielleicht nur einen schlechten Tag. Aber wenn ich es genau überlege, dann war er danach wirklich nicht mehr wie zuvor. Wissen Sie, mein Onkel war nie ein Spaßvogel, sein Humor trat selten hervor. Aber seit einem halben Jahr war auch dieser letzte Funken Humor ausgelöscht. Vielleicht hätte ich ihn fragen sollen, was mit ihm los war.«

»Weshalb haben Sie Ihren Vater nicht begrüßt?«, schnitt Margot ein anderes Thema an.

Verächtliches Schnauben war die Antwort. »Um es sehr vorsichtig auszudrücken, verbindet mich mit meinem Vater nicht viel. Eigentlich sind es nur ein paar Gene. Leider.«

»Wie darf ich das verstehen?«

»Mein Vater ist ein Schmarotzer.«

»Herbert!« Diesmal war es seine Frau, der seine Worte nicht gefielen.

»So war es immer, und du weißt das auch. Mein Onkel – ob man seinen Charakter mag oder nicht – hat seine Firma selbst aufgebaut. Mein Vater hingegen hat sich nur durchs Leben geschnorrt. Er hat reich geheiratet. Wenn er etwas erreichen wollte, konnte er charmant sein. Aber leider hat er das nie lange durchgehalten. Mit dem Geld meiner Mutter hat er seine Werbeagentur aufgebaut, ohne auch nur von einem Hauch Fachwissen getrübt zu sein. Wie kann man eine Werbeagentur ›Doppelpunkt‹ nennen? So viel zur Branchenaffinität meines Vaters. Zunächst waren es Geschäftskontakte seines Schwiegervaters, über die er an Aufträge kam. Die nahmen jedoch ab, proportional zu seinem Talent, sie in den Sand zu setzen. Dann schusterte ihm mein Onkel Aufträge zu, immer wieder, immer wieder und immer, immer wieder.«

Es gelang Herbert Dengler kaum, seine Wut zu unterdrücken. Er knetete seine Finger, als bereite er Teig zu.

»Als meine Mutter vor zehn Jahren starb, war von ihrem Vermögen nichts mehr da, nur die marode Firma, die jetzt, ohne die Aufträge meines Onkels, sicher bald pleite ist. Marianne wird ihm nicht einen weiteren Job zukommen lassen. Zu Recht. Ich denke, er wandert ganz nach oben auf die schwarze Liste. Mein Vater hat, seit ich denken kann, immer gezetert, wie sehr ihn sein Bruder unterdrücke – wie ein beleidigtes Kind. Dabei ermöglichte ihm ausschließlich sein Bruder das Leben in der gleichen gesellschaftlichen Kaste. Weshalb er das getan hat – ich habe es nie verstanden.«

»Hat Ihr Onkel Ihnen gesagt, dass er Krebs hatte?«

Die Augen beider Angesprochenen weiteten sich. Wie aus einem Munde fragten sie: »Krebs?«

»Ja. Magenkrebs. Er hat es vor einem halben Jahr erfahren.«

»Ich hatte keine Ahnung«, sagte Sylvia.

»Ich auch nicht. Verdammt. Ich hab ihn wirklich gemocht, den Alten. Es ist nicht fair, dass man das erst merkt, wenn es zu spät ist.«

Margot sah den feuchten Glanz in Herbert Denglers Augen.

»Haben Sie beide herzlichen Dank.«

Das Paar verließ die Kanzlei. Margot war nun allein mit ihrem Vater.

»Haben wir noch ein bisschen Zeit?«

»Ja? Weshalb?«

»Ich muss auch mit dir reden.«

Sebastian Rossberg nickte schwach. Natürlich wusste er, dass dieses Testament einen Berg von Fragen aufwarf.

Margot zog sich einen Stuhl heran, setzte sich ihrem Vater gegenüber, der auf dem Schreibtisch noch ein paar Papiere sortierte.

»Du wusstest, dass du erben würdest, nicht wahr?« Natürlich wusste ihr Vater das. Er hatte schließlich das Testament gemeinsam mit Ernst Dengler aufgesetzt. Und dennoch wünschte sich Margot im Moment nichts sehnlicher, als ein Nein aus dem Mund ihres Vaters zu hören.

»Natürlich. Ich habe es ja mit ihm aufgesetzt.«

Schade. Die Überraschung wäre zu schön gewesen.

»Wie kommt es? Wie kommt es, dass er dir so viel vererbt?«

»Ich konnte es ihm nicht ausreden. Wir haben uns einmal ein Versprechen gegeben.«

»Wer? Du und Ernst Dengler?«

»Ja. Und Max und Richard Gerber.«

»Meinst du diesen Richard, den Dengler im Testament erwähnt hat?«

»Ja, genau den.«

»Damit greifst du meiner nächsten Frage schon vor. Was habt ihr euch versprochen?«

»Es ist schon verdammt lang her, Margot. Wir waren damals dreizehn, als wir uns kennenlernten. Wir waren alle vier ›Madonnenkinder‹.«

»Ihr seid alle vier nach Davos geschickt worden?«

»Ja. Im Sommer 1951. Wir waren damals alle arm. Richtig arm.«

Margot erinnerte sich an die Geschichten, die ihr Vater ihr schon als Kind erzählt hatte. Wenn sie den Teller nicht aufessen wollte. Ihr Vater erzählte nie von Kindern, die in Afrika starben. Seine Vergleiche gingen statt in die geografische Breite immer in die zeitliche Tiefe: Sebastian Rossberg erzählte über die Zeit nach dem Krieg. Er lebte damals mit zwei Brüdern, einer Schwester und seiner Mutter im Keller eines ausgebombten Hauses. Bis 1952. Das Essen war immer knapp, im Sommer radelten die großen Geschwister ins Umland, um von den Feldern etwas Gemüse zu klauen. Und Brot war Luxus. Sein Vater war in russischer Gefangenschaft, und seine Mutter musste sehen, wie sie die vier Münder fütterte.

»Alle vier zusammen brachten wir so viel auf die Waage wie Relgart heute.«

Bezirksstaatsanwalt Johannes Relgart war durchaus korpulent, aber nicht fett. Hundert Kilo. Durch vier. Sie erfasste das Bild.

»Ich habe mich damals in Davos ganz schön einsam gefühlt. Davor hab ich ja immer mit den ganzen Geschwistern zusammengelebt. Und nun war ich mit einer Horde von Kindern zusammen, die ich nicht kannte. Ich glaube, während der Zugfahrt habe ich kein einziges Wort gesprochen. Prinzessin Margaret verabschiedete uns persönlich am Hauptbahnhof, ich bekam mein erstes eigenes Mickymaus-Heftchen geschenkt und einen Berg von Süßigkeiten. Wir sind über Basel gefahren, wurden aus dem Zug gescheucht und in Reih und Glied ins Kunstmuseum gebracht. Vor der Holbein-Madonna standen wir eine halbe Stunde, während uns genau erzählt wurde, dass wir nur wegen dieses Bildes diese Erholung genießen würden. Und dass die Prinzessin Margaret von Hessen und bei Rhein das Bild nur für uns an dieses Museum verliehen hätte. Ich hatte die Prinzessin an dem Tag das erste Mal gesehen, ich fand das Herumstehen anstrengend, das Bild doof, und ich wollte wieder nach Hause. Es war mir ein Rätsel, warum meine Mutter mich auf diese Reise geschickt hatte.«

Sebastian Rossberg sah auf die Uhr. »Wir haben noch ein bisschen Zeit, bevor die Eröffnung anfängt. Magst du noch einen Tee?«

»Gern«, sagte Margot. Ihr Vater verschwand kurz in der Küche. Wenn er ins Erzählen kam, hatte sie meist nur einen Gedanken, der ungefähr dem eines Tresorknackers entsprach, wenn er die Sirenen der Polizeiwagen hörte. Nicht so heute. Sie fühlte sich müde, ausgelaugt, leer. Sie hatte in der Nacht wenig und schlecht geschlafen, und sie hatte einen Mordfall am Bein – und einen Schatten aus ihrer Vergangenheit ebenfalls. Es war ein verlockender Gedanke, sich einfach zurückzulehnen, Tee zu trinken und der Geschichte des Vaters zu lauschen.

Sebastian kehrte zurück, zwei Tassen in der Hand, stellte sie kurz auf dem Fenstersims ab. Aus den Tiefen des viel zu dunklen Schreibtisches zauberte er Untersetzer aus Kork hervor, stellte die Tassen darauf ab und setzte sich wieder. Dann fuhr er fort: »Erst am Abend kamen wir in Davos an. Wir wohnten im Theodor-von-Sprecher-Haus, ein riesiges Holzhaus, das damals der Schweizer Armee gehörte. Wir waren zwanzig Kinder, acht Mädchen und zwölf Jungen. Ich hatte Glück, denn ich landete nicht in dem Achterzimmer, sondern im Viererzimmer. Wir Jungs kannten einander nicht. Die Zwillinge Max und Ernst. Dann Richard Gerber. Und ich. Alle dreizehn Jahre alt. Alle aus Darmstadt. Ich kam aus der Innenstadt, Max und Ernst aus Bessungen. Kann man sich heute kaum mehr vorstellen, dass die Heinrichstraße mal ein eiserner Vorhang war.«

Margot trank einen Schluck ihres Tees. Es gab viele Dinge, die Margot mit ihrem Vater verband. Sie aßen beide gern Fisch, mochten Verfilmungen von Rosamunde Pilcher, konnten Richard Wagner nicht viel abgewinnen. Und beide tranken nur frischen Tee. Alles, was in Beutel konfektioniert im Regal stand, war für die Geschmacksnerven indiskutabel. So genoss sie gerade einen guten Earl Grey *first flush.* »Was meinst du mit eisernem Vorhang?«

»Ganz einfach. Bessungen und Darmstadt, das waren zwei Welten. Die Bessunger waren die ›Lappinge‹, die Hasen, und die Darmstädter die Heiner. Dazwischen zog sich die Demarkationslinie Heinrichstraße. Wobei diese Linie nach der Bombennacht auch ganz real existierte. Nördlich der Heinrichstraße stand kaum mehr ein Stein auf dem anderen, und Bessungen hatte viel weniger abbekommen. Aber Max' und Ernsts Mutter ging es auch nicht rosig. Ihr Mann fiel im April 1944. Auch sie musste ihre Kinder allein durchbringen. Die Zwillinge hatten anfällige Lungen. Ihr älterer Bruder starb kurz vor unserer Reise an einer Lungenentzündung.«

»Und Richard – Gerber hieß er, oder?«

»Ja, Richard. Er lebte bei einem Onkel. Beide Eltern haben den Bombenangriff auf Darmstadt nicht überlebt. Zuerst wohnte er in einer baufälligen Ruine in der Rheinstraße, dann rissen sie den Schuppen ab, denn es bestand akute Einsturzgefahr. Er ging in ein Wohnheim. Ich glaube, Richard war der Ärmste von uns. Und doch war er auch der Fröhlichste, der Aufgewecktestе.«

»Und ihr wurdet Freunde?«

Ihr Vater zog eine Augenbraue hoch. »Nein, zunächst nicht. Anfangs war es eher eine Zwangsgemeinschaft. Ich habe mich erst mal mit Ernst geprügelt.«

»Weshalb denn das?«

»Es gab zwei Doppelstockbetten im Zimmer. Eines war von Max und Richard belegt worden. Das andere sollte mir und Ernst als Schlafstatt dienen. Nur wollten wir beide oben liegen. Und jeder behauptete, er habe seine Tasche zuerst nach oben gelegt.« Er machte ein Pause, nahm ebenfalls einen Schluck Tee.

»Und?« Margot hasste die Kunstpausen in den Erzählungen ihres Vaters. Schlimmer als Werbeunterbrechungen im Fernsehen.

»Richard ging dazwischen. Meinte, wir müssten ja nun die nächsten vier Wochen miteinander auskommen. Also sollten wir uns lieber überlegen, wie wir uns einigten.«

Ein weiterer Schluck Tee ...

»Wir haben ausgelost. Ernst lag oben. Und von diesem Moment an waren wir unzertrennlich. Jeder Ausflug, jeder Abwasch, jedes Spiel – alles haben wir zu viert gemacht.«

»Und wie war es, als ihr wieder zurück wart aus Davos?«

»Wir waren eine Bande. Eine Clique. Nein, das trifft es nicht. Ich glaube, wir waren fast wie Brüder, eine echte Gemeinschaft in der Not.« Sein Blick richtete sich auf das Fenster, dann wieder auf Margot. »Ich glaube, du kannst dir das kaum vorstellen. Die alltäglichen Probleme waren andere als heute. Richard hatte kein Geld, sich ein neues Heft für Mathe zu kaufen. Also gingen wir zu viert in die Stadt, legten einen alten Hut meines Vaters auf den Boden und schnitten Grimassen. Kaum einer beachtete uns, aber ein paar Erwachsene erbarmten sich unserer kläglichen Pantomime und warfen ein paar Pfennige in den Hut. Nach einer Stunde hatten wir ein Heft für Richard erbettelt. Und ich hatte immer nur Hunger. Denn wir konnten nie genug zu essen kaufen oder klauen, um alle satt zu kriegen. So gab mir Ernst immer mal wieder ein Brot. Oder einen Apfel. Und wir haben uns gegenseitig in der Schule geholfen. Ich war ein hoffnungsloser Fall in Mathe, aber in Sprachen ganz brauchbar. Bei Richard und Ernst war es genau umgekehrt.«

»Und Max?«

Ihr Vater lachte auf. »Er war hoffnungslos in Mathe und in Sprachen. Aber irgendwie haben wir ihn auch durch die Penne gekriegt. Erst dann wurde alles anders. Ernst studierte in Darmstadt Ingenieurwesen und ich in Frankfurt Jura. Wir wohnten gemeinsam auf einer Bude. Zwei Jahre. Max studierte nicht, schlug sich mit Gelegenheitsjobs durch, weshalb er von uns in dieser Zeit auch am meisten Geld verdiente. Und Richard ging. Er war mit Abstand der Klügste von uns, hatte das Abi mit eins Komma irgendwas gemacht und bekam einen Medizinstudienplatz in Berlin. Als er ging, da wurde uns klar, dass die Bandenzeit endgültig zu Ende war. Wir haben Abschied gefeiert am letzten gemeinsamen Abend. Es war der 16. Juli 1956. Wir beteuerten, Richard oft zu besuchen. Und wir schworen uns, immer füreinander einzustehen. Es mutete richtig feierlich an, wir waren alle nicht mehr nüchtern, was einer gewissen Pathetik zugutekam. Ernst war es, der meinte, wir sollten auch daran denken, was wäre, wenn einer von uns nicht mehr da sei. ›Dann erben die anderen‹, witzelte Max, der nicht spürte, wie ernst es seinem Bruder damit war. ›Ja, das sollten wir wirklich machen‹, sagte er. Und wir stimmten ihm zu. Und versprachen uns, die anderen im eigenen Testament zu bedenken.«

»Und Ernst hat es wahr gemacht.«

»Ja. Ich auch. Wie es bei Max ist, weiß ich nicht. Und Richard kam nicht mehr dazu, ein Testament aufzusetzen.«

»Wieso?«

»Er lebt nicht mehr, wurde vor fast dreißig Jahren ermordet. Wer rechnet schon damit, nicht einmal fünfundvierzig zu werden.«

»Ist er in Berlin ermordet worden?«

»Ja. Er ist nach dem Studium dort geblieben. Hat sich als Allgemeinmediziner niedergelassen. Soll ein guter Arzt geworden sein. Ich habe ihn nur einmal besucht, kurz nach Ende des Studiums. Zu viert haben wir uns gar nicht mehr gesehen. Ich glaube, wir haben an diesem letzten gemeinsamen Abend schon gespürt, dass es der letzte sein würde. Es lag wie ein sanfter Schleier über unserer Stimmung. Ich habe Richard verdammt gerngehabt. Er war der Grübler von uns vieren. Durch die Geschichte in Davos hat er viel von seiner Fröhlichkeit verloren.«

»Wer hat Richard ermordet?«

Sebastian Rossberg nahm den letzten Schluck aus seiner Tasse. »Sie haben den Mörder nie geschnappt. Ich habe selbst bei der Berliner Polizei immer wieder angerufen. Ein gewisser Schöllbrönner hat den Fall bearbeitet, war damals noch ganz jung. Nach fünf Jahren habe ich aufgehört nachzufragen.«

Margot sah ihren Vater direkt an. »Du weißt, dass ich den Fall jetzt abgeben muss. Eine Million Euro, das ist ein Motiv. Und kein schlechtes. Und da du mein Vater bist, zähle ich damit als befangen. Nein, ich *bin* befangen.«

»Moment, Margot, ich habe Ernst nicht umgebracht. Er war mein Freund. Ein langjähriger und guter Freund. Der Gedanke ist absurd.«

»Ja. Ich sage ja auch nicht, dass ich dich verdächtige. Ich sage nur, dass ich den Fall abgeben muss.«

»Dass heißt, du darfst nicht nach seinem Mörder fahnden?«

»Ja. Das heißt es.«

»Und wenn Ernst mich in seinem Testament nicht bedacht hätte, dann könntest du ermitteln?«

»So siehts aus.«

»Gut. Dann nehme ich das Erbe nicht an. Ich habe genug auf der hohen Kante. Außerdem ist es mir Ernsts Familie gegenüber ohnehin unangenehm. Ich werde das Erbe nicht antreten. Kannst du dann ermitteln?«

»Ja, dann könnte ich theoretisch ermitteln.« Sie wusste, dass ihr Vater einiges gespart hatte und auch ein paar Immobilien besaß.

»Gut, dann ist das vom Tisch.« Er sah auf die Uhr. »Komm, Töchterchen, wir müssen los, wenn wir pünktlich bei der Eröffnung sein wollen.«

»Bist du dir sicher, dass du auf eine Million Euro verzichten willst?«

»Nein. Aber ich bin mir ganz sicher, dass ich um jeden Preis will, dass du diesen Typen schnappst, der meinen Freund auf dem Gewissen hat.«

Der Festsaal der Stiftskirche war hell erleuchtet. Die eigentliche Kirche lag im ersten Stock, darunter im Erdgeschoss befand sich der Saal. Rechts und links bildeten je vier Säulen eine Reihe, die den Boden des darüber liegenden Kirchraums stützten. Dazwischen standen Tische für je acht Personen. Am rechten Rand zog sich ebenfalls eine Tischreihe entlang, auf der wohl später ein Büfett aufgebaut würde. Am Ende des Raumes fügte sich eine Bühne in die Wand, auf der ein Rednerpult stand. Etwa achtzig Menschen, überschlug Margot, saßen an den Tischen und unterhielten sich rege. Keiner war jünger als fünfundsechzig, schätzte sie. Aus den Lautsprechern drang unaufdringlich Tanzmusik aus den Dreißigerjahren.

Ihr Vater geleitete Margot zu einem der Tische. Drei Plätze von acht waren nicht besetzt, kleine »Reserviert«-Schildchen standen auf den Tellern. Sebastian begrüßte die zwei Damen und drei Herren, alle sicher fast doppelt so alt wie Margot, dann stellte er ihnen Margot vor.

Es war vielleicht doch keine gute Idee gewesen, ihren Vater zu begleiten, dachte sie. Sie sah sich um, fühlte sich unwohl. Ihr Vater tauschte sich bereits mit den Tischnachbarn aus. Sie kannte niemanden – nur Max Denglers Gesicht war ihr vertraut, wenn auch nicht sympathisch. Es war schon erstaunlich, dass eineiige Zwillinge eine solch unterschiedliche Ausstrahlung haben konnten. Sie hatte Ernst Dengler nicht gut gekannt, ihn aber immer als sehr seriös erlebt. Im Gegensatz zu seinem Bruder.

Als sie gerade mit dem Gedanken spielte, sich vorzeitig zu verabschieden, trat Max Dengler ans Mikrofon. Klopfte dreimal auf den Membranschutz, eine Geste, die tausendfach verstärkt durch den Raum hallte.

Er begrüßte die Anwesenden, sprach davon, dass das Treffen vom Mord an seinem Bruder überschattet worden wäre, dass sie es jedoch dennoch abhalten sollten. »So viele sind gekommen, aus der ganzen Welt, um sich hier nochmals zu sehen.«

Er war ihr unsympathisch, sie konnte sich nicht dagegen wehren. Objektivität war oberstes Gebot in ihrem Beruf, und selten gab sie irgendwelchen Emotionen nach. Aber sie konnte sich nicht helfen: Der Mann dort vorn am Rednerpult, er wirkte auf sie einfach unangenehm.

Sie konnte den Gedanken kaum weiterspinnen, denn der letzte Gast an ihrem Tisch nahm soeben Platz. Sie hatte der Frage, wer dort wohl sitzen würde, keine Beachtung geschenkt. Zu sehr waren ihre Gedanken um die Geschichte ihres Vaters gekreist. Doch als der Mann sich setzte, fügten sich sämtliche Teile des Puzzles wie von Geisterhand ineinander.

»Hallo, Margot«, flüsterte Rainer, als er den Stuhl an sich zog. Dann nickte er ihrem Vater zu.

Sie unterdrückte den Impuls, mitten in Max' Begrüßungsrede mit der Faust auf den Tisch zu hauen. Es gelang ihr nur schwer. Sie hatte damit gerechnet, dass sie Rainer begegnen würde, nicht jedoch damit, dass ihr Vater die Frechheit besäße, ihn genau neben sie zu setzen. Sie sah ihren Vater an, der jedoch seine ganze Aufmerksamkeit Max Dengler schenkte.

Rainer stieß sie leicht von der Seite an, flüsterte: »Das Zimmer ist gut.«

Sie fauchte ein »Scht!«, auch wenn sie Max Denglers Worte nicht wirklich interessierten.

Max beendete seine Rede und übergab das Mikrofon an ihren Vater, der unter Applaus ans Pult trat. Auch er begrüßte die anwesenden Gäste herzlich sowie deren Ehegatten und weitere Gäste. »Jeder von uns hat seine eigene Erinnerung an Davos, jeder auch an die Zeit davor. Eine schwere Zeit – das hatten wir alle gemeinsam. Und jeder von uns hat auch seine eigenen Erinnerungen an die Nacht, die die Darmstädter die Brandnacht nennen.«

Er berichtete kurz über die Fakten dieser Nacht, von der sich Margot, auch wenn ihr Vater immer wieder davon erzählt hatte, keine wirkliche Vorstellung machen konnte. Das Licht des Raumes wurde gedämpft, und ein Beamer warf ein Bild an eine Leinwand im hinteren Teil der Bühne. Sie kannte das Bild. Es hing in Gerhard Zitz' Büro. Eines der Bilder, das Darmstadt in Trümmern zeigte.

In der Nacht des 11. September 1944 fiel Darmstadt einem Feuersturm zum Opfer, entfacht durch britische Bomber. Achtzig Prozent der Innenstadt wurde in wenigen Stunden dem Erdboden gleichgemacht. Zehntausend Menschen starben. Während sie die Fakten vernahm, glitt ihr Blick über die Zuschauer. Und im Spiegel des Entsetzens und der Erinnerung in ihren Augen konnte sie ein bisschen besser erfassen, was diese Nacht in den Menschen ausgelöst haben musste. Sie waren alle Kinder gewesen, damals. Und das Bild des verkohlten Teddybären, das gerade projiziert wurde, machte das Grauen deutlicher als viele andere Bilder. An Gerhard Zitz war ein Fotograf verloren gegangen.

Der Applaus, den ihr Vater bekam, war verhaltener als zuvor, was nichts mit der Qualität seines Vortrags zu tun hatte.

Nach ihm trat eine Dame ans Mikrofon. Sie stellte sich als Ingrid Prahl vor, »Jahrgang 49«, wie sie schmunzelnd anfügte. Margot musste erst nachdenken, bevor sie begriff, dass Frau Prahl nicht das Jahr ihrer Geburt, sondern das Jahr ihrer Davos-Reise meinte.

Auch sie sprach zu Bildern, erklärte, dass ihr Vater viele Bilder gemacht hatte, nach dem Krieg, aus dem Leben zwischen den Trümmern. »Sie alle wissen selbst, was es bedeutete, den Trümmern vier Wochen lang entfliehen zu können und einfach einmal *satt* zu werden. Für viele war das ein Begriff, der bis dahin nicht in ihrem Wortschatz vorkam.«

Ein weiterer Redner zeigte nun Bilder von Davos, dem See, aufgenommen damals von einer der Betreuerinnen, die ihm die Fotos vermacht hatte. Die Landschaft war herrlich und stand nicht nur farblich in grellem Kontrast zu den vorherigen Bildern.

»Warst du schon einmal dort?« Rainers Flüstern. Er hatte sich seit der letzten Bemerkung nicht mehr zu Wort gemeldet. Und sie hatte es auch nicht vermisst.

»Nein.« Wäre eine Silbe nicht die Mindestlänge eines Wortes, hätte sie noch knapper geantwortet.

»Wirklich bezaubernd dort unten. Falls du mal Lust hast ...«

»Nein«, sagte Margot so laut, dass die Dame an der Seite ihres Vaters ihr einen bösen Blick zuwarf. Margot sah auf die Uhr. Dem vor ihr liegenden Programm konnte sie entnehmen, dass dieser Vortrag der letzte wäre und danach das Büfett eröffnet würde. Noch zehn Minuten. Dann wäre der Spuk zu Ende. Und Rainer ein toter Mann.

Die letzten Bilder zeigten den Davoser See im Sonnenaufgang. Sanftes Licht, von Wasserglitzern unterbrochen. Da musste jemand sehr früh aufgestanden sein, um dieses Bild aufzunehmen. Im linken unteren Bildrand erkannte Margot eine Bank, von der aus man über den See schauen konnte. Und es blitzte eine Erinnerung in den Untiefen ihres mentalen Ablagesystems auf. Sie auf einer Bank neben Rainer. Der See lag nicht in der Schweiz, sondern in Italien. Und die Sonne ging nicht auf, sondern unter. Sie lehnte ihren Kopf an seine Schulter, während er ihre Hand streichelte. Der letzte Abend des letzten gestohlenen Wochenendes. Ihr Kampf des Kopfes gegen das Herz, das beim Anblick des verblassenden Sonnenlichts bereit war dahinzuschmelzen. Und der Kopf, der immer wieder darauf herumritt, dass der Mann neben ihr verheiratet war, der ihr in diesem Moment dennoch das Gefühl gab, die einzige Frau auf der ganzen Welt zu sein ... Und sie, die damit haderte, dass ihr Timing schon immer schlecht gewesen war. *Was wäre wenn?* Die Frage, die eine der sichersten Anleitungen zum Unglücklichsein war ...

Das Bild verschwand, das Licht im Raum wurde wieder heller. Applaus. Ihr Vater erhob sich. Dankte den Rednern, wünschte den Teilnehmern einen angenehmen und unterhaltsamen Abend sowie anregende Gespräche. Und nun erst mal guten Appetit, denn das Büfett, das dienstbare Geister vorbereitet hätten, sei nun eröffnet.

Rainer erhob sich gleichzeitig mit den meisten anderen Gästen. Margot blieb sitzen. Auch ihr Tisch leerte sich zugunsten der Schlange am Büfett.

»Soll ich dir etwas mitbringen?«

Margot stand nun ebenfalls auf. Sah ihrem Vater in die Augen. »Ich weiß nicht, wer dir ins Ohr geflüstert hat, Rainer sei mein Traumprinz, ich dumme Gans müsse es nur noch begreifen. Und ich weiß auch nicht, ob er dich dazu benutzt, weil ihm plötzlich einfällt, dass es hier in Darmstadt ja noch eine Verflossene gibt, die man wieder einmal antesten könne. Oder ob du meinst, du müsstest mich endlich unter die Haube bringen, und wenn schon, dann am besten gleich mit deinem Lieblingsschwiegersohn in spe. Es ist mir egal. Ich sage dir nur: Halt dich raus aus meinem Privatleben. Ich verbitte mir diese plumpen Verkupplungsversuche!«

Sie wartete nicht mehr auf eine Erwiderung, sondern drehte sich um und verließ den Festsaal, ohne sich nochmals umzudrehen.

»Margot!«

Sie ignorierte die Stimme ihres Vaters.

Die frische Luft tat ihr gut, der kleine Spaziergang nach Hause ebenfalls. In Gedanken hatte sie in den vergangenen fünfzehn Minuten mindestens drei klärende Gespräche mit Rainer geführt. Wie einfach erschienen sie, wenn der Angesprochene nicht anwesend war und sein geistiges Abbild die eigenen Ansichten bedingungslos akzeptierte.

Sie schloss die Haustür auf, warf ihre Jacke auf den Sessel im Flur, der immer wieder als Garderobe missbraucht wurde. Die Uhr zeigte, dass der Tag noch knappe drei Stunden dauerte. Von denen sie höchstens die erste noch wach erleben würde.

Sie ging in die Küche. Das Weinregal bot noch einen 1999er Rioja Barrique. Zwar hatte sie gestern bereits mit Rainer dem Wein zugesprochen, doch nach diesem anstrengenden und gegen Ende nervenden Tag würde ein Schluck des dunklen Tropfens zumindest die letzte Stunde versüßen. Sie entkorkte die Flasche, füllte das Weinglas großzügig und nahm es mit ins Wohnzimmer. Sie legte eine CD von Lionel Hampton ein, leichtfüßiger Vibrafon-Jazz als Kontrast zu schwerem Wein und schwerem Tag.

Sie ließ sich gerade ins Sofa sinken, als Ben im Türrahmen erschien.

»Oh, du bist ja da«, meinte Margot überrascht. Sie wähnte ihren Sohn mit Freunden unterwegs. Wie meist um diese Uhrzeit.

»Ja. Ich bin da. Warum hast du Rainer rausgeworfen?«, fragte er und klang verärgert.

»Er wollte in ein Hotel umziehen.«

»Stimmt nicht«, blaffte Ben. »Er sagte, *du* wolltest ihn aus dem Haus haben und hättest ihm das Zimmer besorgt.«

Margot war erstaunt, dass er auch um die Zeit zu Hause gewesen war, als Rainer seine Sachen abgeholt hatte. »Ja. Du hast recht. Ich wollte nicht, dass er hier wohnt. Es ist mir zu nah.«

»Zu nah. Ja, das passt wieder ins Bild.«

»Was soll das heißen? Und bitte nicht in diesem Ton.«

»Das soll heißen, dass es zu dem Bild passt, wie du dein Leben in den vergangenen Jahren gelebt hast. Jetzt taucht hier ein Mal, ein einziges Mal, ein wirklich sympathischer Mann in diesen vier Wänden auf, und mit schlafwandlerischer Sicherheit kickst du ihn sofort wieder aus deinem Leben.«

»Ich glaube nicht, dass dich mein Privatleben etwas angeht. Ich mische mich schließlich auch nicht in deines.« Und warum war der Junge so aggressiv?

»Ich könnte mich gar nicht in dein Privatleben einmischen, denn es existiert nicht.«

»Ben!«

»Es stimmt doch! Die Pappnasen, die du hier angeschleppt hast, waren kaum gut für eine Nacht. Zum Glück, denn mehr als einer von den Typen pro Jahr wäre eine Beleidigung deiner Intelligenz gewesen. Also gab es eigentlich gar kein Privatleben. Und nun kommt einmal einer daher, der sich wirklich für dich interessiert, der zudem Witz hat, Charme, klug ist – und du setzt ihn vor die Tür. Gratulation.«

Margots Herz schlug, als ob es gerade Anlauf nähme, aus dem Brustkorb zu springen. »Wie sprichst du denn mit mir?«

Ben winkte ab, drehte sich um und wollte gehen. Sie rief ihm hinterher: »He, Mister Neunmalklug, du hast, glaube ich, keine Ahnung von den Männern, mit denen ich in irgendeiner Weise verbunden war. Und ich habe keine Ahnung, in welchem Hinterhofladen du den Heiligenschein aufgetrieben hast, den du Rainer gerade aufsetzt! Und du kennst ihn überhaupt nicht! Du hast keine Ahnung, was zwischen uns war!«

Ben wandte sich seiner Mutter nochmals zu. »Na, wenigstens gibst du jetzt zu, dass da mal etwas war.« Dann drehte er sich endgültig um und stapfte durch den Flur. Von dort vernahm sie seine Stimme: »Wenn du es dir anders überlegst und doch dein Privatleben pflegen willst – nur zu. Ich komme heute Nacht nicht zurück. Ich pflege nämlich das meine.« Die Haustür fiel ins Schloss.

Margot würde heute gar nichts mehr pflegen – kein Privatleben, keine Freundschaften, keine Blumen und nicht einmal sich selbst –, sie würde nur noch ins Bett gehen. Sie drehte Lionel die Lautsprecher ab, kippte den Wein in den Ausguss. Ihr war die Lust darauf vergangen.

Samstag

Margot hatte die Nacht durchgeschlafen, war aber schon vor sechs aufgewacht. Ben war nicht da, Rainer auch nicht, also stand Frühstück nicht zur Debatte. Sie trank einen schnellen Kaffee und war bereits um halb sieben im Büro. Sie überflog die Berichte, die ihre Kollegen gestern nach ihrem Besuch von Ernst Denglers Firma geschrieben hatten. Sie lasen sich wie Marianne Denglers Zusammenfassung: Er war nicht nur beliebt gewesen, ziemlich autoritär, aber niemand hätte einen Grund nennen können, weshalb er ermordet worden war. Margot überlegte, wie sie heute weiter vorgehen würde. Inzwischen war es acht Uhr.

Sie erinnerte sich an den Namen des Polizisten, der den Fall Richard Gerber damals bearbeitet hatte. Schöllbrönner. Da Horndeich noch nicht anwesend war – das erste Mal seit dem Tag ihrer Zusammenarbeit war sie der Igel –, konnte sie ja einfach ihrem Instinkt folgen und in Berlin anrufen. Und sei es nur, um vielleicht noch ein klareres Bild von Ernst Denglers Umfeld zu bekommen. Sie klickte und tippte ein paar Befehle in den Rechner, dann erschienen die Telefonnummern der Berliner Polizeikollegen auf dem Bildschirm. Sie scrollte die Seite hinab. Schöllbrönner. Bingo. Er war noch bei der Truppe. Es sei denn, er hätte einen Namensvetter, was jedoch ebenso unwahrscheinlich erschien wie der Einsatz auf die richtige Zahl beim Roulette.

Sie wählte die Nummer. Eine freundliche Männerstimme meldete sich. Margot stellte sich vor und fragte, ob sie mit Polizeihauptkommissar Schöllbrönner sprechen könne.

»Das tun Sie gerade«, erwiderte der Angesprochene mit freundlichem Berliner Dialekt. Seine Stimme wirkte jugendlich, doch Margot war sich klar darüber, dass er mindestens fünfundfünfzig Jahre alt sein musste.

Margot schilderte dem Kollegen kurz den Fall, den sie gerade bearbeitete und dass der Name Richard Gerber am Rande ihrer Ermittlungen aufgetaucht war.

»Sie meinen Richard Gerber, den Arzt? Der vor knapp dreißig Jahren in Berlin ermordet wurde?« Seine Stimme verriet Neugier. Und Jagdinstinkt.

Zwei Dinge wusste Margot, auch ohne ein weiteres Wort mit Schöllbrönner wechseln zu müssen. Er war ihr Mann. Und der Fall war noch nicht gelöst.

»Ja, genau um den geht es mir. Können Sie mir etwas darüber erzählen?«

»Allerdings. Denn es war mein allererster Mordfall. Und gleichzeitig der erste, der mir zeigte, wie sehr wir manchmal an die eigenen Grenzen stoßen. Gerbers Mörder ist bis heute nicht gefasst. Was wollen Sie wissen?«

»Eigentlich alles. Was ist damals passiert? Was konnten Sie ermitteln?«

»Werte Kollegin, geben Sie mir eine Viertelstunde. Ich hole nur eben die Akte. Damit ich sichergehe, dass ich Ihnen nichts Falsches sage.«

Dreizehn Minuten später war Schöllbrönner wieder am Apparat. »So, jetzt habe ich alles vor mir liegen. Also ...« Margot hörte, wie Schöllbrönner in der Akte blätterte.

»Gerber wurde am 21. Juni 1974 ermordet. Ein Freitag. Am Tag darauf fand ihn seine Freundin. Er wurde aus kurzer Distanz mit einer österreichischen Glock 17 erschossen. Mit Schalldämpfer. Die Wohnung war völlig verwüstet, auf den ersten Blick sah alles nach Raubmord aus. Ein paar Details passten jedoch nicht ins Bild. Erstens hat Gerber den Täter selbst hereingelassen. Und als seine Freundin das Chaos beseitigt hatte, stellte sie fest, dass nicht nur Geld,

Wertpapiere und eine kleine Edelsteinsammlung fehlten, sondern auch Gerbers Tagebücher.«

»Was will ein Räuber mit Tagebüchern?«

»Genau das war die Frage aller Fragen. Als wir uns weiter umhörten, berichtete eine Nachbarin, dass sie am Tag des Mordes einen heftigen Streit zwischen Gerber und einem anderen Mann gehört habe. Dann ermittelten wir in Richtung Erpressung. Vielleicht stand in den gestohlenen Tagebüchern ja irgendwas über den Kunstfehler eines Arztkollegen. Aber wir stocherten wie wild im Nebel. Herausgekommen ist rein gar nichts.«

»Ist das wirklich alles?«

»Nicht ganz. Der Kerl, wer immer es war, war kein Profi. Er dachte, es sei ganz schlau, bei der Tat OP-Handschuhe zu tragen – womit er ja prinzipiell nicht ganz unrecht hatte. Doch dann hat er die Handschuhe leichtsinnigerweise in den Abfallkorb drei Häuser weiter geworfen. Damit hatten wir die besten Fingerabdrücke, die wir uns wünschen konnten – von der Innenseite der Handschuhe. Zehn glasklare Abdrücke. Danach wussten wir nur, dass der Täter in Deutschland niemals erkennungsdienstlich behandelt worden war. Womit, wenn wir den Tatkreis auf Bundesbürger beschränkten, nur noch ein paar Millionen Menschen übrig blieben.«

»Haben Sie die Abdrücke nach 1974 nochmals durchlaufen lassen?«

»Ja. Es war was Persönliches. Der erste Mordfall, den man mir übertragen hatte. Jedes Jahr lasse ich die Abdrücke durch alle Register laufen, zu denen ich Zugang bekomme. Entweder lebt er nicht mehr, oder er ist der Vorzeigegatte.«

»Haben Sie sonst noch etwas herausgefunden?«

»Nein. Das ist alles. Das Diebesgut ist nie wieder aufgetaucht, zumindest nicht vor unseren Augen. Die Edelsteine waren zwar wertvoll, aber nicht so unverwechselbar wie das *Indische Auge.* Auch die Tagebücher sind nie aufgetaucht –

wo auch? Aber ich hoffe, dass ich den Typen noch kriege, bevor ich in Pension gehe. Also habe ich noch vier Jahre Zeit.«

»Könnten Sie mir eine Kopie der Akten zusenden?«

»Klar. Glauben Sie, Ihr Fall hat wirklich was mit Gerber zu tun?«

»Wahrscheinlich nicht. Würden Sie's trotzdem machen?«

»Sicher. Ich lasse es gleich kopieren und schicke es heute noch raus.«

Margot nippte gerade an einer Tasse Kaffee, als Horndeich ins Büro kam. Ganz ohne Koffeinschub ging es doch nicht, auch wenn sie sich nach dem ersten Schluck wieder einmal vorgenommen hatte, am Montag einen Ersatz für die schlechteste Kaffeemaschine der Welt zu besorgen.

»Heute nicht vor mir?«, feixte sie.

»Heute nicht nach mir?«, entgegnete er. »Schon weitergekommen?«

Margot ließ den Blick über den inzwischen fast leeren Schreibtisch wandern. Sie hatte den ganzen Papierkram abgearbeitet. »Jepp. Zeit für neue Taten.«

»Max Dengler?«

»Ja. Mal sehen, was er zu seiner unverhofften Erbschaft sagt.«

Keine zehn Minuten später bog ihr Wagen in den Mozartweg ein. Während der Fahrt hatte Margot Horndeich vom Gespräch mit ihrem Vater berichtet und davon, wie es zu der seltsamen Testamentsaufteilung gekommen war. Sie waren keinen Block von Max Denglers Villa entfernt, als ein rotes Mercedes-SLK-Cabrio mit quietschenden Reifen startete und an ihnen vorbeischoss.

Margot sah dem Wagen nach. Sie kannte die Frau am Steuer.

»Was war das denn?«

»Das war Marianne Dengler.«

»Ernst Denglers Frau?«

»Fast. Seine Witwe.«

Sie parkten den Vectra in der Einfahrt, in der noch der Reifengummi des SLK den Boden verzierte.

Max öffnete die Tür nach dem ersten Klingeln. »Unruhiger Morgen heute«, begrüßte er die Polizisten.

»Herr Dengler, wir hätten noch ein paar Fragen an Sie.«

»Kommen Sie herein.«

Die Villa zeigte sich im Innern noch eleganter als von außen. Marmorböden, Bilder moderner Maler an den Wänden. Das Wohnzimmer allein maß sicher fünfzig Quadratmeter. Das Ambiente wirkte eher unterkühlt, zwei Benjamin-Pflanzen lockerten die Atmosphäre zumindest ein wenig auf.

»Nehmen Sie doch Platz. Was kann ich für Sie tun?«

Horndeich und Margot ließen sich auf dem hellen Sofa nieder.

»Kaffee? Cappuccino?«

»Nein danke«, meinte Margot, Horndeichs Blick ignorierend, der offenbar gern einen leckeren Cappuccino geschlürft hätte. »Herr Dengler, was wollte Ihre Schwägerin von Ihnen?«

Dengler ging in die Küche, die nur durch eine Theke vom Wohnraum getrennt war. Er hantierte an der Espressomaschine. »Mein Bruder ist noch nicht einmal begraben, da will sie schon, dass ich ihr meine Firmenanteile verkaufe. Ein bisschen pietätlos, meinen Sie nicht auch?«

»Und? Wollen Sie verkaufen?«

Er wandte sich zu Margot. »Das kommt auf den Preis an.«

»Gehe ich recht in der Annahme, dass Ihre Preisvorstellungen geringfügig von denen Ihrer Schwägerin abweichen?«

»Geringfügig.«

»So geringfügig, dass sie schwarze Gummistreifen auf Ihrer Garageneinfahrt hinterlassen hat?«, fragte Horndeich.

»Offenbar. Aber ein Hauch von Reifenabrieb ist sicher nicht der Grund Ihres Erscheinens. Was möchten Sie wissen?« Er füllte Kaffee in das Espressosieb, klinkte es in die Maschine. Ein Knopfdruck, und die Maschine beteiligte sich akustisch an der Diskussion.

»Wir möchten wissen, ob Sie eine Ahnung davon haben, wer den Tod Ihres Bruder gewünscht haben könnte. Ob er Feinde hatte. Neider. Ob es jemanden gab, der in der vergangenen Zeit wütend auf ihn war.«

»Mein Bruder war nicht unbedingt das, was man gemeinhin einen Sympathieträger nennt. Es gab sicher viele Menschen, die ihn nicht mochten. Es gab sicher auch eine Menge, die nicht gut auf ihn zu sprechen waren. Ob die Wut groß genug war, um ihn umzubringen? Ich kann es nicht beurteilen.«

»Wie war Ihr Verhältnis zu Ihrem Bruder?«

»Primär geschäftlicher Natur. Meine Agentur betreut auch die Firma meines Bruders. Privat hatten wir seit Jahren keinen engen Kontakt mehr.« Dengler nahm die Tasse aus der Maschine, dann schlenderte er langsam auf einen der Sessel zu.

»Wieso?«

Er setzte sich. »Wir waren zu unterschiedliche Charaktere.«

»Wie meinen Sie das?«

»Er war – wie soll ich sagen – ein eher verkniffener Mensch, dem es nicht leichtfiel, anderen Menschen gegenüber offen zu sein. Eigentlich erstaunlich, dass Zwillinge in ihrem Wesen so unterschiedlich sein können.«

»Wie erklären Sie sich dann den Geldsegen, wenn Ihr Verhältnis nur noch geschäftlicher Natur war?«

Max Dengler trank den Espresso in einem Zug. Schwarz, wie es Margot nicht entgangen war. »Wir hatten uns einmal versprochen, uns gegenseitig in unseren Testamenten zu bedenken.«

»Haben Sie das auch getan?«

Max grinste breit. »Ich denke, diese Frage ist ein wenig zu indiskret.«

»Ich denke, wenn wir den Mörder Ihres Bruders finden sollen, benötigen wir jede Information.«

Max Dengler ignorierte Margots Einwand und fuhr fort: »Aber ich hätte nicht gedacht, dass mein Bruder so großzügig sein würde. Wir haben nie darüber geredet, wie hoch das ›Bedenken‹ sein sollte.«

Margot ließ ihm die Ablenkung durchgehen. Für dieses Mal. Um den Mord aufzuklären, musste sie nicht wissen, ob Max ihn im Gegenzug auch bedacht hatte. Aber es war ja nicht so, dass ihr Vorrat an Pfeilen für die wunden Punkte schon erschöpft gewesen wäre: »Ihr Sohn sagte gestern, dass Ihr Verhältnis zu Ihrem Bruder sehr schlecht war.«

Margot entging nicht das leise Zucken in Max' Gesicht, so, als ob er mit Kunststoffschuhen über den Teppich geschlurft wäre und nun an der eisernen Türklinke einen elektrischen Schlag bekommen hätte. »Nun, ich sagte bereits, dass wir primär geschäftlich miteinander zu tun hatten. Und, um Ihnen die Frage ganz ehrlich zu beantworten: Keiner ist mehr überrascht über den Geldsegen als ich.«

»Aber Sie sind nicht traurig darüber?«

»Zeigen Sie mir den Menschen, der traurig darüber wäre, wenn er um zehn Millionen Euro reicher wäre. Ich bin traurig darüber, dass mein Bruder so gestorben ist. Aber ich werde auch mein Möglichstes tun, damit sein Geld in seinem Sinne angelegt wird. Und wenn Sie glauben, dass ich meinen Bruder wegen der Erbschaft – von der ich nicht wusste, dass ich sie bekommen würde – ermordet habe, dann sind Sie auf dem Holzweg.«

»Wo Sie das Motiv gerade ansprechen – wo haben Sie den Abend von Donnerstag auf Freitag verbracht?« In einem Punkt schien Horndeich die Empfindungen Margots zu teilen: Max Dengler war auch ihm hochgradig unsympathisch.

»Das habe ich Ihrer Kollegin schon gebeichtet: Ich war im Hamelzelt, und ich bin vor den anderen gegangen, mit einem Taxi nach Hause gefahren und dann – allein – schlafen gegangen. Meine verstorbene Frau sagte, dass ich schnarche. Vielleicht gibt es in der Nachbarschaft also zumindest akustische Zeugen.«

Margot übernahm wieder. »Wussten Sie, dass Ihr Bruder Krebs hatte? Im Endstadium?«

Wieder einer dieser kleinen elektrischen Schläge. »Nein. Krebs? Woher wollen Sie das wissen?«

»Nun, wir haben fähige Pathologen. Außerdem hat es uns sein Hausarzt bestätigt. Er hatte Magenkrebs im fortgeschrittenen Stadium. Er hätte Silvester wohl kaum erlebt.«

»Nein, davon wusste ich nichts.« Max' Hautfarbe, die sich ins Weißliche verfärbte, unterstrich seine Überraschung wirkungsvoll.

Margot erhob sich. »Wenn Ihnen noch etwas einfallen sollte – Sie können mich jederzeit erreichen.« Margot schnippte ein Kärtchen auf den Rauchglastisch.

Als sie und Horndeich in Richtung Präsidium fuhren, fragte Horndeich: »Und? Was meinst du zu unserem Spezi?«

Margot zuckte die Schultern. »Ich werde nicht so recht schlau aus ihm. Er hat ein dünnes Alibi. Und er hat durch das Testament den dicken Reibach gemacht. Und ganz persönlich halte ich ihn für einen Kotzbrocken. Dennoch – ich kann mir schwer vorstellen, dass er seinen Bruder umgebracht hat. Wegen der Moneten? Erscheint mir noch dünner als sein Alibi.«

Sandra Hillreich empfing die beiden Polizisten bereits an der Eingangstür zur Abteilung. Sie war erst seit einem halben Jahr als Polizeikommissarin im Team, aber hochmotiviert, wie Staatsanwalt Johannes Relgart nicht müde wurde zu betonen. Margot war sich jedoch nicht ganz im Klaren darüber, auf wessen Motivation er das bezog. Schließlich waren ihre blonden langen Haare nicht dazu angetan, Männerherzen gänzlich unberührt zu lassen. Und auch ihre Ausstrahlung, die Relgart sicher wahrnahm, jedoch nicht extra betonte, mochte dazu beigetragen haben, sie in diese Abteilung zu katapultieren. Auf jeden Fall war es gut, dass Relgart sich dafür eingesetzt hatte, dass sie Margots Team am Wochenende verstärkte. Und Sandra Hillreich war eine Koryphäe, wenn es darum ging, Festplatten und allen anderen Verwandten der Datenspeicherung letzte verborgene Geheimnisse zu entlocken. Kein Rechner, dem sie nicht ihren Willen aufgezwungen hätte.

»Ich hab ihn geknackt«, begrüßte Sandra ihre Kollegen.

Horndeich und Margot wussten sofort, was sie meinte, und folgten ihr ohne weitere Fragen in den kleinen Raum, den sie nur den »*Brutkasten*« nannten. Wahrscheinlich war es der einzige Raum, in dem es die Belegschaft auch im tiefsten Winter beim Ausfall der Heizung ausgehalten hätte: Rechner und Monitore ersetzten die Heizkörper. Ernst Denglers Laptop stand mit geöffnetem Gehäuse ganz links auf dem großen Schreibtisch. Operation am offenen Herzen.

»Der Rechner hatte zwei Festplatten. Eine mit dem System und den Programmen, eine andere mit den Daten. Das System und der ganze Rechner waren mit zig Passwörtern geschützt. Die Datenplatte jedoch nicht. Deshalb konnte ich an alles ran. Nur sein Adressbuch und der Kalender waren noch zusätzlich geschützt. Rudimentär.«

»Und?« O. k. Sie war noch jung. Sie war noch viel, viel mehr auf Streicheleinheiten angewiesen. »Ist es dir Wunderkind gelungen, das Passwort zu knacken?«

Sandra strahlte, dass es im Raum keiner weiteren künstlichen Beleuchtung bedurft hätte. »Ja. Wir können alles lesen.«

Horndeich schien tiefer mit der Materie vertraut. Sein Staunen offenbarte wahre Bewunderung. »Wie hast du das gemacht?«

Sandra war geschmeichelt. »Nun, im Internet gibt es die entsprechenden Cracks.«

»Cracks? Das klingt irgendwie nicht wirklich legal – oder?«

Sandra sah Horndeich an, zog die Augenbraue nach oben, wie es Spock nicht besser hätte machen können.

»O. k., o.k, o. k. Ich wills gar nicht wissen. Nur die Fakten. Was gibt die Platte her?«

Sandra war ganz offensichtlich froh, dass dem Thema ihres Know-hows nicht näher zu Leibe gerückt wurde. »Also: viele Geschäftsbriefe. Auf den ersten Blick nichts, was mir besonders interessant oder auffällig erscheint. Auch eine Menge Exceltabellen. Eher was für den Steuerberater. Aber die Adressen, die sind interessant.«

Sandras Finger huschten über die Tastatur. Dann zauberte sie eine Tabelle auf den Bildschirm.

»Das sind alle Adressen, die er auf dem Rechner gespeichert hatte«, erläuterte sie. »Dengler hatte den Adressen auch Kategorien zugeordnet. Also habe ich mehrere Listen erstellt. Business, Weihnachtskarte, privat und so weiter.«

Kunstpause.

»Machs nicht so spannend!«, sagte Horndeich.

»Die interessanteste Liste ist die mit den Menschen, die überhaupt keine Kategorie bekommen haben. Etwa zwanzig Stück. Alle weiblich. Jeweils mit Adresse und Telefonnummer.«

»Und was ist das für ein Verein? Prostituierte? Ein Fanklub?« Margot hielt dieses seltsame Grüppchen zumindest nicht für ein Produkt des Zufalls.

»Auf den ersten Blick keine Gemeinsamkeiten. Einige wohnen in Darmstadt, andere in ganz anderen Ecken Deutschlands. Ich habe die Namen durch unsere Rechner rauschen lassen. Nichts. Nur eine, Maria Bäumler, hat ein Problem mit dem Gaspedal und musste deshalb schon mal vor Gericht«, schloss Sandra ihren Bericht.

»Gut, dann werden wir uns die Damen einfach mal zur Brust nehmen und sehen, was dabei herauskommt. Sandra, du telefonierst die ab, die nicht hier wohnen. Horndeich, wir nehmen uns der Darmstädter Damenwelt an.«

Sie waren bereits eine halbe Stunde unterwegs. Nummer eins auf der alphabetischen Liste, Susanne Aaran, weilte nicht zu Hause. Heidrun Sänger, zwar nicht im Alphabet, aber im richtigen Leben kaum entfernt von Frau Aaran, glänzte an diesem Samstagmittag ebenfalls durch Abwesenheit. »Die sind wohl alle shoppen«, kommentierte Horndeich.

»Oder Karussell fahren«, konterte Margot.

Elisabeth Chialla wohnte in Bessungen. *Ein »Lapping«*, wie Margot sich schmunzelnd an die Schilderung ihres Vaters erinnerte. Die Dame wohnte in der Karlstraße, im dritten Stock eines nicht besonders gepflegten Altbaus. Der verwitterte graue Putz blätterte an einigen Stellen ab, die Rahmen der alten Holzfenster hoben sich an den meisten Stellen kaum von der Farbe der Hauswand ab.

Frau Chialla zeigte sich überrascht vom Besuch der Staatshüter.

»Dürfen wir kurz hereinkommen?«, erkundigte sich Margot.

»Selbstverständlich.« Elisabeth Chialla war etwa fünfunddreißig Jahre alt, groß, schlank, und ihre wilde Wuschelmähne stellte den Sinn der Erfindung des Kamms zumindest infrage. Margot fragte sich, wie man einer solchen Lockenpracht Herr werden konnte, ohne bei jedem Kämmen Weinkrämpfe zu erleiden.

Die Frau bat sie in das kleine Wohnzimmer. Ein Sofa und zwei Sessel standen um einen niedrigen Tisch. Die Möbel und Accessoires wiesen sie als offensichtliches Mitglied des Fanklubs der IKEA-Kiefernholzabteilung aus. Aus den kleinen Boxen einer Mikroanlage klang leise Musik. Folkrock. Nette Stimme, dachte Margot.

»Was kann ich für Sie tun?«

»Sagt Ihnen der Name Ernst Dengler etwas?«, eröffnete Horndeich die Fragerunde.

Frau Chiallas Blick huschte zwischen den beiden hin und her. »Ja. Warum?«

Horndeich war ein Meister im Ignorieren von Gegenfragen. »Wie lange kennen Sie ihn schon?«

Auch wenn Horndeich die Fragen stellte, so sah Elisabeth Chialla immer Margot an, wenn sie antwortete. »Ich habe ihn vor vier Jahren kennengelernt. Bei der Eröffnung einer Vernissage meiner Freundin.«

»Name?«

»Helga Gillert. Sie ist Malerin und hat eine kleine Galerie in der Innenstadt. Schulstraße. Warum fragen Sie mich das alles?«

»Wann haben Sie Herrn Dengler das letzte Mal gesehen?«

»Das letzte Mal getroffen habe ich mich mit ihm vor drei Jahren. Gesehen habe ich ihn vor ein paar Monaten in der Stadt. Wir haben aber nicht miteinander gesprochen. Ist ... ist ihm etwas passiert?«

»Ja. Er ist vorletzte Nacht ermordet worden.«

Elisabeths Augen weiteten sich. »Ermordet?«

»Ja. Er wurde erstochen. Wie gut kannten Sie ihn?«

Die Frau ihnen gegenüber schien innerhalb der vergangenen Minute gealtert zu sein. Ihre Haut hatte an Frische verloren, ihre Erscheinung wirkte, als ob sie alle Kraft verlassen hätte. »Es gab eine Zeit, da standen wir uns sehr nah. Sie wissen, wie ich das meine.«

»Nein.« Manchmal war Horndeich gnadenlos. Dafür hielt er seinen Kontostand an Missverständnissen immer schön niedrig.

Das erste Mal sah Frau Chialla Horndeich direkt an. »Ich war seine Geliebte. Deutlich genug?«

»Ja.«

»Entschuldigen Sie diese indiskreten Fragen, aber wir müssen sie stellen«, versuchte Margot die Situation zu retten. »Wann hatten Sie ein Verhältnis mit Ernst Dengler?«

»Vor vier Jahren. Es begann fast unmittelbar nach der Vernissage. Wir tranken einen Sekt zusammen. Ernst hatte die Ausstellung ohne seine Frau besucht. Ich selbst male auch, und er meinte, er würde sich meine Bilder auch gern einmal ansehen. Er machte dabei aber keine plumpen Versprechungen in der Art, er habe gute Kontakte, er könne vielleicht etwas für mich tun. Nichts in dieser Richtung. Er interessierte sich ausschließlich dafür, was ich malte. Ich glaube, das war es, was mich an ihm so faszinierte. Ich kannte seine Firma schon vorher, mein Bruder arbeitet dort, wusste also, wer er war. Aber er wusste nicht, dass ich ihn kannte. Als ich ihn fragte, was er beruflich mache, meinte er nur, er sei in der Softwarebranche. Um gleich danach wieder über Kunst zu reden.«

Jetzt, wo sie über ihn sprach, kehrte die Farbe langsam in ihr Gesicht zurück. Und auch ein wenig von der Vitalität, die sie anfangs ausgestrahlt hatte.

»Er machte es mir einfach, mich zu verlieben. Er zeigte Interesse für meine Person, war humorvoll, intelligent, belesen. Er führte mich in schicke Restaurants, ging mit mir in die Oper. Besuchte Ausstellungen. Das klassische Repertoire, dem er jedoch immer ein Flair des Besonderen verlieh. Wir hatten eine wundervolle Zeit zusammen. Und es zerbrach daran, woran solche Beziehungen immer zerbrechen. Einer wollte den Status verändern. Anfangs haderte ich mit mir, er sei zu alt für mich, er könnte mein Vater sein, eine Zukunft sei unvorstellbar. Er selbst sprach dieses Thema nie an. Und als ich mich selbst endlich so weit weichgeklopft hatte, dass ich nur noch eines wollte, nämlich mit ihm leben, kam der Bruch. Ich deutete es einmal zaghaft an, ob er sich vorstellen könne, mit mir zu leben. Sich von seiner Frau zu trennen.

Seine Antwort bestand nur aus vier Buchstaben. N. E. I. Und ein weiteres N. Danach haben wir uns nur noch zweimal getroffen. Und ich wusste, dass ich ihn nicht mehr zurückgewinnen konnte. Ich habe überlegt, ihn anzurufen, hatte den Hörer mindestens dreißigmal in der Hand. Dachte auch daran, seine Frau anzurufen. Ich tat es nicht. Ich belud mein Auto. Gepäck. Staffelei. Und fuhr nach Hause. Für drei Monate.«

»Nach Hause? Wo ist das?«

»Ostfriesland. Norddeich. Meine Eltern leben dort. Und ich bin da aufgewachsen.«

»Dürfte ich Ihre Bilder sehen?«

Obwohl sie irritiert schien, stimmte Frau Chialla zu. Sie bat beide ins Zimmer nebenan. Es war deutlich größer als das Wohnzimmer. Eine gewaltige Staffelei dominierte den Raum. Eine Wand war von einem Regal verdeckt. Bücher und Malutensilien belagerten die Regalböden. Kiefer. IKEA. Das nenne ich Markentreue, schmunzelte Margot.

In einer Ecke des Raums stand ein großer Bildständer, wie ihn auch Posterläden verwenden.

»Blättern Sie ruhig durch.«

Margot erkannte das Bild sofort. Stürmische See, ein Leuchtturm. Fünf weitere Bilder der Serie, von dem ein Exemplar im Flur von Marianne Denglers Wohnung hing. Ernst Dengler hatte die Chuzpe besessen, ein Bild seiner Geliebten in der gemeinsamen Wohnung aufzuhängen.

»Haben Sie Dank für Ihre Unterstützung«, meinte Margot, die den drängenden Wunsch verspürte, die Wohnung schnell zu verlassen. Ganz schnell.

»Was war denn das?«, fragte Horndeich bereits im Treppenhaus. Wenn er oft auch nicht Mr. Feingefühl in Person war, erschien ihm der fluchtartige Aufbruch doch seltsam.

»Dengler hat ein Bild der ehemaligen Geliebten im Flur seiner Wohnung hängen. Ich finde das ziemlich geschmacklos.«

Horndeich stieß einen Pfiff aus. »Aber hallo. So hätte ich ihn gar nicht eingeschätzt.«

»Ich auch nicht.« Für einen Moment war sie sich selbst nicht im Klaren, weshalb sie diese Tatsache so berührt hatte. Nein, nicht berührt. Gebeutelt. Mentale Holzlatte. Noch schlimmer. Ein Spiegel. Ein Spiegel ihres eigenen Verhaltens. Über das sie im Moment nicht weiter nachdenken wollte.

»Ist mit dir alles in Ordnung?«

»Ja.« Margot schüttelte sich innerlich wie ein Hund, um all die Gedanken abzuwerfen, mit denen sie sich derzeit nicht auseinandersetzen konnte und wollte. Es funktionierte. Sie wusste, dass diese Gedanken, anders als Wassertropfen, wieder ins Fell zurückkriechen würden. Doch für den Moment hatte sie Ruhe. »Geht schon wieder.«

Die nächste Kandidatin im Klub der geheimnisvollen Damen hieß Erika Ganzewi. Sie lebte im Paulusviertel, von den Darmstädtern auch Tintenviertel genannt, da viele Schriftsteller den Straßen ihre Namen liehen. Frau Ganzewi wohnte in der kleinsten Allee Darmstadts: Dem Niebergallweg. Rechts und links säumten Platanen die nur zweihundert Meter lange Straße. Jetzt im Sommer bildeten sie ein fast geschlossenes Blätterdach.

Frau Ganzewi bewohnte die zweite Etage in einer der kleineren Villen. Das Haus war unverkennbar: Das helle Blau des Außenanstrichs stand in seltsamem Kontrast zur Architektur des ausgehenden Jugendstils.

Die Züge der etwa Fünfzigjährigen verrieten kaum Neugier oder Erstaunen, als sie den Polizisten öffnete. Sie war eine attraktive Erscheinung, mit schmalem Gesicht und dunklen Augen, die durch die naturblonden Haare umso mehr zur Geltung kamen. Doch Margot spürte sofort den

Schleier von Traurigkeit, der sie umgab. Sie stellte sich und Horndeich vor.

Erika Ganzewi bat sie ins Wohnzimmer. Hier dominierte ebenfalls Holz, doch jedes der Stücke war eine liebevoll aufbereitete Antiquität. Der Parkettboden unterstrich die Eleganz der Möbel, selbst die Gardinen fügten sich harmonisch in das Gesamtbild eines edlen, aber luftigen Ambientes.

Erika Ganzewis Bewegungen strahlten fließende Eleganz aus. Darin erinnerte sie Margot ein wenig an Marianne Dengler. Margot und Horndeich verständigten sich wortlos mit einem Blick. Sie würde das Gespräch führen. »Kennen Sie Ernst Dengler?«

Erika Ganzewi schluckte. »Ja. Und ich weiß auch, dass er vorgestern Nacht ermordet wurde. Ich habe mit Ihrem Kommen gerechnet.«

»Woher wissen Sie es?«

»Ernsts Bruder Max hat mich angerufen.«

Erika wich Margots Blick nicht aus, und noch bevor Margot zur nächsten Frage ansetzte, war sie schon wortlos gestellt und beantwortet worden. Dennoch folgte noch die akustische Version des stummen Dialogs. »In welchem Verhältnis standen Sie zu Ernst Dengler?«

Erika zögerte nur kurz. »Ich war seine Geliebte. Ich möchte Sie aber bitten, diese Tatsache diskret zu behandeln – ich weiß, natürlich nur, wenn es möglich ist. Unser Verhältnis begann vor etwa einem halben Jahr.«

»Und dauerte bis zum jetzigen Zeitpunkt an?«

»Ja.«

Schweigen.

»Wann haben Sie Ernst Dengler zuletzt gesehen?«

»Vergangenes Wochenende. Aber nur kurz.«

»Und haben Sie eine Ahnung, wer für seinen Tod verantwortlich sein könnte?«

Margot entging nicht, dass sie wieder kurz zögerte. Nur den Bruchteil einer Sekunde, der ihr jedoch genug Zeit bot, um darüber nachzudenken, was sie sagen würde. Oder eben nicht sagen würde.

»Nein. Ich weiß es nicht.«

»Was verbirgt sie?«, fragte Horndeich, als sie das Haus verließen.

»Ich habe keine Ahnung«, erwiderte Margot. Aber auch sie wurde das Gefühl nicht los, dass Erika Ganzewi ihnen etwas verheimlicht hatte.

Als sie in ihr Büro kamen, erwartete sie bereits eine aufgeregte Sandra. »Ich habe vier der Frauen an die Strippe bekommen. Und nun ratet, was drei von ihnen gemeinsam haben.«

Horndeich schaute zur Decke, als ob er dort die Antwort lesen könne. »Sie alle waren Geliebte von Ernst Dengler?«

Sandras Unterkiefer folgte den Gesetzen der Schwerkraft.

»War also ein echter Schwerenöter, der gute Ernst«, ergänzte Margot.

»Eure auch?«, fragte Sandra.

Horndeich nickte. »Ja. Ein Schürzenjäger.«

»Eine der Frauen, Sylvia Rosskallberg, hatte etwas mit ihm vor sechzehn Jahren! Mona Fritz vor vier, Gabriele Senft vor zwei. Das Ganze dauerte jeweils vier Wochen, zwei Monate beziehungsweise zehn Wochen lang. Immer hat er Schluss gemacht, ich hatte den Eindruck, immer dann, wenn es für die Frauen ernst wurde. Ein echter Unsympath.«

»I'm just a Gigolo ...«, intonierte Horndeich den Klassiker von David Lee Roth. Er wirkte heute seltsam vergnügt. Margot konnte sich nicht erinnern, ihn in den Jahren ihrer gemeinsamen Arbeit so erlebt zu haben.

»... and everywhere I go, people know the part I'm playing ...«, fügte Sandra augenzwinkernd hinzu.

»Super. Und wer steckt das jetzt Marianne Dengler?« Wo der Kollegenkreis gerade in der Stimmung für Zitate war, fiel Margot nun ebenfalls eines ein, als sie in die Runde blickte. Ein Filmtitel: *Das Schweigen der Lämmer.*

»O. k. Ich seh schon. Mein Part. Dann schaust du, ob du noch was über die Firma von Max Dengler herausbekommst, o. k.? Irgendjemand wird vielleicht auch heute dort arbeiten.«

Als Margot wenig später im Auto saß, ging ihr das Gigolo-Lied nicht mehr aus dem Kopf. In Gedanken sang sie es vor sich hin und wunderte sich, dass sich der Text offenbar in ihrem Unterbewusstsein bis zum heutigen Tag gespeichert hatte. Wie war das doch gleich? Mit dem Alter wurde das Langzeitgedächtnis immer besser? 1985. Die Party am See. In Langen. *»'cause I ain't got nobody, nobody cares for me, I'm so sad and lonely, sad and lonely, sad and lonely …«* Erinnerung an einen Abend mit Rainer. Schon lange her. Aus einem anderen Leben. Einem Leben, das sie nie wieder führen wollte.

Margots Magen machte ihr deutlich, dass er, sollte sie gedenken die Fastenzeit fortzusetzen, dies zumindest lautmalerisch quittieren würde. Sie sah auf die Uhr. Ihr Magen hatte recht. Sie lenkte den Wagen an der nächsten Kreuzung nach links. Eine kurze Mittagspause musste möglich sein.

Zu Hause angekommen, führte sie der Weg schnurstracks in die Küche. Es gab nur eine Möglichkeit, dem akustischen Terror des Magens Herr zu werden. Eines jener Fertigsüppchen. Sie entschied sich für die chinesische Hühnchenvariante. *Hot and spicy.* Sie legte den gefrorenen Klumpen in eine Mikrowellenplastikschüssel. Kaum denkbar, dass sich der Klumpen binnen Minuten in eine essbare Mahlzeit verwandeln würde.

Während die Mikrowelle das Ihre tat, legte sie im Badezimmer ein wenig Make-up nach. Dann ging sie zurück in die Küche. Der Klumpen hatte sich in eine Suppe verwandelt. Die wahren Zaubertricks des 21. Jahrhunderts. Sie löffelte die Suppe. Nahm weder das *hot* noch das *spicy* wahr.

Denn all ihre Gedanken kreisten um dieses blöde Lied von David Lee Roth.

»Hesgart. Kripo Darmstadt. Entschuldigen Sie, wenn ich nochmals stören muss.«

Der Türsummer gewährte Einlass.

Marianne Dengler bat Margot hinein. Sie geleitete sie in Richtung Wohnzimmer. Das Bild des Leuchtturms verursachte fast körperlichen Schmerz, als Margot daran vorbeiging. Sie hatte es sich leichter vorgestellt, das Thema der Geliebten von Ernst Dengler anzusprechen. Hatte sie ein Recht, nach dem Tod das positive Bild, das seine Frau von ihrem Mann behielt, zu zerstören?

»Was führt Sie zu mir? Haben Sie den Täter?«

Wie gerne hätte sie diese Frage mit Ja beantwortet. »Nein. Wir haben nur Fragen. Ich fange einfach mal an.« Nicht dass es nicht genügend Fragen gegeben hätte. Sie würde sich sicher noch eine Weile um die bittere Wahrheit drücken können. Marianne Dengler hatte ihr Mitgefühl. Lange hatte sich Margot nicht mehr so unwohl gefühlt, denn auch sie war schließlich Geliebte gewesen, der Grund für eine andere Frau, unglücklich zu sein. Doch wäre sie jetzt sicher besser beraten, wenn es ihr gelänge, ihre privaten Gedanken aus dem Kopf zu kicken und das Schild davor zu hängen: *Wir müssen draußen bleiben.* »Wir haben heute früh gesehen, wie Sie äußerst aufgebracht das Grundstück von Max Dengler verlassen haben. Warum?«

Marianne Dengler sog die Luft ein. »Ich habe ihn gefragt, ob er bereit wäre, seine Anteile an Pointus zu verkaufen.« Dann bestätigte sie die Version, die sie schon von Max Dengler gehört hatten. Er war bereit zu einem Verkauf, wobei seine Vorstellungen über den Preis jenseits von Gut und Böse lagen.

»Dieser Schmarotzer. Er ist einer der wenigen Menschen, denen gegenüber ich meine gute Erziehung vergessen könnte. Ich werde nie verstehen, weshalb mein Mann, der jeden Euro dreimal umgedreht hat, diesem Nichtsnutz das Geld quasi in den – entschuldigen Sie, Sie sehen, dass mich der Mann zur Weißglut bringt. Denn er wird versuchen, sich in die Geschicke unserer Firma einzumischen. Wenn wir das vermeiden wollen, müssen wir ihn ausbezahlen.«

Gut. Dann war das geklärt. Leider keine weiteren Fragen zu diesem Thema. Margot sog Luft ein. »Frau Dengler, ich muss Ihnen etwas vielleicht sehr Unangenehmes mitteilen. Sagt Ihnen der Name Susanne Aaran etwas?«

Marianne Denglers Zucken war kaum zu bemerken, nur ein leiser Ausschlag der Nadel auf dem inneren Seismografen. »Ich hatte gehofft, dass dieses Thema nicht auf die Tagesordnung gesetzt würde. Dass Sie seinen Mörder finden könnten, ohne dass Sie so tief in sein – in unser – Privatleben eindringen müssten. Blanke Illusion.« Sie fasste sich, strich eine Strähne aus dem Gesicht, die sich in diesem Moment aus der Frisur gelöst hatte. »Also – Susanne Aaran war die Geliebte meines Mannes. Sie sind ganz schön schnell.«

Auch der Anflug von Humor konnte die Bitterkeit nicht übertünchen. Der Versuch, eine schwarze Wand mit weißen Wasserfarben abzudecken.

»Susanne Aaran gehört in eine lange, lange Liste. Sylvia Bersan, Heidrun Sänger, Sylvia Rosskallberg, Gabriele Senft. Es ist schon komisch. Ich bin eigentlich eher der Typ, der sich Gesichter merkt. Namen vergesse ich schnell. Nur diese nicht.«

Margot Hesgart war Überraschungen gewohnt. Überraschungen und Wendungen waren das Elixier, mit dessen Hilfe sie Morde aufklärte. Oft passte etwas nicht ins Bild, taten sich Risse in scheinbar schlüssigen Bildern auf. An diesen Stellen konnten die richtigen Fragen überraschende Antworten ans Tageslicht zaubern. Doch meist wusste Margot, an welcher Stelle die Überraschungen zu erwarten waren. Marianne Denglers Geständnis, über die Geliebten ihres Mannes Bescheid zu wissen, traf sie unvorbereitet. »Sie wussten davon?«

»Anfangs? Nein. Es traf mich wie der berühmte Blitz aus heiterem Himmel. Wenn das passiert, was sonst immer nur anderen passiert. Es war klassisch. Anita Bergemann. Ernst suchte das Vergnügen, und die arme Kleine bildete sich ein, er wolle sie heiraten. Rief hier an. Ich wusste nicht, was ich machen sollte. Ich hatte einen Sohn, gerade zwei Jahre alt. Und dachte, ich stehe vor den Trümmern meines Lebens. Ernst schwor, es sei ein Ausrutscher gewesen, es werde nie wieder passieren, und sagte all die Dinge, die ich hören wollte und von denen ich wusste, dass sie nicht wahr werden würden. Menschen ändern sich nicht, nicht in ihrem tiefsten Inneren. Doch die Hoffnung stirbt zuletzt – ich vergab ihm. Um ein halbes Jahr später von der Nächsten überrascht zu werden.«

Margot wunderte sich über den Redefluss ihrer Gesprächspartnerin. Noch dazu, da es um sehr persönliche Dinge ging.

Marianne Dengler hielt kurz inne, interpretierte Margots Stirnrunzeln völlig richtig. »Ich erzähle Ihnen das alles, damit Sie die Liste der Namen richtig einschätzen können. Vielleicht auch, um Ihnen zu zeigen, dass sie zumindest für meine Person kein Motiv ist.«

Die Frau wurde Margot immer sympathischer – was man von ihrem Mann nicht eben behaupten konnte.

»Vielleicht bin ich zu konservativ erzogen, vielleicht auch einfach nur ein sehr rationaler Mensch. Ich sprach mit meinem Mann. Offen. Sehr offen. Es war eines der Gespräche, in denen er einmal wirklich aus sich herausgegangen ist. Er rettete sich nicht in weitere Beteuerungen zukünftiger Treue. Stellte mir in Aussicht, die Scheidung schnell abzuwickeln. Die Schuld auf sich zu nehmen, mir und unserem

Kind großzügigen Unterhalt zu gewähren. Ich muss zugeben, einen Augenblick lang erschien mir das Angebot verlockend. Und doch nahm ich es nicht an.«

»Warum nicht?« Eine Frage, die kaum mit beruflichem Interesse zu begründen war, sondern weit mehr die Frage der Geliebten an die Ehefrau war.

Ein Lächeln huschte über Mariannes Gesicht. Kurz, flüchtig, schon wieder verschwunden. »Ich habe Ernst geliebt. Aufrichtig geliebt. Ich wusste, ich würde ihn nie zurechtbiegen können. Er würde seinen Weg gehen. Ich gab mich nicht der Illusion hin, ich könne ihn zur Treue zwingen. Doch die Alternative zu einer Ehe mit ihm erschien ebenfalls nicht verlockend. Sehen Sie, ich wusste, dass Ernst Dengler mir ein Leben in absoluter finanzieller Sicherheit bieten konnte. Seine Intelligenz gepaart mit Härte und seinem Egoismus in vielen Dingen waren die Eigenschaften, mit denen er Pointus aufgebaut hatte und mit denen die Firma guten Zeiten entgegensah. Mir war klar, dass wir unsere Betten trennen würden. Was aber nicht hieß, dass wir unser gemeinsames Leben trennen mussten. Wir trafen eine Abmachung: getrennte Schlafzimmer. Gleiches Recht für beide. Aber wir würden den anderen nicht als seelischen Müllabladeplatz missbrauchen. Affären hätten innerhalb dieser vier Wände nichts zu suchen.«

Marianne ging zum Fenster, sah hinaus in den Garten. Die Sonne hatte sich soeben zwischen den Wolken hervorgearbeitet, tauchte den Garten in helles Licht. Die Pflanzen strahlten in bunter Pracht. *Und irgendwo am Teich steht ein tränendes Herz ...*

»Ich erzähle das jetzt alles so ruhig, aber nur im Rückblick. Der Weg war gepflastert mit Vorwürfen, mit Zweifeln, Selbstzweifeln und Eimern von Tränen. Und dennoch glaube ich, es war der richtige Weg. Ich nahm mir ein paarmal im Jahr eine Auszeit, reiste durch die Welt, kurze Tripps, Streicheleinheiten für Seele und Körper. Nun, es hat funktioniert.

Und mit den Jahren wandelte sich unsere Beziehung. Zu Beginn unserer Ehe waren wir Verliebte, dann Freunde. Danach folgte eine Zeit, in der wir beide kurz davor waren, uns doch voneinander zu trennen. Und wurden dann langsam wieder ein Team. Zuerst in der Firma, dann auch privat. Wieder Vertraute. Auf eine sehr reife Art, die den anderen eben nicht versucht zu verbiegen.«

Sie wandte sich wieder Margot zu und schämte sich nicht der Tränen, die langsam ihre Wangen hinabliefen. Dann musste sie lachen, seltsamer Kontrast zum Nass in ihrem Gesicht.

»Ich kannte die Namen derer, die unsere Trennung wollten, um mit ihm zu leben. Und er kannte die Liste der Männer, die nach einem Urlaubsflirt meinten, sie müssten mich aus meiner Ehe befreien. Vor einem Jahr saßen wir einmal gemeinsam beim Abendessen. Hier. In diesem Raum. Und die Namen purzelten aus unseren Mündern. Wir konnten gemeinsam darüber lachen.«

Es ist völlig kindisch, dachte Margot Hesgart, doch sie hatte das Gefühl, eben die Absolution für ihren eigenen Status als Geliebte bekommen zu haben.

»Ich kann mir nicht vorstellen, dass die Art, wie mein Mann und ich unsere Privatleben führten, der Grund für seine Ermordung ist. Ich kann mir kaum vorstellen, dass eine Geliebte aus seiner Vergangenheit ihn ermordet hat. Oder ein Verehrer aus der meinen. Außerdem ist das schon lange her.«

Die ganze Zeit über, als sie Marianne Denglers Ausführungen gespannt gefolgt war, hatte ihr Unterbewusstsein fieberhaft daran gearbeitet, herauszufinden, wo der Riss in dieser Schilderung war. Nach dem kurzen Moment persönlicher Sentimentalität, in dem es ihr nicht gelungen war, ihre eigene Geschichte in diesem Verhör – denn um nichts anderes handelte es sich – herauszuhalten, nach diesem Moment meldete sich der Spürhund in ihr mit einem Schwanzwedeln zurück. Ihr wurde klar, was sie an Mariannes Schilderung gestört hatte: Sie klang, als hätten die Affären ihres Mannes nicht bis in die Gegenwart gereicht.

»Frau Dengler, sagt Ihnen auch der Name Erika Ganzewi etwas?«

Die Nadel auf dem Seismografen schlug diesmal deutlich aus. Treffer. Marianne Dengler setzte sich wieder. Ihr Stimmlage wurde tiefer, und jegliche freundliche Distanz, die eben noch ihre Schilderung dominiert hatte, hatte sich verflüchtigt wie ein Tropfen Benzin in der Sonne. »Ja. Erika Ganzewi war die letzte Geliebte meines Mannes.«

Und Marianne Denglers Stimme nach zu urteilen unterschied sich ihr Status deutlich von dem ihrer Vorgängerinnen.

Horndeich hatte Glück. Max Denglers Prokurist Heinrich Schneider saß an diesem Samstagvormittag tatsächlich im Büro. Er war seit fast zwanzig Jahren in der Firma angestellt. Und er würde natürlich mit der Polizei sprechen, damit der grässliche Mord am Bruder seines Chefs schnell aufgeklärt würde. Schneider habe noch eine knappe halbe Stunde im Büro zu tun, würde sich in einer Stunde mit seiner Familie auf dem Heinerfest treffen, am Bratwurststand vor dem Weißen Turm.

Da Horndeich ebenfalls Hunger verspürte, hatte er Schneider vorgeschlagen, sich einfach an diesem Stand zu treffen. Der Polizist war schon eine Viertelstunde früher da. Er vertilgte einen Nierenspieß, gönnte sich ein alkoholfreies Bier und beobachtete die Menschen. Der Himmel war wolkenverhangen, was den Vorteil hatte, dass es nicht brütend heiß war, sondern nur angenehm warm. Um die Mittagszeit schlenderten nur wenige Menschen über den Festbetrieb. Hingegen drängten ganze Rudel in den Kaufhof und aus ihm heraus. Horndeich, dem es sonst wenig Freude bereitete, die

Spezies Mensch in ihrem Alltagsleben zu studieren, bemerkte, dass die Umstehenden einen zufriedenen Eindruck machten. Nun waren diese Würstchen wahrlich nicht der Gipfel kulinarischer Menschheitsgeschichte, doch schien die Festatmosphäre mehr zu bewirken als alle Geschmacksverstärker. Oder Horndeich sah das alles nur durch eine besondere Brille.

Seit er gestern Margot von seiner Junkiekarriere erzählt hatte, fühlte er sich seltsam befreit. Er hatte nie mit jemandem darüber geredet. Nicht einmal mit Sonja, Frau in spe bis vor zwei Jahren, nun im Status einer gewöhnlichen Ex-Freundin. In den vergangenen Monaten waren seine Gedanken immer öfter zu jener Zeit zurückgekehrt, die er als seine unrühmlichste betrachtete. Seltsam, dass er ausgerechnet gestern darüber gesprochen hatte. Margots Worte und ihr Verständnis hatten fast eine Euphorie ausgelöst. So sehr, dass er sich getraut hatte, Anna, die Arzthelferin von Dr. Petrow, zum Essen einzuladen, nachdem Margot davongefahren war. Er ging einfach zurück in die Praxis. Und hatte Glück. Sie saß allein hinter der Empfangstheke.

»Haben Sie noch etwas vergessen?« Ihr Lächeln erinnerte ihn sehr deutlich daran, weshalb er den Gedanken gehegt hatte, mit ihr ausgehen zu wollen.

Horndeich konnte sich im Nachhinein sein Selbstbewusstsein kaum erklären. So hart er gegenüber bösen Buben sein konnte, so schüchtern war er im Privatleben. Dennoch: »Nein, ich habe nichts vergessen. Und vielleicht bekomme ich auf meine Frage gleich ein Nein zu hören. Dann fassen Sie die Frage einfach als Kompliment auf.«

»Und was wollen Sie mich fragen?« Horndeich entdeckte keine Spur Koketterie in ihrem Blick.

»Ich möchte Sie fragen, ob ich Sie zum Abendessen einladen darf. Ich würde Sie nämlich gern kennenlernen.«

Allein der Gedanke daran, das auszusprechen, was er gerade ausgesprochen hatte, hätte ihn normalerweise erröten lassen. Er spürte auch, wie sich Blut unter der Gesichtshaut sammelte. Gleich würde er hören, dass sie verlobt war, verheiratet, in festen Händen, keine Zeit habe, auf die Nichte aufpassen musste – oder alles zusammen. Doch dann war Horndeich wenigstens einmal über seinen Schatten gesprungen.

Sie zögerte nur kurz. »Ja. Sehr gern. Montag?« Völlig unbegreiflich für Horndeich nahmen auch ihre Wangen etwas Farbe an.

»Ja, Montag ist wunderbar.«

Er würde sie abholen, natürlich, und sie schrieb ihren Namen auf einen kleinen Zettel. Anna Kaleska. Und die Telefonnummer, falls etwas dazwischenkommen würde.

Tief in Gedanken über die gestrigen Minuten und in freudiger Erwartung auf Montag war Horndeich der Mann, der sich immer wieder suchend umsah, zunächst nicht aufgefallen. Horndeich sprach ihn an. »Herr Schneider?«

Der Mann mit der Thüringer Bratwurst in der einen Hand, einem Bier in der anderen nickte. Horndeich zeigte seine Dienstmarke.

Schneider begrüßte ihn, behielt aber Speis und Trank in der Hand. Er war nicht sehr groß und ein bisschen untersetzt. Die Haare lichteten sich bereits. In seinem blauen Anzug von der Stange wirkte er eher wie ein Sachbearbeiter beim Finanzamt als wie ein Verantwortungsträger in einer Werbeagentur.

»Herr Schneider, wir haben gehört, dass die Firma, in der sie arbeiten, wirtschaftlich von einem Auftraggeber abhängig war.«

Schneider nickte, kaute, nickte wieder, schluckte und setzte zu einer Antwort an. »Wir brauchen gar nicht drum herumzureden, Herr Horndeich. Doppelpunkt hängt an der Nabelschnur von Pointus. Völlig. Schon immer. Ich habe vor zwanzig Jahren dort angefangen, und da wurden ausschließlich Rechnungen an Pointus gestellt. Ich habe mir natürlich auch die alten Zahlen angesehen. Anfangs gab es viele verschiedene Kunden, aber meist kamen kaum Folgeaufträge herein. Bis schließlich alles nur noch von Pointus kam.«

»Und wie erklären Sie sich das? Ist Ihre Agentur so spezialisiert auf die Belange von Pointus?«

»Wissen Sie, Herr Horndeich, ich bin ein Familienmensch. Ich habe die beste Frau der Welt und drei Kinder. Mein Ältester hat jetzt angefangen zu studieren, die Mittlere kommt in die Oberstufe. Natalia, unser kleiner Sonnenschein, wird in zwei Wochen zehn. Ich bin nicht zu dieser Agentur gegangen, weil ich mich selbst verwirklichen wollte. Nein. Ich habe meinen Job verloren, als das Unternehmen, bei dem ich damals angestellt war, Pleite machte. Dengler suchte einen Buchhalter, Prokuristen, Finanzmann, nachdem er vom Finanzamt wegen seiner Buchhaltung eins auf den Deckel bekommen hatte. Das Arbeitsamt schlug mich vor, Dengler rief an, eine Stunde später saß ich in seinem Büro. Eine Viertelstunde später hatte ich einen neuen Job. Es lag nicht daran, dass ich so brillant war, sondern daran, dass Dengler keine Lust hatte, sich mit der Materie auseinanderzusetzen. Es war mir egal. Ich hatte wieder Arbeit. Ich erzähle Ihnen das, weil mit dem Tod von Ernst Dengler mein Job wahrscheinlich in wenigen Wochen Geschichte ist. Und ich mit fünfundfünfzig Jahren nicht mehr wirklich ein Topkandidat bei ›Deutschland sucht den Zahlenstar‹ bin.«

»Wie groß ist Doppelpunkt?«

»Dengler ist der Boss, ich der Zahlenknecht und Ute Spangenberg die Telefonfee. Noch zwei Praktikanten, und das wars.«

»Wie, *das wars?* Grafiker, Texter, Layouter – wo sind denn die ganzen Kreativen?«

»Alles Freelancer. Mehr oder weniger gut. Meist weniger. Aber Pointus zahlt auch nicht üppig. So konnte man keine Spitzenkräfte einkaufen. Und kaum die Guten. Aber Dengler konnte ganz gut davon leben.«

»Ich verstehe das System nicht«, gab Horndeich offen zu. Er war gewiss kein Kenner der Agenturszene, aber dass eine Werbeagentur so nicht funktionieren konnte, erschloss sich sogar ihm auf Anhieb.

»Es gibt nicht viel zu verstehen. Bereits im ersten Jahr hatten wir von Pointus einen Riesenauftrag bekommen. Messestand. Dreihundert Quadratmeter. Voll in den Sand gesetzt. Tafeln nicht rechtzeitig fertig, die Hälfte der Möbel fehlte und keine Kaffeemaschine am Stand. Damals dachte ich bereits, ich könne mich wieder im Haardtring bei den freundlichen Damen vom Arbeitsamt anstellen. Aber nein, schon im nächsten Monat kamen die nächsten Aufträge. Immer kleine Dinger. Und offenbar *kümmerte* niemanden die Qualität. Erst ein Jahr später erfuhr ich, dass die wichtigen Dinge grundsätzlich an andere Agenturen vergeben wurden. Und so geht es seit zwanzig Jahren.«

»Und nun, nach dem Tod von Ernst Dengler, ist das Aus wohl vorprogrammiert. Denn ohne seine Aufträge gibts gar keine Aufträge. Verstehe ich Sie da richtig?«

Schneider nahm einen tiefen Schluck Bier.

»Nicht ganz. Ich glaube, es hätte auch ohne seinen Tod einen Schlag getan.«

»Wie meinen Sie das?«

»Ich trinke noch ein Bier«, wich Schneider aus. »Mögen Sie auch eins?«

Horndeich lehnte ab, aber nur wegen der Vorschriften. Bevor Schneider weitersprach, war auch das zweite Glas halb leer. »Ich habe vorhin die ganze Zeit überlegt, ob ich es Ihnen sagen soll. Eigentlich ab dem Moment, ab dem ich wusste, dass Ernst Dengler ermordet worden war. Wissen Sie, ich habe Ernst Dengler nie persönlich gesehen. Er war einfach der, in dessen Namen Doppelpunkt Aufträge erhielt. Aber letzten Donnerstag, da tauchte er das erste Mal in der Firma auf. Ich wunderte mich zuerst, dass mein Chef so anders aussah, so vornehm, und auch der Anzug war nicht sein

Stil. Erst an der Stimme erkannte ich dann, dass es sein Bruder sein musste.«

Wieder ein Schluck Bier.

»Er verschwand in Max' Büro, und zwei Minuten später flogen die Fetzen. Max Dengler schimpfte und keifte, als sei in ihm ein Schimpfwortcontainer explodiert. Weitere drei Minuten später verließ sein Bruder das Büro, begleitet von einer wüsten Schimpfkanonade – diesmal noch lauter, denn die Tür stand offen.«

»Wann war das genau?«

»Zehn nach vier, ich erinnere mich genau. Als ich nach Ernst Denglers Abgang zu meinem Chef ins Büro ging, fiel mein Blick auf die Uhr an der Wand.«

»Worüber haben sie gestritten?«

»Den Auftrag über die Neugestaltung des Internetauftritts von Pointus. Ich habe mich schon gewundert, dass wir da überhaupt im Rennen waren. Vor zwei Monaten war der Pitch – also der Wettbewerb von mehreren Agenturen, die ihr Konzept bei Pointus vorstellten. Der erste wirklich große Auftrag seit Ewigkeiten. Es hätte mich stutzig machen sollen. Aber ich war schon zu blind. Wir gewannen den Pitch. Das Konzept war nicht schlecht. Aber sicher nicht das beste. Als Ernst Dengler das Büro verlassen hatte, habe ich meinen Chef gleich gefragt, ob der Auftrag zurückgezogen worden war. So hatte ich ihn noch nie erlebt. Er war krebsrot im Gesicht. Ich dachte, er bricht gleich zusammen. Dann warf er mich aus dem Büro. Schreiend. Ich sagte ja schon, so habe ich ihn noch nicht erlebt.«

»Und woher wissen Sie, dass es um den Auftrag ging?«

»Heute kam der Brief. Bisher hatten wir nur eine mündliche Zusage.«

Er griff in die Innentasche und zog den Brief aus der Tasche, wischte die Krümel vom Tisch und legte ihn ab. Horndeich überflog das Schreiben. »... müssen wir Ihnen leider mitteilen, dass der Auftrag für den Relaunch unseres Internetauftritts an eine andere Firma vergeben wurde ...«

»*Das* war das Aus für Doppelpunkt. Nicht der Tod von Ernst Dengler.«

»Sagten Sie nicht, dass immer wieder kleine Aufträge von Pointus kamen?«

»Ja. Aber wir haben nie einen Auftrag zugesagt bekommen und dann wieder aberkannt.«

»Aber Sie haben nicht *gehört*, worüber die beiden gestritten haben?«

»Nein. Außer den Kraftausdrücken meines Chefs habe ich nichts gehört. Und von Ernst Dengler kein Wort. Aber – vielleicht weiß seine Freundin mehr. Vielleicht hat er ihr etwas erzählt. Ich bin mir fast sicher.«

»Können Sie mir den Namen und die Adresse nennen?«

»Klar. Sie heißt Erika Ganzewi, und sie wohnt im Paulusviertel. Niebergallweg, glaub ich – aber da bin ich mir nicht ganz sicher.«

»Ach so, Sie meinen Ernst Denglers Freundin – wieso sollte Max Dengler ihr etwas erzählt haben?«

»Ernst Dengler? Ich rede von Frau Ganzewi, die Frau, mit der mein Chef seit mehr als drei Jahren zusammen ist.«

»*Max* Dengler?«

»Wie kommen Sie auf Ernst – na ja, ist offenbar etwas schwierig mit den Zwillingen.«

Horndeich bemühte sich um ein Lachen. Es blieb ungehört in der Kehle stecken.

Bevor Heinrich Schneider noch eine weitere Frage stellen konnte, tippte ihm ein schlacksiger junger Mann auf die Schulter. »Hallo, Papa.« Neben ihm standen seine Geschwister und Schneiders Frau. Sie begrüßten sich herzlich, und Schneider stellte Horndeich die Familie vor.

Und er konnte gut verstehen, weshalb der kleine untersetzte Prokurist Angst um seinen Job hatte.

Margots Handy klingelte in dem Moment, in dem sie sich von Marianne Denglers Couch erheben wollte, um sich zu verabschieden. »Entschuldigen Sie bitte«, meinte sie und nahm das Gespräch an. Horndeich.

Er erzählte ihr, was er gerade von Schneider erfahren hatte. Und von Erika Ganzewi.

»Wir treffen uns gleich im Präsidium. Am besten, du holst sie dorthin. Ich bin in fünfzehn Minuten bei dir.«

Sie steckte das Handy wieder in die Innentasche. »Frau Dengler, wussten Sie, dass Erika Ganzewi nicht nur die Geliebte Ihres Mannes, sondern auch die Freundin Ihres Schwagers war?«

Wie schon wenige Minuten zuvor, als der Name das erste Mal gefallen war, verhärteten sich Mariannes Züge augenblicklich. Falten, zuvor kaum sichtbar, traten abermals deutlich hervor. »Ja. Ich wusste es. Ihr Team ist wirklich schnell und gründlich. Kompliment.« Was zu einem Lächeln hätte werden sollen, geriet zur Grimasse. Sie zögerte. »Ich habe Ihnen gerade gesagt, dass ich zum Thema Erika Ganzewi nichts sagen werde. Aber vielleicht ist das falsch. Vielleicht sollte ich Ihnen doch alles erzählen. Wissen Sie, ich habe all die Eskapaden meines Mannes auch deshalb leichter tolerieren können, weil ich wusste, dass sie kaum in die Tiefe gingen. Zuerst hatte ich es nur vermutet, später gewusst: In dem Moment, in dem sich seine Freundinnen an ihn binden wollten, war die Affäre beendet. Aber bei Erika Ganzewi war alles anders.«

Sie rang noch kurz mit sich, und Margot unterbrach ihre Gedanken nicht durch Worte. Kurz darauf begann Marianne Dengler zu sprechen. »Ich erzählte Ihnen von dem Abendessen, bei dem mein Mann und ich das erste Mal miteinander über unsere Affären lachen konnten. Zwei Dinge habe ich Ihnen nicht erzählt. Zum einen war es wohl einer der glücklichsten Abende in unserer Ehe. Und ich dachte wirklich, wir hätten eine Chance, noch ein paar Jahre als Paar zu leben. Als echtes Paar. Ohne Ausflüchte, ohne Weglaufen, ohne Gespenster – die Illusion währte ein knappes halbes Jahr. Bis Januar.«

In Gedanken rechnete Margot kurz nach. Das war der Zeitpunkt, zu dem Ernst Dengler die Krebsdiagnose präsentiert wurde.

»Dann begann er, um Erika Ganzewi zu werben. Zunächst ohne dass ich etwas davon mitbekommen hätte. Denn er war mir gegenüber immer noch aufmerksam wie nie zuvor. Wir verbrachten viel Zeit gemeinsam. Gingen in die Oper. Ins Kino. Ins Theater. Hielten in der Loge Händchen wie die Teenager. Ich hätte nie vermutet, dass er wieder eine neue Geliebte hatte. Nie. Und schon gar nicht Erika Ganzewi. Denn sie passte nicht ins Bild. Ernsts Frauen waren immer deutlich jünger gewesen als er. Nie älter als Mitte dreißig, einerlei, wie alt er wurde. Nein, sie passte überhaupt nicht ins Schema.«

»Das klingt nach einem großen Aber.«

Marianne schnaubte verächtlich. »Allerdings. *Aber.* Es passte in ein anderes Schema. Das Schema ›Ich spanne meinem Bruder die Freundin aus‹. Mein Mann war besessen davon. Wann immer Max eine neue Freundin hatte, war es für Ernst fast ein Zwang, dass er sie ihm ausspannen musste. Ich selbst war eine solche Eroberung.«

»Ich verstehe nicht ganz«, gab Margot zu.

»Ich war zuerst auch mit Max Dengler befreundet. Oder *zusammen*, wie man es heute nennt. Das ist fast dreiundvierzig Jahre her. Dann erschien Ernst auf der Bildfläche. Er wirkte wie die Luxusausgabe von Max, galant und stark, mit Stil. Er hatte all das, was Max perfekt gemacht hätte – so dachte ich damals. Nun, Ernst heiratete mich. Und all die nächsten Geliebten stammten immer aus Max' Stall. Sogar mit Max' Frau Frederike hatte Ernst ein Verhältnis – wohl sein größter Triumph –, wobei mir ohnehin schleierhaft war, dass sie Max überhaupt geheiratet hatte. Und auch Max hatte Freundinnen während seiner Ehe. Immer nur kurz. Immer nur, bis Ernst sie an sich band. Und wieder abstieß. Wie ausgetretene Schuhe. Auch nach Frederikes Tod ging das Spiel munter weiter. Verstehen Sie mich nicht falsch. Ich lebte seit Jahren in einem Arrangement mit meinem Mann. Sollte er ein Verhältnis haben, mit wem er wollte. Es tat mir nicht leid für Max. Es tat mir nur manchmal für die Frauen leid, die jedes Mal wieder abserviert wurden. Wenn ich jetzt davon rede – das erste Mal in meinem Leben –, kommt mir dieses Leben fast surrealistisch vor.«

Margot erwiderte nichts. Was auch. Nur das Gefühl, dass sie froh war, nicht Marianne Denglers Leben gelebt zu haben – dieses Gefühl wurde immer stärker.

»Dann wurde Max solide. Er bandelte mit Erika an. Eine sympathische Frau. Sie fiel aus dem Rahmen. Sie war zu alt, sie war zu ... bieder. Ich gab der Geschichte kein Vierteljahr. Doch dann wurden es drei Jahre, die Max mit Erika zusammen war. Und mit ihr schien in sein Leben eine gewisse Konstanz einzukehren. Und ich dachte, auch Ernst hätte es nicht mehr nötig, ihm die Frau auszuspannen. Aber ich täuschte mich. Ich weiß nicht, weshalb er das gemacht hat. Aber es hat mich getroffen. Ich war wirklich der Illusion erlegen, wir könnten unsere letzten Jahre gemeinsam genießen. In Ruhe. Auch ›bieder‹. Und nach seiner ersten Affäre war es die, die mich am meisten getroffen hat.«

Als Margot auf dem Revier ankam, saß Erika Ganzewi bereits in einem der Verhörräume. Vor ihr stand dampfender Kaffee in einer grünen Tasse, einer jener vierzig Unikate, die ihren Küchenschrank bevölkerten. Sie würde nicht viel Freude an dem Gebräu haben, wenn es aus der Kanne stammte, aus der sie fürchtete, dass es stammte. Zwischen Ganzewi und Horndeich stand ein Tisch, darauf lag ein Diktiergerät.

Margot kam direkt zur Sache, nachdem sie Horndeich kurz begrüßt hatte. »Frau Ganzewi, warum haben Sie uns nicht gesagt, dass Sie Max Denglers Freundin waren?«

»Sie haben mich nach meinem Verhältnis zu Ernst Dengler gefragt, nicht nach dem zu Max.«

Immer dieselben dummen Antworten ... »Gut, dann frage ich Sie jetzt: Wie war Ihr Verhältnis zu Max Dengler?«

»Wir waren befreundet. Zusammen. Liiert. Suchen Sie sich den passenden Begriff aus.« Ihre Kooperationsbereitschaft war betörend.

»Wie lange?«

Erika Ganzewi trank einen Schluck Kaffee, stellte die Tasse ab. Ihre Gesichtszüge offenbarten zweifelsfrei, aus welcher Maschine der Trank stammte. War es der fürchterliche Kaffee? War es die Betroffenheit über den Tod des Freundes? Margot wusste es nicht – und in diesem Moment interessierte es sie auch nicht. Wichtig war einzig und allein das Ergebnis. Die Zeugin seufzte, akustische Version eines weißen Fähnchens. »In Ordnung, ich erzähle es Ihnen. Vor drei Jahren habe ich die beiden Brüder kennengelernt. Auf einem Wohltätigkeitsball, den Ernst organisiert hatte. Er war mit seiner Frau da, Max allein. Max war charmant, wir führten eine nette Unterhaltung, tanzten, es war ein schöner Abend. Max rief mich immer wieder an, er führte mich aus. Er war ein angenehmer Mann, Gesprächspartner – und letztendlich, denke ich, waren wir beide wohl des Alleinseins müde. Ich traf auch Ernst ab und zu, bei offiziellen Anlässen. Er war meistens mit seiner Frau dort. Oder er flirtete mit irgendwelchen anderen Damen.«

»Wie war das Verhältnis der beiden Brüder zueinander?«

Erika Ganzewi musste nicht lange überlegen. »Gespannt – das trifft es wohl am besten. Sie redeten kaum miteinander.«

»Sprach Max Dengler mit Ihnen über sein Unternehmen?«

»Nein. Ich weiß, dass er eine Werbeagentur leitete, aber er sprach kaum darüber. Eigentlich gar nicht.«

»Wussten Sie, dass er fast alle Aufträge von der Firma seines Bruders erhielt?«

Ihr Erstaunen schien echt. »Von Pointus? Das kann ich mir kaum vorstellen. Zumindest haben mir weder Ernst noch Max davon erzählt.«

»Und wann haben Sie sich mit Ernst eingelassen – und warum?«

»Es war Anfang des Jahres, ich weiß nicht mehr genau, wann. Ernst rief mich auf dem Handy an. Fragte, ob ich mit ihm essen gehen würde. Zunächst war ich nur erstaunt. Und auch ein wenig neugierig. Wissen Sie, ich habe Ernst bewusst wahrgenommen, wenn wir uns begegnet sind, und ich fand ihn immer diesen kleinen Tick attraktiver als Max. Aber er war verheiratet, und damit war er tabu – auch wenn er mit anderen Frauen geflirtet hat. Ich dachte mir nicht viel dabei, als er mich zum Essen einlud. Zunächst überlegte ich, er wolle mit mir sicher über Max sprechen. Doch dessen Name fiel an diesem Abend überhaupt nicht. Als ich wieder zu Hause war, wusste ich immer noch nicht, warum Ernst mich eigentlich ausgeführt hatte. Wir hatten uns sehr angeregt unterhalten, er zeigte sich als gebildeter und charmanter Gesprächspartner. Eine Woche später rief er mich wieder an. Abermals trafen wir uns. Und ich merkte, dass er sich für mich interessierte. Er sagte es nicht, er zeigte es nur sehr dezent. Ich konnte seine Gesten nicht recht einordnen, aber ich fühlte mich geschmeichelt. Nicht mehr – und nicht weniger. Er verkörperte diese seltsame Mischung aus Macho und verständnisvollem Partner, eine Mixtur, auf die wahrscheinlich schon meine Vorfahrinnen aus der Steinzeit reagiert haben. Und gleichzeitig war er sehr zurückhaltend. Diese Art, die Frauen – zumindest mich – verrückt machen kann. Konnte. Ich erkannte mich selbst nicht wieder, und eigentlich weiß ich auch nicht genau, wie er es geschafft hatte, aber nach einem Monat wollte ich auf unsere Treffen nicht mehr verzichten. Viel schlimmer noch: Ich wollte ihn öfter sehen. Ich wurde eifersüchtig auf seine Frau. Auf andere Frauen. Ich wollte ihn ganz. Ich war verliebt wie ein pubertierendes Schulmädchen. Und das mit über fünfzig Jahren. Ich – die Unnahbare, die Biedere, die Hausbackene, die Witwe, die fünfundzwanzig Jahre ihres Lebens mit einem Beamten des Finanzamts verheiratet gewesen war. Und die jetzt seit über zwei Jahren mit Max Dengler liiert war. Und sich schon darauf eingestellt hatte, mit ihm alt zu werden.«

»Und wie stand Ernst dazu?«

»Zunächst meinte er, er müsse es geheim halten, er wollte die Ehe mit seiner Frau nicht aufgeben. Er meinte auch, ich solle meine Beziehung zu Max nicht beenden, sonst würde sehr schnell getratscht – Darmstadt ist in dieser Beziehung ein kleines, kleines Dorf. Und doch hatte ich den Eindruck, oder vielleicht auch nur die Hoffnung, dass er doch mit mir zusammenleben wollte. Und ich hatte ja recht.«

»Wie meinen Sie das?«

Erika Ganzewi stockte, ihre Augen huschten von Horndeich zu Margot und wieder zurück. »Am vergangenen Donnerstag rief mich Max an.«

»Wann?«

»So gegen Viertel nach vier. Er war wutentbrannt, schleuderte mir ins Gesicht, dass gerade sein Bruder bei ihm gewesen sei. Ernst habe ihm auf den Kopf zugesagt, dass er ein Verhältnis mit mir habe. Und dass ich mich von Max trennen würde. Es war mir unangenehm, ich fand es weder besonders witzig noch besonders taktvoll, dass Ernst über meinen Kopf hinweg über mich entschied. Und auf der anderen Seite war ich froh, dass das Versteckspiel ein Ende hatte. Ich leugnete nichts, bestätigte Ernsts Worte nur.«

»Wie reagierte Max Dengler?«, fragte Horndeich, der die ganze Zeit über schweigend auf seinem Stuhl gesessen hatte.

»Er war so wütend, dass er sagte, diesmal bringe er Ernst um. Ich glaube nicht, dass Max das getan hat, aber er war außer sich vor Zorn.«

»Sagte er wirklich ›dieses Mal‹?«

»Ja, ich erinnere mich genau, denn ich wunderte mich über die Formulierung. Aber er hat es nicht getan, da bin ich mir sicher. Max könnte keinen Menschen töten.«

Doch auch das ist ein Satz, den im Umfeld eines Mordes immer jemand sagt, dachte Margot. Nicht selten unter der Voraussetzung falscher Tatsachen ...

Nachdem Erika Ganzewi gegangen war, gönnte sich auch Margot einen Kaffee – sie benötigte Koffein, einerlei in welcher Verpackung.

»Ich fasse zusammen«, meinte Horndeich. »Max' Firma stand kurz vor der Pleite, weil sein Bruder ihn fallen lässt wie eine heiße Kartoffel. Und im gleichen Atemzug teilt er ihm noch mit, dass er ihm die Freundin ausgespannt hat.«

»... aber nicht zum ersten Mal. Marianne Dengler hat mir erzählt, dass dies für ihn eine Art Sport gewesen sein muss.« In knappen Worte fasste sie die Schilderung der Witwe zusammen.

»Aber warum hat sich Max das gefallen lassen?«, überlegte Horndeich laut.

»Ich glaube, die völlige finanzielle Abhängigkeit von seinem Bruder ließ ihn diese Demütigungen erdulden. Aber warum? Er hätte doch seine Firma auch allein aufziehen können, neue Kunden akquirieren.«

»Wenn man Schneider glauben darf, dann hatte er dazu sicher nicht genug Fachwissen – und auch nicht die nötigen Mitarbeiter.«

Margot rekapitulierte: »Nochmals: Ernst Dengler teilt Max zehn Stunden vor seiner Ermordung mit, dass er ihn finanziell den Bach runtergehen lässt und privat ebenfalls.«

Horndeich sprach es aus: »Genug Gründe, ihn aus Rache um die Ecke zu bringen?«

»Ich denke, genau das sollten wir ihn jetzt fragen.«

Max Dengler hatte keinen Widerstand geleistet, als Margot ihn bat, sie mit aufs Revier zu begleiten. Er verweigerte nur jede Aussage, wartete, bis auch sein Anwalt im Präsidium eintraf.

Christian Frieder wirkte nicht unbedingt wie ein seriöser Anwalt. Der Umfang seines Bauches korrespondierte mit Margots Vorstellungen typischer Sumoringer, und das Goldkettchen harmonierte mit schütterer, aber dafür gegelter schwarzer Haarpracht.

»Max, sag nichts«, war sein einziger Kommentar gegenüber seinem Mandanten, nachdem Margot ihn gefragt hatte, was Ernst zu ihm am Donnerstagnachmittag gesagt hatte.

Frieder wollte verhindern, dass ein Beamter Dengler Fingerabdrücke abnahm, doch Max intervenierte. »Christian, ich habe meinen Bruder nicht getötet. Also können auch keine Fingerabdrücke auf irgendwelchen Tatwaffen sein.«

Frieder zuckte die Schultern, ließ es sich aber nicht nehmen, seinen Klienten in den Raum des Erkennungsdienstes zu begleiten.

Fünf Minuten später saßen sie wieder im Verhörzimmer.

Zehn Minuten danach kam Fenske ins Zimmer. »Nicht unser Mann«, meinte er nur.

Frieder erhob sich. »Das war es dann ja wohl, meine Herren.«

Auch Max stand auf. »Ich habe meinen Bruder nicht getötet«, wiederholte er. Dann verließ er grußlos den Raum. Frieder wiederholte den wortlosen Gruß und folgte seinem Mandanten.

Margot und Horndeich blieben am Tisch sitzen. »Er ist mir einfach viel zu glatt. Fast glitschig«, sagte Horndeich.

»Ja. Aber was können wir tun? Seine Abdrücke sind nicht auf der Flasche.«

»Vielleicht denken wir auch in die falsche Richtung.«

»Wie meinst du das?«

»Vielleicht *sollen* wir glauben, dass die Flasche die Tatwaffe ist, und sie ist es gar nicht.«

»Sondern?«

»Vielleicht ist der Mord gar nicht so spontan geschehen, wie es den Eindruck macht. Schau, ich spinne jetzt ein wenig rum: Unser Täter – und es fällt mir immer schwerer, dabei nicht an Max zu denken – hat diesen Mord geplant. Sich darauf vorbereitet. Erst im Kopf, dann ganz real: Er weiß, dass er seinen Bruder um die Ecke bringen will. Überlegt, wie er es am geschicktesten anstellt, ohne gleich jeden Verdacht auf sich zu lenken. Er weiß, dass Ernst noch im Hamelzelt sitzt. Klar, er ist ja selbst dort. Geht früher. Weiß auch, dass Ernst irgendwann aus dem Zelt kommen muss. Er nimmt eine Bierflasche in die Hand. Und steckt eine zweite in die Tasche. Die steht vor irgendeiner Würstchenbude. Eines ist sicher: Auf dieser Flasche sind Fingerabdrücke. Er nimmt sie mit Handschuhen. Oder einem Taschentuch. Auf jeden Fall so, dass er die Fingerabdrücke nicht verwischt. Dann wartet er auf Ernst Dengler – was dafür spricht, dass der ihn gekannt hat. Er geht ihm hinterher. Dann, rumms, schlägt er zu, Flasche Nummer eins zerbricht. Scherben auf dem Boden. Jetzt sticht er mit dem Stumpf zu. Halsschlagader ade. Dann rollt er ihn ins Gebüsch. Nun kommt Flasche zwei ins Spiel. Die er auf dem Heinerfest hat mitgehen lassen. Stehen ja genug rum. Er hat sie schon vorher zerschlagen. Und nimmt nun den Stumpf, auf dem Fingerabdrücke von irgendwem sind, und dippt sie in die Wunde. Legt sie daneben. Und wir suchen nach Mr. X, dem großen Unbekannten, der das Pech hatte, vier Stunden vorher an irgendeiner Würstelbude ein Bier zu zischen.«

»Abwegig.«

»... aber möglich.«

»Ja. Möglich. Dennoch abwegig.«

Horndeich sah auf die Uhr. »Wenn's recht ist, dann mache ich Schluss für heute.«

Halb acht. Um acht war er verabredet. »Ja, geh ruhig. Ich mache auch Feierabend.« Margot hatte die Jacke schon an, als das Telefon klingelte. Intern. Margot rollte mit den Augen. »Geh schon, ich geh dran«, spendierte sie ihrem Kollegen den Feierabend.

»Frau Hesgart, hier ist Ihr Vater. Er fragt, ob er sie kurz sprechen kann«, fragte der Pförtner.

Zwei Minuten später saß ihr Vater in ihrem Büro. Nachdem er sie nie in diesem Gebäude besucht hatte, war er nun schon zum zweiten Mal innerhalb von zwei Tagen da. Er wirkte müde. Und niedergeschlagen. Der Tod des Freundes hatte ihm offenbar sehr zugesetzt.

»Magst du was trinken? Tee hab ich allerdings nicht hier.«

»Nein, nein danke. Ich will dich auch gar nicht lange aufhalten. Mir ist etwas eingefallen, was für deine Ermittlungen wichtig sein kann.« Mit jedem Wort zeichneten sich tiefere Falten in Sebastian Rossbergs Gesicht. Margot konnte sich nicht daran erinnern, es jemals gedacht zu haben, aber jetzt sprang sie der Gedanke gleichsam aus dem Hinterhalt an. Er ist richtig alt geworden. Wann würde wohl Ben so das erste Mal von ihr denken?

»Ernst Dengler kam eine Woche vor seinem Tod in meine Kanzlei. Unangemeldet. Gar nicht seine Art.«

»Warum?« Margot witterte eine neue Fährte.

»Er wirkte ausgelaugt, völlig ausgelaugt. Und er hatte unübersehbar Schmerzen. Dann sagte er mir, dass er Krebs habe. Magenkrebs. Und dass er nicht mehr lange leben würde.«

»Ja. Das wissen wir. Hat Hinrich bei der Obduktion festgestellt.« Aber Margot spürte, dass das erst die Einleitung gewesen war.

»Nachdem wir eine Viertelstunde darüber geredet hatten, welche Möglichkeiten es gäbe, sein Leben noch zu verlängern, war mir klar, dass er keine der Möglichkeiten auch nur in Erwägung zog. Das Einzige, was er immer wieder betonte, war, dass er in Würde abtreten wolle, und da sei Herzstillstand nach einer Überdosis dieser verdammten Schmerzmittel wohl die beste Lösung.«

»Er wollte sich umbringen?«

»Nein, versteh mich nicht falsch. Er war dabei, seine Dinge zu regeln, wie man so schön sagt. Und da gab es für ihn ja eine lange Liste. Und er hielt sich peinlich genau an die Dosierung dieses Schmerzgifts, Dokti...«

»Doriphyl.«

»Genau. Aber er sagte auch ganz deutlich, dass er in manchen Momenten die Schmerzen kaum mehr aushielt. Als ob jemand mit einer Klempnerzange in seinem Inneren herumquetschte. Und er sagte auch, wenn er die Dinge in Ordnung gebracht habe, dann werde er einen Teufel tun und die Dosierungsvorschriften beachten.«

»Und darum war er zu dir gekommen?«

»Nein. Er wollte noch mal über sein Testament sprechen. Er überlegte, ob er es ändern solle. Fragte mich um Rat. Er sprach darüber, dass er nie gedacht hätte, dass er einmal an Krebs eingehen würde. Grinste noch schräg und meinte, eher habe er sich vorstellen können, dass ihn mal jemand um die Ecke bringt – im Nachhinein nicht wirklich komisch. Er fuhr fort, dass er sich über Krebs informiert habe. Ob ich wisse, dass dies die zweithäufigste Todesursache sei. Dann meinte er, er habe in seinem Leben so viel Geld angehäuft, dass er kaum wisse, wie er es noch ausgeben soll. Und es sei schon verwunderlich, dass er überhaupt nicht das Gefühl habe, seine Firma sei sein Lebenswerk. So wie andere sich Gedanken machen, ob der Sohn das Erbe übernehme, ob es das Unternehmen in wenigen Jahren noch geben würde – diese Gedanken seien ihm völlig fremd. Er sagte, es habe

Spaß gemacht, den Laden aufzubauen. Wie bei einer Modelleisenbahn. Wenn sie ganz fertig ist, beginnt sie, langweilig zu werden. Jetzt – jetzt sei es ihm wichtig, dass seine Familie versorgt sei. Und da habe er keine Sorge, selbst wenn er sie mit dem Pflichtteil von fünfzig Prozent abspeisen würde, hätten beide genug bis an ihr Lebensende. Er frage sich jedoch die ganze Zeit, ob er mit dem anderen Teil seines Vermögens nicht etwas Sinnvolleres tun könne, als auch noch diesen Topf über ihnen auszuschütten – oder das alte Versprechen zu bedienen.«

»Was hast du ihm geraten?«

Rossberg stand auf, ging zum Fenster, starrte in den Abendhimmel, der als Abschiedsgeschenk an einen schönen Sommertag völlig wolkenfrei war.

»Ich habe ihm nichts geraten, ich habe nur zugehört. Ich musste ihm auch nichts raten. Es war mir klar, dass er bereits eine konkrete Vorstellung hatte, sonst wäre er nie zu mir gekommen. Ernst hat immer nur Entscheidungen präsentiert. Die Gedanken und Überlegungen, die dazu geführt haben, die machte er stets mit sich selbst aus.« Ein Schmunzeln überzog kurz sein Gesicht, als er sich wieder Margot zuwandte. »Deshalb fragte er mich auch nicht, was ich davon hielte, sein Vermögen der Deutschen Krebshilfe zu spenden. Nein, er fragte mich, was ich davon hielte, das Geld der *Dr. Mildred Scheel Stiftung für Krebsforschung* zu spenden.«

»Das verstehe ich nicht ganz.«

»Er wusste bereits, dass es bei der Deutschen Krebshilfe verschiedene Stiftungen gibt mit unterschiedlichen Zielsetzungen. Deutsche Kinderkrebshilfe beispielsweise oder eben die Dr. Mildred Scheel Stiftung für Krebsforschung. Jedes Haus mit anderer Zielsetzung. Die Stiftung, die er auswählen wollte, widmet sich besonders der Erforschung von Krebs.«

»Also wollte er doch deinen Rat?«

»Ja. Was mich erstaunte.«

»Und was hast du ihm geraten?«

»Gar nichts. Das musste er mit sich ausmachen. Ich habe ihm kurz die rechtlichen Aspekte erläutert, aber auch da hatte er sich bereits schlaugemacht. Er wusste, dass seine Frau und sein Sohn die Firma würden verkaufen müssen, wenn er das wirklich durchziehen würde. Und so wollte er, dass ich eine Möglichkeit ausarbeitete, wie sein Wille erfüllt werden könne, ohne dass die Firma zwangsversteigert und weit unter Wert verkauft werden müsse. Vielleicht sollte man eine Frist von einem Jahr einräumen, um den Verkauf gewinnbringend abwickeln zu können. Er habe in den vergangenen drei Jahren drei Angebote einer Übernahme abgelehnt, Interessenten gäbe es also genug.«

»Er hatte es also schon fest geplant.«

»Ja, er nannte es zwar ›*darüber nachdenken*‹, aber seine Überlegungen waren schon so konkret, dass ich es nur noch als Formsache betrachtet habe. Er meinte, ich solle Vorschläge für die Testamentsänderung binnen der nächsten Tage ausarbeiten. Nach dem Heinerfest wollte er sich mit mir zusammensetzen und sich dann entscheiden.«

»Wusste jemand außer dir von diesen Gedanken?«

»Ich weiß es nicht, aber ich glaube es nicht. Höchstens Marianne – aber auch das halte ich für unwahrscheinlich.«

Und wenn Ernst am Tag seiner Tabula rasa in Max' Büro auch diesen Tiefschlag noch platziert hatte? Frau weg, Geld weg, und Erbe gibts auch nicht? Vielleicht hatte Horndeich mit seiner Flaschentheorie doch recht, so abwegig sie auf den ersten Blick auch wirkte. Und vielleicht war Max auch ein weit raffinierterer Mörder, als sie alle es ihm zutrauten.

»Danke, dass du noch mal vorbeigekommen bist.«

»Schon o. k. Zu blöd, dass ich nicht schon früher davon gesprochen habe.«

Als ihr Vater gegangen war, verließ auch sie das Büro und löschte die Lichter auf der Etage. Morgen würden sie Max Dengler nochmals auf die Füße treten. Vielleicht fielen neben dem Schmerzensschrei ja noch ein paar nützliche Informationen ab.

Frauenabend. Ihr Abend ohne Männer. Sie trafen sich ungefähr einmal alle zwei Monate. Wobei die Bezeichnung »*Frauenabend*« eigentlich verwirrend war. Denn es war nur Cora, die ihren Mann zu Hause ließ. Es gab nicht wenige Tage, an denen Margot ihre Freundin beneidete. Nicht um Winfried als Mann. Sie mochte ihn, aber sie empfand ihn als zu lethargisch, doch Cora hatte schon immer auf die Mischung zwischen Bär und Bernhardiner gestanden. Aber Margot beneidete Cora – deren Wesen weder mit dem einen noch mit dem anderen Tier zu assoziieren war – um ihre sichere, warme und behütete Beziehung. Nein, Ehe. Seit zehn Jahren war sie bereits verheiratet, und Margot war sehr froh darüber, dass ihre Freundschaft diese Veränderung in Coras Leben überstanden hatte. Bevor sie Winfried kennengelernt hatte, war Cora kaum länger als drei Monate mit demselben Mann zusammen gewesen. Sie begründete dies stets lapidar damit, dass es einfach nicht der Richtige gewesen sei. Für Margot hörte es sich eher an wie eine Platte mit Sprung. Bis Winfried kam, sah und siegte.

Die Freundinnen trafen sich in verschiedenen Kneipen. Cora hatte vorgeschlagen, sich spaßeshalber in eines der Bierzelte zu setzen, doch die Vorstellung war für Margot ungefähr so reizvoll wie eine Nacht in einem Affenkäfig. Margots Vorschlag, sich im Pueblo zu treffen, stieß zwar nicht auf Begeisterung, doch zumindest auf Zustimmung.

Margot hatte bereits ein halbes Schälchen Nachos in Salsasoße ertränkt, während ihre Gedanken durch das Album ihrer fast zwanzigjährigen Freundschaft blätterten. Sie hatten sich auf der Geburtstagsfeier eines entfernten Bekannten getroffen und waren sich auf Anhieb sympathisch gewesen. Es war einer der wenigen freien Abende, die Margot sich erkämpft hatte, als sie knapp über zwanzig und Ben noch Kleinkind gewesen war. Ihre Mutter, die vor zwölf Jahren verstorben war, hatte den Kleinen versorgt. Cora hatte das Drama um ihre Ehe mit Horst und seinen langsamen Alkoholikertod hautnah miterlebt. Kurz danach war es auch Cora gewesen, die sie in den Bergsteigerklub geschleppt hatte. Ebenso wie sie ihr diesen vermaledeiten Gutschein geschenkt hatte, dessen Folgen die Bänder ihres rechten Fußes immer noch spürten.

Cora fegte wie ein Wirbelwind über die Holzbohlen des kleinen Außenbereichs der Kneipe. Damit blieb sie sich treu, denn Cora ging nie, sondern wirbelte immer. Im Sommer war es in dem winzigen Hof wirklich angenehm. Das Holzgerüst, das der Wein umrankte, konnte man nur noch erahnen, so sehr hatte es die grüne Gewalt im Griff.

Wie gewohnt, hatte Cora Margot mittags auf dem Handy angerufen. Sie wollte sich versichern, dass das Treffen auch wirklich stattfand. Zu oft schon hatte sich der Polizistenalltag inkompatibel mit privater Planung erwiesen. Nun konnte Cora ihre Neugier nicht mehr im Zaum halten. »Sag mal, der Typ, den ich am Donnerstag im Hamelzelt an deiner Seite gesehen habe – war das nicht Rainer Becker?« Der Satz erreichte Margots Ohren, noch bevor sich Cora am Tisch niedergelassen hatte.

Heute bediente sie Daniel. Cora musterte den gut aussehenden Spanier, zwang sich dann, ihm ins Gesicht zu sehen, und bestellte. Seit Jahren war sich Cora bei der Wahl ihres Getränkes treu. Hefeweizen. Margot musste es nicht verstehen. Und zum Glück auch nicht trinken.

Cora kannte Rainer ebenfalls. Vor fünfundzwanzig Jahren spielte er in einer Combo, die weit über die Grenzen Darmstadts bekannt gewesen war. Zumindest jeder Rossdörfer unter zwanzig kannte die »Ramblers«, wie sie sich nannten. Das Aussehen der Jungs lag deutlich über ihrem musikalischen Können. Deshalb rekrutierten sich die Fans weitgehend aus dem Lager der Vertreterinnen des weiblichen Geschlechts.

»Du hast mir nie erzählt, dass du ihn kennst. Mein Gott, hab ich ihn angehimmelt.«

Klar. Wer nicht. Wenn er »Come on baby, light my fire« ins Mikro hauchte, hätte sogar Big Jim M. noch was lernen können, wäre er nicht schon tot gewesen und hätte zufällig mal im Zwanzig-Kilometer-Umkreis um Rossdorf vorbeigeschaut.

»Ja. Er war es.«

Sie war sich nicht sicher gewesen, ob sie überhaupt von Rainer erzählen sollte. Zwar waren sie zwanzig Jahre befreundet. Und Cora war sicher ihre engste Freundin. Dennoch hatte sie es vermieden, Rainer zu erwähnen. Auf der anderen Seite kreisten ihre Gedanken derzeit um ihn wie der Mond um die Erde. Vielleicht würde es ihr guttun, Cora – zumindest zum Teil – in die Geheimnisse um Rainer einzuweihen.

Mit ihrem Eingeständnis trat sie eine Lawine von Fragen los. »Wann hast du ihn getroffen? Woher kennst du ihn? Habt ihr ein Verhältnis? Hattet ihr ein Verhältnis? Ich will alles wissen. Alles!«

Steffi, Daniels Kollegin, servierte das Hefeweizen, und für einen Moment sah Margot eine Spur Enttäuschung in Coras Zügen. Dann prostete sie Margot zu. Um Zeit zu gewinnen, versenkte diese wieder einen Nacho im Salsadip. »Ich kenne ihn schon seit der Schulzeit. Er war ja auf der gleichen Schule wie ich.«

»Er war auch auf der Viktoria-Schule?«

»Ja. Abi wie ich. 1980.« Sie erinnerte sich gern dieser Zeiten, in denen im roten Klinkerbau versucht wurde, ihr die wichtigen Dinge des Lebens beizubringen. Oder zumindest die, die Lehrer und Lehrplan für wichtig hielten. Sicher, sie lernten fürs Leben. Aber nicht in der Schule.

»Und?« Coras Grinsen war unerträglich indiskret und lüstern. Da sage einer, ausschließlich Männer dächten nur an das Eine.

»Ja.« Sie wunderte sich selbst über das knappe Eingeständnis.

»Du meinst, ihr beide, also ihr habt ...«

»Ja, wir haben. Wir waren ein Paar.«

»Moment, nur damit ich das richtig gebacken kriege. Du und die Vorlage aller feuchten Pennälerinnenträume im Umkreis von zwanzig Kilometern – ihr wart *zusammen*?«

»Ja. Elfte Klasse. Sechs Monate.«

Cora stieß einen bewundernden Pfiff aus. »Wow. Wenn ich ganz ehrlich bin, das hätte ich dir nicht zugetraut. Rainer Becker ... Und? Jetzt ein Aufflammen der alten Romanze nach paarundzwanzig Jahren?«

Nachos haben den großen Vorteil, dass sie die Mundhöhle völlig in Beschlag nehmen. Zwei von ihnen, gemischt mit Dip, setzen die Sprechwerkzeuge für eine halbe Minute gänzlich außer Kraft. Margot platzierte die doppelte Ladung der Konversationstöter zwischen den Lippen.

»Hallo. Erde an Margot. Noch auf Empfang?«

Und wie. »Nein. Wir haben uns auch später noch getroffen.«

»Wann *später*? Als Horst schon tot war? Oder schon früher?«

»Früher.«

»Mein Gott, Margot, nun lass dir doch die Würmer nicht einzeln aus der Nase ziehen. Sind wir Freundinnen?«

Ein Spruch, der ihre blanke Neugier nur unzureichend hinter zwischenmenschlicher Beziehung kaschierte.

Rainer. Verdammt, warum war dieser Mann wieder in ihr Leben gepurzelt? Zu einem denkbar ungünstigen Zeitpunkt. Sie musste einen Mordfall lösen. Sie hatte weder Zeit noch Kraft noch Lust, sich mit privaten Dingen herumzuschlagen. »Ich hatte noch zu Horsts Zeiten Kontakt zu ihm. Ich hatte keinen Halt mehr. Du erinnerst dich an die letzten Monate. Horst war – im besten Falle – weggetreten. Ich musste arbeiten. Meine Ma nahm Ben. Und Rainer rief immer wieder an. Auf dem Präsidium. Bei meinen Eltern. Ließ nicht locker …«

Cora trank einen Schluck Bier. »Ich könnte dir aus dem Stand mindestens zehn Frauen nennen, die sich darum gerissen hätten. Mich inklusive.«

»Ach, Cora, ich war verheiratet …«

»… mit dem größten Fehler deines Lebens!«

»… und ich wollte keine Affäre.«

»Nein? Ich hätte ihn nicht von der Bettkante gestoßen!«

»Hab ich ja auch nicht.«

»Wie?«

»Ich hab es nicht getan. Ihn von der Bettkante gestoßen.«

»Du meinst, du *hattest* eine Affäre?«

»Ja.« Eine Affäre, Trost für die geschundene Seele. Als sie verheiratet war mit einem Mann, der nur noch und ausschließlich an das andere Eine dachte. An Alk.

»Und?«

»Nun, Rainer wollte, dass ich mich entscheide.«

»Du meinst, er wollte mehr?«

»Ja. Aber ich hatte einen Ehemann. Und selbst wenn der noch nicht Grund genug gewesen wäre, dann war da noch Ben. Und meine Ausbildung. Und ich wusste ja damals nicht, dass Horst sich wirklich zu Tode saufen würde. Ich hatte ja die völlig irrationale Hoffnung, dass er wirklich der Vorzeige-Alki wäre, der seine Sucht in den Griff bekäme. Weil er es tausendmal versprochen hat. Weil er der Mann der Bullenfrau war. Weil ich es wollte. Bullshit.« Margot orderte noch ein Schälchen Salsadip. »Wenig später hat Rainer das einzig Richtige getan. Er hat Schluss gemacht. Und tauschte eine potenzielle Rückfahrkarte gegen einen Ehering mit einer anderen Frau.«

»Wow. Starker Tobak. Und jetzt hast du ihn seit fast zwanzig Jahren nicht mehr gesehen?«

Sie konnte nicht anders. Prustete los, dass der Wein die Nasenlöcher als Ventil wählte.

»Daraus schließe ich, dass dem nicht so ist.«

Margot beseitigte mit einer Serviette Spuren im Gesicht und auf dem Tisch. »Vor zehn Jahren fing das Spiel wieder von vorne an. Eine Karte im Briefkasten. *Amore belebe Roma!*«

Coras Verständnislosigkeit machte sich in einem knappen »Hä?« Luft.

»Ein Palindrom. Das kann man von vorn wie von hinten lesen. Haben wir damals in der Elften gerade in Deutsch durchgenommen und waren immer auf der Suche nach neuen. Vor zehn Jahren musste er geschäftlich nach Rom. Und fragte mich auf diese Art, ob ich mitwolle. Es waren Ferien, Ben ging zu meinem Vater, und ich fuhr mit ihm nach Rom.«

»War er geschieden?« Cora hatte schon immer das Talent gehabt, das Haar in der Suppe zu erspüren, bevor der Kellner sich überhaupt auf den Weg aus der Küche gemacht hatte.

»Nein. War er nicht. Wir spielten das Spiel einfach mit umgekehrten Vorzeichen. Ich war die Geliebte. Anfangs dachte ich, das sei in Ordnung. Keine Verpflichtungen, kein Stress. Schöne Wochenenden, wenn Ben bei seinem Opa war, dann noch zweimal eine gestohlene Woche auf Mallorca.«

»War aber nicht in Ordnung?«

»Nein. Irgendwann nicht mehr. Die Ironie dabei war, dass ich, als ich an seiner Stelle war, Rainer immer besser verstehen konnte. Was nichts daran änderte, dass er sich nicht von seiner Frau trennen wollte. Trennen konnte. Wie auch immer.«

»Wie du damals.«

»Ja. Ich habe mir immer eingeredet, es sei etwas anderes. Aber inzwischen weiß ich es besser.«

»Hat Ben ihn je kennengelernt?«

»Nein. Niemand hat ihn kennengelernt. Wir haben uns immer nur zu zweit getroffen. Rainer schlug es ein paarmal vor, aber ich wollte es nicht. Irgendwie habe ich wohl gespürt, dass die beiden sich verstehen würden. Ist ja auch geschehen. Die haben sich gesehen, und es hat gefunkt. Ich habe meinen Sohn nicht mehr wiedererkannt. Nein, das habe ich Ben erspart. Und mir dann irgendwann auch.«

»Wann?«

»Vor sieben Jahren, nachdem wir gerade wieder ein sehr schönes, aber auch sehr gestohlenes Wochenende verbracht hatten. Rainer wollte wieder zurück zu seiner Frau. Ich sagte: Fahr nicht. Doch er fuhr. Und ich wusste, dass es vorbei war. Als er das nächste Mal anrief, sagte ich ihm, dass ich ihn nicht mehr sehen wollte. Nie mehr. Ich konnte diese Halbheiten einfach nicht mehr ertragen.«

»Und er hat es einfach akzeptiert?«

Margot leerte den Rest ihres Weinglases in einem Zug.

»Er dachte, er wüsste, wie er mich halten könne. Indem er auf unsere verwandten Seelen anspielte, mir am Telefon wieder ein Palindrom an den Kopf warf. ›Die Liebe fleht: Helfe bei Leid!‹ Fast hätte er mich rumgekriegt.«

Margot bestellte sich ein weiteres Glas des kräftigen Rioja.

»Und? Hat er nicht, oder?«

Margot musste lächeln, wenn sie jetzt daran dachte. »Es gibt ganz wenige Momente im Leben, bei denen man zur richtigen Zeit das Richtige sagt. Und es einem nicht erst zehn Sekunden oder zehn Tage später einfällt. Ich konnte tatsächlich kontern. ›Ein Eheleben stets, Nebelehe nie!‹, antwortete ich.« Damals lachte sie nicht, sondern heulte zwei Tempo-Packungen lang.

Cora nestelte in ihrer Handtasche, förderte einen Kuli zutage. Schrieb den Satz auf den Bierdeckel. »Wow, da muss man erst mal drauf kommen. Kann man tatsächlich in beide Richtungen lesen. Darf ich das verwenden, wenn Winfried zickt?«

Margot gab sich großmütig. Und obwohl Cora nicht weiterfragte, war sie es nun, die die Geschichte zu Ende erzählen wollte. »Aber er hat keine Ruhe gegeben. Hat zwei Jahre lang immer wieder angerufen. Ich blieb hart.«

»Na, dann ist ja alles in Ordnung.«

»Fast. Inzwischen ist er geschieden. Und er hat meinen Vater – seit jeher sein größter Fan – als Kuppelhilfe missbraucht.«

»Dein Vater kennt Rainer?«

»Ja. Er hat ihn damals kennengelernt, als wir in der Schule zusammen waren. Ich hätte gedacht, er zückt die Schrotflinte. Aber es kam schlimmer.«

»Wie das?«

»Er zückte den Jepp-das-ist-mein-Schwiegersohn-Blick. Und ich habe ihm vor zehn Jahren erzählt, dass ich mich mit Rainer treffe. Ich glaube, das war der einzige Grund, weshalb er Ben während der Zeit zu sich nahm.«

»Und wie geht es jetzt weiter mit euch beiden?«

Margot war ehrlich erstaunt. »Wie soll es weitergehen? Gar nicht. Mein Bedarf an Rainer Becker ist gedeckt.«

»Soso.«

»Was heißt hier ›soso‹?«

»Einfach nur soso.« Cora grinste so breit, dass ihre Ohren im Weg waren. Dann fuhr sie fort: »Ich meine – das klingt irgendwie nach großer Liebe. Und jetzt ist er nicht mehr verheiratet, du bist es nicht, dein Sohn mag ihn – auch wenn das nicht mehr wirklich wichtig ist –, dein Vater mag ihn – auch wenn das noch unwichtiger ist. Aber alles in allem solltest du dir treu bleiben. Da du in deinem Leben immer die komplizierte Variante gewählt hast, müsstest du ihn jetzt in den Wind schießen, wo es zu einfach wird.«

»Nein, ich finde es einfach ätzend, dass mein Vater und Rainer meinen, sie könnten mich so überrumpeln. Verschachern wie auf dem Fleischmarkt. Nicht mit mir. Basta.« Der letzte Nacho ertrank in Salsa und zerbrach.

»Wirklich?«

Warum musste ihre Freundin immer das letzte Wort haben?

Sonntag

Ihr Körper schrie nach Schlaf, doch sie wusste nicht, wie sie ihm den Wunsch erfüllen sollte. Im Halbstundenrhythmus hatte sie die roten Ziffern des Radioweckers betrachtet. 22:50. 23:23. 23:49. 0:40. 1:12. Dazwischen Gedanken an ihren Vater. Und an Max Dengler. Unangenehme Gedanken. Sie konnte sich bei Dengler nicht vorstellen, dass er seinen Bruder wirklich kaltblütig erschlagen und erstochen hatte. Indiskutabel der Gedanke, ihr Vater hätte seinen Freund umgebracht. Aber wo war der große Unbekannte? Vielleicht noch ein Junkie, der vor Junkie Nummer zwei zugeschlagen hatte?

Immer wieder umschlossen Morpheus Arme sie gnädig. Um sich wenige Minuten später wieder zu öffnen und sie hart auf den Boden fallen zu lassen.

Zwischen all den Gedanken und Träumen im Halbschlaf immer wieder das Bild von Rainer. Und immer wieder Coras Satz *»Ich meine – das klingt irgendwie nach großer Liebe. Und jetzt ist er nicht mehr verheiratet, du bist es nicht …«* Mit den letzten beiden Punkten hatte sie fraglos recht. Und mit dem ersten? Als sie um 4:34 Uhr auf die Uhr sah, beschloss sie, dem Gedankentheater ein Ende zu bereiten. Vorhang zu. Und die richtigen Vorhänge auf.

Als Horndeich um halb acht erschien, hatte sie schon zwei Stunden hinter dem Schreibtisch verbracht.

»Du wirst krank«, begrüßte sie der Kollege mit Blick auf die Uhr. »Das kann nicht gesund sein, Margot. Außerdem habe ich einen Ruf zu verlieren.«

»Dann musst du wohl früher aufstehen.«

»Was ist das?«, fragte er und deutete auf den Rand des Tisches.

Margot zog die Bierflasche zu sich heran. Mit archäologischer Präzision hatte sie aus den Scherben, die um Ernst Denglers Fundort aufgesammelt worden waren, das 3-D-Puzzle zusammengesetzt und die Flasche mithilfe einer Tube Glaskleber rekonstruiert. Nur an der Stelle, die den Kopf getroffen hatte, wies die Flasche ein paar fehlende Stellen auf. »Vielleicht kriegen wir noch Pfand drauf …«, unkte sie.

»Und warum hast du das gemacht?«

Margot drehte sich um und nahm einen weiteren Flaschentorso vom nebenstehenden Regal.

»Du hast recht, dass es am Tatort tatsächlich noch Scherben gab, die nicht zur Tatwaffe gehören. Und sie ergeben zumindest einen Flaschenboden.« Sie zeigte Horndeich das Ergebnis ihrer zweiten Puzzlearbeit.

Dann griff sie wieder ins Regal. In einer blauen Plastikschale lagen noch weitere Scherben. »Die hier passen gar nicht.«

»Dann könnte an meinem Hirngespinst von gestern was dran sein?«

»Ich weiß es nicht. An keiner der Scherben, die nicht zur Tatwaffe gehören, sind Fingerabdrücke gefunden worden. Es kann also wirklich eine zweite Flasche benutzt worden sein, aber auf der hat der Täter keine Spuren hinterlassen und einen Teil der Scherben eingesammelt. Entweder hast du mit der Zwei-Flaschen-Theorie recht, oder aber es sind einfach nur Scherben, die mit dem Fall überhaupt nichts zu tun haben.«

»Dann sind wir also genauso schlau wie vorher.«

»Nicht ganz.« Margot erzählte ihrem Kollegen, dass Ernst Dengler ihrem Vater von der geplanten Testamentsänderung erzählt hatte. »Und die hätte für Max Dengler gravierende Konsequenzen gehabt. Wir sollten ihm also noch mal auf den Zahn fühlen.«

»Wahrscheinlich schläft er noch um diese Uhrzeit. Es ist Sonntag.«

»Dann werden wir ihn wecken.«

Eine Viertelstunde später parkten sie den Vectra vor Max Denglers Garage.

Margot klingelte. »So, jetzt dürfte er wach sein.«

Nach einer halben Minute drückte sie erneut den Klingelknopf. Immer noch keine Reaktion.

»Vielleicht ist er ja gar nicht zu Hause«, wandte Horndeich ein.

»Am Wochenende? Wo die Freundin ihm den Laufpass gegeben hat, der Sohn ihn liebt wie Fußpilz, der Bruder tot ist?«

Horndeich griff über das schmiedeeiserne Gartentor hinweg, um die Klinke runterzudrücken. Das Törchen schwang auf.

Horndeich ging auf das Haus zu, klopfte an die Haustür. Ebenfalls keine Reaktion aus dem Inneren.

»Komm, lass uns fahren, wir versuchen es heute Nachmittag noch mal«, schlug Margot vor.

Doch Horndeich hatte den kleinen Fußweg zum Haus verlassen und stapfte über den Rasen ums Haus herum. Und kam wenige Augenblicke später wieder zurück. »Margot, er liegt im Wohnzimmer auf dem Boden. Und ich fürchte, nicht mehr sonderlich lebendig.«

Daraufhin schlug er die Scheibe des Eckfensters ein, entriegelte es von innen und kletterte hinein. Margot folgte ihm auf die Fensterbank. Vor ihr lag ein Badezimmer. Sie ließ sich vom Sims auf den Badewannenrand hinab, sprang dann auf den Boden. Scherben vom Fensterglas knirschten unter ihren Füßen. Die Kollegen vom Erkennungsdienst würden begeistert sein. Aber vielleicht konnten sie Max Dengler noch retten.

Sie hatte das Wohnzimmer noch nicht erreicht, da kam ihr Horndeich schon entgegen. »Zu spät. Mausetot.«

Margot ging durch den Flur und schaute ins Wohnzimmer. Vor ihren Augen breitete sich ein Schlachtfeld aus. Max Dengler lag auf dem Rücken, der Teppich um ihn herum in Rot und Braun verfärbt. Zum Rand hin in Beige übergehend. Der eigentlichen Farbe der Fasern. Blutspritzer zierten beinahe jedes Möbelstück. Denglers Gesicht war kaum mehr zu erkennen. Wenn er es denn war. Eine eindeutige Identifikation aufgrund der zertrümmerten Physiognomie war wohl kaum möglich.

»Mein Gott. Hier hat jemand ganz schön getobt.«

Horndeich deutete auf einen Schürhaken, der unweit der Leiche lag. »Tatwaffe?«

»Werden wir bald wissen.«

Sie wandte sich ab. Und wusste, dass sich dieses Bild sicher noch oft vor ihr geistiges Auge schieben würde.

Bereits drei Minuten später hörten sie die Sirene des Krankenwagens. Dann trudelten die Kollegen ein.

Eine Stunde später zeichnete sich ein klareres Bild ab. Hinrich, sichtlich erfreut darüber, dass sein Wochenende nun auch hinüber war, schilderte die Fakten. »Todeszeitpunkt irgendwann zwischen zwölf und ein Uhr in der vergangenen Nacht. Todesursache ist wahrscheinlich einer von etlichen Schlägen auf den Kopf. Der Schürhaken ist ein guter Kandidat für den Posten der Tatwaffe. Da hat jemand mit brachialer Kraft zugeschlagen. Auch, als er schon hilflos auf dem Boden gelegen hat. So was hab ich schon ewig nicht mehr gesehen – und auch nicht vermisst. Genaues nach der Obduktion. Sucht nach jemandem, der diesen Mann wirklich gehasst hat. Und nach einem Erwachsenen. Eine hagere Frau oder ein Kind scheiden aus. Das war eher Rambo.«

Häffner vom Erkennungsdienst schloss sich der Analyse an. »Wer auch immer das getan hat – seine Klamotten müssen hinüber sein. Es hat kein Kampf stattgefunden. Zwei

Gläser standen noch auf dem Tisch. Also war es wohl jemand, den er gekannt hat. Einbruch scheidet auch aus. Alle Türen und Fenster – na gut, fast alle Fenster – sind heil. Ansonsten haben wir noch nicht viel. Aber eine gute Nachricht: Es gibt eine Menge Fingerabdrücke auf dem Schürhaken. Die schlechte: Die sind so verschmiert, dass wir, wenn wir Glück haben, höchstens einen wirklich verwenden können.«

»Sonst noch was?«

»Ja. Sein Handy lag auf dem Boden. Wahrscheinlich hatte er das in der Hand, als er den ersten Schlag kassiert hat. Das Ding flog durchs Zimmer. Und funktioniert nicht mehr. Mal sehen, ob Sandra da noch was hervorzaubern kann.«

Horndeich und Margot verließen den Ort des Gemetzels. Der Erkennungsdienst würde noch ein paar Stunden durchs Haus turnen – und jetzt konnten sie hier nichts Sinnvolles tun. Wenn die Spurensicherung durch war, würden sie sich Max' Behausung auch noch mal ansehen.

»Und jetzt?«, fragte Horndeich, als er den Wagen angelassen hatte.

»Zu Herbert Dengler.«

Horndeich lenkte den Wagen auf die Straße, während Margot zum Handy griff. Ihr Vater nahm nach dem ersten Klingeln ab. Knapp schilderte sie ihm die jüngste Entwicklung. Ihr Vater schwieg. »Hast du auch von Max Dengler ein Testament?«

»Nein«, murmelte er leise.

»Hast du eine Ahnung, ob es ein Testament gibt?«

»Ich weiß es nicht. Ich glaube es nicht.«

»Danke, Papa«, meinte sie, beendete das Gespräch. Sie kannte ihren Vater. Und die Stimme hatte verraten, dass er von der Nachricht bis ins Mark getroffen war.

Horndeich erreichte die Mollerstraße, fand sogar einen Parkplatz unmittelbar vor dem denglerschen Haus.

Herberts Frau Sylvia öffnete die Tür und erkannte Margot. »Sie sind die Frau von der Kripo, nicht wahr?«

Margot stellte Horndeich vor, und Sylvia bat sie in die Wohnung. Diese war ähnlich geschnitten wie Mariannes Wohnung darunter. Margots Blick fiel in ein Arbeitszimmer. Der Stil war rustikaler, mehr Regale, mehr Bücher. Ein etwa zehnjähriger Junge linste zwischen Türrahmen und Tür des gegenüberliegenden Raums hervor.

»Das ist Felix, unser Sohn.«

»Hallo, Felix«, begrüßte Margot den Jungen.

»Ihr seid von der Polizei?«

»Ja.«

»Hast du auch eine Pistole?« Die erste Frage eines jeden Zivilisten unter achtzehn.

»Felix!«

Der Junge ignorierte die Ermahnung, die Faszination siegte: »Zeigst du sie mir?«

Margot öffnete das Halfter, nahm sie heraus und hielt sie dem Jungen unter die Nase. »Ist aber kein Spielzeug.«

Vor Ehrfurcht brachte der Junge kein Wort mehr heraus. Zeit für den Einsatz der Mutter. »So, Felix, spiel weiter und stör uns bitte nicht.«

Herbert Dengler trat aus der Küche in den Flur, begrüßte die Beamten ebenfalls.

Sylvia führte die Polizisten ins Wohnzimmer und schloss die Tür. Auch dieses Zimmer war ähnlich aufgeteilt wie der zwei Stockwerke tiefer liegende Raum von Marianne Dengler. Sogar die beiden Sofas standen an der gleichen Stelle. Sylvia bot ihnen Platz an.

»Was führt Sie zu uns? Noch Fragen wegen meines Onkels?«, wollte Herbert Dengler wissen.

Sie wusste nicht, wie er reagieren würde. Sicher nicht voller Trauer wie vorgestern Marianne. Doch sie konnte es nicht einschätzen. »Herr Dengler, ich habe eine schlechte Nachricht. Eine sehr schlechte.«

Er sah Margot nur an und wartete, was sie mitzuteilen hatte.

»Es tut mir leid, aber wir haben vor wenigen Stunden Ihren Vater aufgefunden. Tot. Er wurde ebenfalls ermordet.«

Seine Lider zuckten leicht, während Sylvia Luft einsog und nur »O mein Gott!« sagte.

Herbert Dengler stand auf, lief zum Fenster, starrte kurz hinaus, drehte sich wieder um. »Wie ist es passiert?«

»Er ist erschlagen worden. Mit einem Schürhaken.«

Sylvia wiederholte ihre Anrufung des Allmächtigen.

»Ich habe mir oft vorgestellt, wie es wäre, wenn ich meinen Vater verlieren würde. Habe alle Varianten durchgespielt. Herzschlag, Pflegeheim, Autounfall. Lag wohl völlig daneben.«

Er setzte sich neben seine Frau. Sie griff nach seiner Hand. Dabei wirkte sie seltsamerweise so, als würde sie Halt suchen und nicht Trost spenden.

»Wissen Sie, ob Ihr Vater ein Testament hinterlassen hat?«

»Nein, ich habe keine Ahnung. Aber ich glaube es nicht. Er war gewiss nicht der Typ, der sich im Voraus mit dem eigenen Tod auseinandersetzt.«

Nach einer kurzen Pause seufzte er: »Na, dann stehe ich ja jetzt wohl ganz oben auf der Liste der Verdächtigen. Denn ich werde ja mindestens die Hälfte, wahrscheinlich jedoch alles vom soeben ererbten Vermögen meines Vaters bekommen.«

Margot erwiderte nichts darauf.

»Ich habe es jedoch nicht getan«, fügte er noch an.

»Haben Sie eigentlich gewusst, dass Ihr Onkel kurz vor seiner Ermordung geplant hat, große Teile seines Vermögens der Deutschen Krebshilfe zu überlassen?«

»Nein.«

Sylvia hielt die Hand ihres Mannes fest und hatte jede Gesichtsfarbe verloren. Sie wirkte jetzt fast so, als habe *sie* ihren Vater verloren.

»Herr Dengler, wann haben Sie Ihren Vater das letzte Mal gesehen?«

»Bei der Testamentseröffnung. Und das letzte Mal mit ihm gesprochen habe ich vor fünf Jahren.«

»Und Sie?«, wandte sich Margot nun an Herberts Frau.

»Ich? Ich habe ihn auch vorgestern in der Kanzlei Ihres Vaters zum letzten Mal gesehen. Und davor – ich weiß es nicht mehr. Es ist Jahre her.«

»Hatte eigentlich Ihr Schwiegervater eine Beziehung zu Felix?«

Sylvias Tonfall kühlte merklich ab. »Max? Nein. Er konnte mit seinem Enkel, glaube ich, weniger anfangen als ein Goldfisch mit einer Luftmatratze. Nur Marianne hat früher ein paarmal auf ihn aufgepasst.«

Blicke wechselten zwischen Horndeich und Margot. Stummes Spiel der Absprache ohne Worte. *Du oder ich?*

»Herr Dengler, ich muss Sie das fragen. Wo waren Sie heute Nacht zwischen Mitternacht und ein Uhr?«

»Ich habe schon auf die Frage gewartet. Ich habe geschlafen. Im Bett. Neben meiner Frau.«

Margot nahm Sylvia ins Visier. Sie erwiderte den Blick. »Können Sie das bestätigen?«

Sylvias Hand umfasste die ihres Gatten noch fester, wenn das möglich war. »Ja. Ich habe einen leichten Schlaf. Ich hätte es gemerkt, wenn Herbert nicht da gewesen wäre.«

»Gut«, meinte Margot, erhob sich. »Das wäre es dann wohl zunächst. Es tut mir wirklich leid. Aber wir müssen solche Fragen stellen.«

»Das ist schon in Ordnung.«

Sylvia begleitete die Polizisten zur Tür und verabschiedete sie dort.

Als sie das Treppenhaus hinabgingen, hielt Margot vor Marianne Denglers Wohnungstür inne. »Moment.«

Sie klingelte, Marianne Dengler öffnete die Tür.

Auch Marianne bat die Beamten ins Wohnzimmer. Margots Blick fiel unwillkürlich auf das Bild mit dem Leuchtturm, und wieder fühlte sie sich, als habe sie eben einen leichten Stromschlag erhalten.

Sie berichtete knapp von Max' Tod. Marianne machte sich nicht die Mühe, Trauer zu heucheln. »Aber einen solchen Tod hat keiner verdient.«

»Frau Dengler, wir suchen nach einem eventuellen Testament Ihres Schwagers. Wissen Sie, ob er eines hinterlässt?«

»Nein. Ich weiß es nicht. Aber ich glaube kaum, dass er der Mensch war, der seine Dinge frühzeitig regelt.«

Das schien also Konsens zu sein in der Familie.

Efendis Döner schmeckten am besten, darin waren sich Horndeich und Margot einig. Blaue Mosaike zierten Wandbilder und Imitate davon die Tischflächen. Obwohl sehr schlicht gehalten, war der Raum nicht ungemütlich. Um heute diese Döner zu genießen, musste das Team etwas mehr Aufwand betreiben, denn der Imbiss lag in der Landgraf-Georg-Straße, deren Ränder derzeit von den Buden des Heinerfests belagert waren. Margot hatte den Wagen auf dem Polizeiparkplatz vor dem ersten Revier am Schloss abgestellt. Nur zwei Fußminuten bis zum besten Döner der Stadt. Irgendeinen Vorteil musste der Job ja haben.

Margot biss in ihren »Dönermitallesauchmitscharf«, und es gelang ihr zu verhindern, dass auf der rechten Seite die Tomate auf den Teller fiel und gleichzeitig links ein Stück Kalbfleisch dem Ruf der Schwerkraft folgen konnte.

Horndeich war in dieser Beziehung weniger Glück beschieden. Ein Schwall Soße bahnte sich seinen Weg die Finger entlang.

»Ich frage mich, ob die beiden Morde zusammenhängen. Ob ein und derselbe Täter am Werk war.«

Horndeich schluckte, bevor er zu einer Antwort ansetzte. »Sag du's mir«, meinte er und wischte sich die Soße von den Händen.

»Mir fällt kein vernünftiges Motiv ein. Außer vielleicht Geld. Und das passt eigentlich nur auf Herbert Dengler. Er tötet den Onkel, damit der Vater erbt. Und dann den Vater, um selbst das Geld einzustreichen. Aber ist er so kaltblütig? Zumal er ja fast automatisch den Orden *Verdächtiger Nummer eins* umgehängt bekommt.«

»Vielleicht sollten wir erst mal abwarten, was die Jungs von der Spurensicherung zu den Fingerabdrücken sagen.«

»Ich kann mir einfach kaum vorstellen, dass es Zufall war. Beide Brüder innerhalb von achtundvierzig Stunden.«

»Was haben sie noch gemeinsam, außer dass sie Brüder waren?«

Margot brauchte nicht lange zu überlegen, denn diese Frage beschäftigte sie schon, seit sie Max tot aufgefunden hatten. »Beide waren mit denselben Frauen liiert. Und beide waren Madonnenkinder.«

»Madonnenkinder? War ihre Mutter eine Heilige?«

Margot klärte ihren Kollegen über den Begriff und seine Herkunft auf. Berichtete auch über die Freundschaft zwischen ihrem Vater, Max, Ernst und Richard Gerber in Berlin. Und über dessen Ermordung vor dreißig Jahren. »Je mehr ich darüber nachdenke, desto seltsamer kommt mir das Ganze vor. Von dem Quartett sind drei ermordet worden. Das ist mit Zufall kaum zu erklären. Die Wahrscheinlichkeit ist geringer als sechs Richtige im Lotto. Und ich weiß, wovon ich rede. Ich spiele seit zwanzig Jahren.«

Horndeich beförderte den letzten Bissen des Döners in den Mund.

»Was, wenn hier jemand Madonnenkinder metzelt?«

»Kang ich 'ir kaum 'orchtellen«, kam es undeutlich zwischen Kalbfleisch und Kraut hervor. Er schluckte. »Wo ist das Motiv? Und weshalb pausierte der Mörder zwischen den Morden dreißig Jahre lang?«

»Vielleicht ebenfalls eines dieser Madonnenkinder?«

Horndeich zuckte die Schultern, offenbar nicht sehr angetan von der Theorie. »Ich sage: *Fingerabdrücke.* Berlin schickt dir ja die Akte. Und die Abdrücke aus Max' Haus kriegen wir gleich auf dem Revier.«

»Ich glaube, ich habe einfach Angst um meinen Vater. Er wirkt so verändert, so bedrückt. Wenn die *drei* wirklich vom *selben* Täter umgebracht wurden, dann schwebt er in Lebensgefahr. Ich habe wirklich den Eindruck, er ist in den vergangenen zwei Tagen mehr gealtert als in den vergangenen zwei Jahren.«

»Kunststück. Innerhalb von zwei Tagen sind schließlich zwei seiner ältesten Freunde umgekommen. O.k., Max war nicht wirklich sein Freund.«

Sie lehnten den Tee ab, den der Inhaber seinen Stammgästen oft anbot, und verließen den Imbiss. Auf dem Weg zum Wagen klingelte Margots Handy. Sie hörte kurz zu, fragte dann: »Und die Fingerabdrücke?«, wartete die Antwort ab und beendete das Gespräch. »Die Spurensicherung ist mit dem Haus so weit durch. Auf dem Schürhaken gibt es einen unverschmierten Abdruck. Es scheint so, als habe der Täter über den Haken gewischt, dann aber nicht aufgepasst und noch einen sauberen Abdruck hinterlassen. Er stammt aber definitiv von jemand anderem als von unserem Herrngarten-Täter.«

»... zumindest von einem anderen als dem, der die Flasche in den Händen hatte«, ergänzte Horndeich.

»Also – noch mal Max' Haus?«

»Jepp.«

Zehn Minuten später ließ Margot das Ambiente im Erdgeschoss des Hauses auf sich wirken. Horndeich nahm sich derweil schon den ersten Stock vor. Dezenter Reichtum umgab Margot, aber ohne Prunk. Teure Vasen im Flur, die Elektrogeräte in der Küche vom Feinsten. Ebenso die massiven Holzmöbel und die Hi-Fi-Anlage im Wohnzimmer. Margot versuchte, die Blutspuren einfach auszublenden. Die Bildbearbeitungssoftware in ihrem Gehirn arbeitete jedoch nur unzureichend. Es wirkte auf Margot, als stamme die Einrichtung aus der Zeit, als Max noch verheiratet gewesen war. Später dann hatte er die »weiblichen« Accessoires entfernt und sie durch nüchterne ersetzt. Lautsprecher statt Blumenvasen und Bordüren.

Auch im ersten Stock bestätigte sich Margots Eindruck. Kaum Bilder, wenig schmückendes Beiwerk, alles eher nüchtern. Für einen Menschen aus der Werbebranche wirkte die Einrichtung bieder.

Horndeich beugte sich gerade über den Schreibtisch, als Margot ins Arbeitszimmer trat.

»Kein Rechner da, nur ein Adressbuch. Und das hier.« Horndeich hielt einen Schlüsselbund in die Höhe. An einem silbernen Ring baumelten drei ähnlich aussehende Schlossöffner. »Sehen aus, als gehörten sie zu Bankschließfächern.«

»Kannst du ja morgen überprüfen. Hast du noch irgendwas gefunden?«

»Nada. Definitiv kein Mensch, der viel zu Hause gearbeitet hat.«

Als sie wieder im Auto saßen, stellte Margot fest, dass sie der Besuch in Max' Haus auch nicht viel weiter gebracht hatte. Immer wieder bahnte sich der Gedanke an die Madonnenkinder den Weg. »Horndeich, fahr mich bitte zu meinem Vater. Ich will ihm noch mal wegen dieser Madonnenkindergeschichte auf den Zahn fühlen. Auch wenn's eine Sackgasse ist – vielleicht bringt es ja doch was.«

Fünf Minuten später saß sie ihrem Vater an dessen massivem Esstisch gegenüber. Er bot ihr einen Tee an, den sie ablehnte. Rossberg erhob sich, ging an die nicht sehr gut sortierte Hausbar und schenkte sich einen Cognac in einen Schwenker. Sie sah auf die Uhr. Wenn ihr Vater am Tag Alkohol trank, war das ein Zeichen, dass es ihm nicht gut ging. Gar nicht gut.

»Papa, fällt dir an diesen Morden nicht auch etwas auf?«, versuchte sie ein Gespräch zu eröffnen. Doch ihr Vater wirkte nicht nur gealtert. Er wirkte – versteinert war der Begriff, der ihr spontan einfiel.

»Was soll mir auffallen? Sie waren Brüder. Mein Gott, Margot, wer tut so etwas?«

Das hätte sie auch gern gewusst. »*Mir* ist noch etwas aufgefallen. Es sind ja nicht nur die beiden Dengler-Brüder ermordet worden. Sondern auch Richard Gerber.«

Ihr Vater wollte gerade zu einem Schluck ansetzen, ließ das Glas jedoch sinken. »Was willst du damit sagen?«

»Mir fällt nur auf, dass alle drei Opfer Madonnenkinder waren. Und das alle drei zu eurer Bande gehörten.«

»Es war keine Bande!« Seine plötzliche Aggressivität überraschte sie.

»Entschuldige.« Er setzte sich ihr gegenüber. »Ich ... das Ganze geht mir ziemlich an die Nieren. Max war schon lange nicht mehr das, was ich einen Freund nennen würde. Aber mit ihm habe ich meine Jugend verbracht. Und mit Ernst. Ich verstehe es einfach nicht. Sehe den Grund nicht. Nur Sinnlosigkeit.« Er leerte das Glas in einem Zug.

»Ihr vier ... Ich meine, gibt es vielleicht einen Grund, dass es jemand genau auf euch vier abgesehen haben könnte?«

»Was glaubst du? Dass wir zu viert eine Bank überfallen haben und uns der Filialleiter nun meuchelt? Erst Richard und dreißig Jahre später fällt ihm ein, dass er ja drei übersehen hat? Ich bin kein Polizist, aber das erscheint mir auch als Laie schon ein wenig hirnrissig.«

O. k., ihr Vater war verletzt, verstört über den plötzlichen Tod seiner Gefährten. Aber das gab ihm kein Recht, beleidigend zu werden. »*Habt* ihr eine Bank überfallen?«

Ihre Blicke trafen sich. Wieder spielten sie dieses Spiel, dass sie als Kind so gerne mit ihm gespielt hatte. Und das sie immer verlor, was sie sich damals nie hatte erklären können. *Wer schaut zuerst weg?* hieß das Spiel.

Doch dieses Mal verlor er. Es war ein schaler Triumph. »Nein. Wir haben keine Bank überfallen.«

»Und es gibt nichts, was dir einfällt, was euch sonst noch verbinden könnte?«

»Selbst wenn, warum macht ein Mörder dreißig Jahre Pause?«

Ja. Es war eine schwachsinnige Theorie. Bescheuert. Sie wusste es ja selbst. Dennoch ... »Dann lassen wir Gerber aus dem Spiel. Gibt es etwas, was euren Jahrgang von Madonnenkindern verbindet? Irgendetwas?«

»Nein, Margot. Nichts, von dem ich wüsste. Wieso stocherst du so in dieser Richtung?«

»Nenn es Intuition, Papa«, sagte sie. Und flüsterte daraufhin fast: »Ich habe einfach Angst, dass auch du ...« Sie sprach den Satz nicht aus.

Sebastian Rossbergs Versuch, seiner Tochter ein aufmunterndes Lächeln zu schenken, glitt in eine Persiflage ab. »Ich pass schon auf mich auf, Margot.«

Als sie aufstand, erhob sich auch Sebastian. Margot ging auf ihren Vater zu, umarmte ihn. Drückte ihn an sich. Sie hatte es seit Jahren nicht gemacht.

Die Polizisten der Sonderkommission saßen um den großen Besprechungstisch herum. Da die schlechteste Kaffeemaschine der Welt gleichzeitig die einzige im Umkreis war, waren alle Tassen leer.

Ralf Marlock vom Erkennungsdienst präsentierte die vorläufigen Ergebnisse der Untersuchung des Tatorts. »Max Dengler stand, als der Täter ihm den ersten Schlag von hinten verpasste. Das ist ähnlich wie beim Mord an seinem Bruder. Beide scheinen nicht damit gerechnet zu haben.«

»Also haben beide ihren Mörder gekannt«, warf Horndeich ein.

»Bei Max sicher, bei Ernst nicht notwendigerweise. Ernst musste nicht wissen, dass jemand hinter ihm stand«, entgegnete Margot.

»Als er auf dem Boden lag, schlug der Täter mehrmals zu«, fuhr Marlock fort. »Er hat dann den Schürhaken abgewischt, aber danach noch einen Abdruck hinterlassen. Nicht der gleiche wie auf der Flasche. Und auch keiner, der bei uns bekannt ist. Ansonsten sicher kein Raubmord – nichts durchwühlt, nichts umgestoßen, außer dem Stuhl, den Dengler im Fallen mitgerissen hat. Auf dem Tisch standen zwei Gläser mit Speichelspuren. Die Fingerabdrücke an dem einen stammen von Dengler, die an dem anderen vom Mörder. Es braucht aber knapp zwei Tage, bis wir da einen brauchbaren genetischen Abdruck haben.«

»Was sagt Dottore Hinrich?«, fragte Margot den Polizisten am Ende des Besprechungstisches. Joachim Taschke hatte der Obduktion beigewohnt. Er sah auf seine Notizen. »Deckt sich mit den Ergebnissen der Spurensicherung. Tatwaffe ist der Schürhaken. Die zehn Zentimeter lange Spitze passt ziemlich exakt in das große Loch in der Schädeldecke und in die Wunde im Gehirn. Ansonsten hat der Täter sechsmal zugeschlagen. Den ersten Schlag von hinten. Die anderen, als Dengler schon auf dem Boden lag. Doch der erste Schlag war bereits tödlich. Die anderen zertrümmerten ihm nur noch das Gesicht. Im Blut ein bisschen Alkohol, aber keine großen Mengen. Dengler war klar im Kopf. Keine Arzneimittel, kein Gift. Ach ja und kein Krebs. Er war kerngesund.«

Sandra Hillreich wirbelte in den Raum. »Ich habs!« Sie war die Einzige, der auch ein fehlendes Anklopfen verziehen wurde. Zumindest von den männlichen Kollegen. »Ich hab die Daten aus dem Handy!«

»Irgendwelche Nummern?«, fragte Margot sogleich.

Sandra setzte sich neben Horndeich auf einen freien Stuhl. »Ja. Interessant sind besonders die beiden letzten Nummern. Der letzte Mensch, den Max Dengler angerufen hat, war sein Sohn. Herbert Dengler. Auf dessen Handy. Das war um 22:32 Uhr. Nur vierzig Sekunden lang. Wahrscheinlich Mailbox.« Alle Ohren lauschten ihren Ausführungen. Zeit für eine Kunstpause.

»Und der letzte Anruf, den Max Dengler *empfangen* hat, kam von Herbert Denglers Handy. Um 22:41. Und dieser Anruf dauerte fast zehn Minuten.«

»Und er hat angeblich nicht mit seinem Vater gesprochen. Seit fünf Jahren. Soso«, sagte Horndeich.

»Hat er zuvor schon mit seinem Sohn telefoniert?«, fragte Margot.

»Die Liste reicht eine Woche zurück. In dieser Zeit nicht.« Sandra hatte jedoch noch ein Schmankerl auf Lager: »Am Donnerstagnachmittag, nach dem Krach mit seinem Bruder, hat Max Dengler eine Nummer in Frankfurt angerufen. Die Anruferliste nennt als Angerufenen Ferdinand Sellzahn.«

Fragezeichen und Stirnrunzeln in der Runde. »Und? Hat jemand ein Frankfurter Telefonbuch?«

»Nicht nötig, habs schon recherchiert. Sellzahn und Partner. Anwaltskanzlei. Hanauer Landstraße.«

»Super«, lobte Margot ihre Kollegin. »Danke für Ihren Einsatz.«

Sie und Horndeich gingen daraufhin sofort in ihr Büro.

Sellzahn hob selbst ab, obwohl es Sonntag war. Glück gehabt. Margot erklärte ihr Anliegen. »Worüber sprach Max Dengler mit Ihnen am Donnerstag?«

Sellzahn musste nicht lange nachdenken und zeigte sich kooperativ, nachdem er Margots Nummer zurückgerufen hatte, um sicher zu sein, dass sich hier niemand einen Scherz erlaubte. Margot drückte die Lautsprechertaste, sodass Horndeich mithören konnte. »Er rief mich gegen fünf Uhr an, war ziemlich aufgebracht. Er wollte wissen, wie viel er maximal der Krebshilfe hinterlassen könne, wenn er sterben würde. Ich klärte ihn darüber auf, dass er einen Pflichtanteil von fünfzig Prozent an die direkten Nachkommen vererben müsse. Den Rest könne er spenden, wem er wolle.«

»Wissen Sie, ob er bereits ein Testament verfasst hatte?«

»Das fragte ich ihn auch. Ob er ein bestehendes Testament ändern oder ob er ein neues aufsetzen wolle. Er sagte, nein, er wolle sich nur informieren, falls er eines aufsetzen würde.«

Margot bedankte sich bei dem Anwalt, legte auf.

»Also wusste Max von Ernsts Idee, das Testament zu ändern, und wusste, dass er in einem solchen Falle völlig leer ausgegangen wäre. Und um das zu klären, hat Max nicht seinen eigenen schmierigen Anwalt angerufen. Das war ihm dann doch zu heiß. Fazit für ihn: Keine Aufträge mehr, die Freundin ausgespannt – und enterbt. Wenn das kein Grund ist.«

»Du meinst also wirklich, er hat vorsätzlich gehandelt und ist seinem Bruder mit zwei Bierflaschen in der Hand gefolgt.«

»Ja. Er wars«, meinte Horndeich.

»Und wenn du recht hast – wer hat dann Max umgebracht?«

»Na, wir sollten auf jeden Fall noch mal Herbert Dengler interviewen, was den Bruch des Schweigegelübdes gegenüber seinem Vater angeht.«

Margot sah auf ihre Armbanduhr. Halb fünf. »Morgen?« Um fünf begann der letzte offizielle Teil das Madonnentreffens. Und sie wollte ihren Vater nicht allein lassen auf der Veranstaltung. Er hatte sie nach dem Eklat vorgestern Abend nicht mehr gefragt, ob sie heute auch käme. Doch sie wusste, dass es ihm wichtig war.

»Nein. Ich gehe gleich hin. Mach du ruhig Feierabend.«

Manchmal konnte sie ihn knuddeln.

Bevor sie sich auf den Weg in die Stiftskirche machte, wollte sie sich umziehen und ein wenig frisch machen. Als sie durch den Flur in Richtung Bad ging, nahm sie es zunächst nur aus den Augenwinkeln wahr. Ein Schatten. Sie hielt inne. Steuerte ins Arbeitszimmer. Im Faxgerät lag ein Blatt in der Ablage. Ihre Griesheimer Freundin hatte Wort gehalten. Sie nahm es auf, las es. Das Ergebnis des zweiten Ratschlags ihres Spiegelbildes. Sie ging zum Schreibtisch. Öffnete die unterste Schublade. Legte das Fax hinein. Nach ganz unten, unter einen dicken Stapel anderer Papiere.

Sie schloss die Schublade.

Zog sie wieder auf. Nahm das Fax nochmals heraus und las es erneut. Kam sich vor, als schaue sie wieder in einen Spiegel, jenen der bösen Stiefmutter, der Antworten gibt, die man nicht hören wollte. Hatte irgendjemand einmal gesagt, das Leben sei gerecht? Ein Fantast ...

Als sie das Blatt Papier zurücklegte, fiel ihr Blick auf das kleine Holzkästchen in der Schublade. Sie nahm es heraus. Ein paar wichtige kleine Dinge. Ein Ring, den ihr ihr erster Freund geschenkt hatte, kurz bevor er ihr mitteilte, er wolle sich noch nicht fürs Leben binden. Mit vierzehn. Heute konnte sie darüber schmunzeln.

Und dann das Bild. Ein altes zerknittertes Bild von Rainer. Kaum größer als eine Briefmarke. Doch sein Lächeln und der verschmitzte Blick kamen gut zur Geltung. Ein Filou ... Ihr Leuchtturmbild, dachte sie. Sie hatte es nicht im Flur der gemeinsamen Wohnung aufgehängt, wie Dengler es mit dem Bild seiner Geliebten gemacht hatte. Aber sie hatte es immer in ihrem Portemonnaie getragen. Hinten. Unten. Gut versteckt. Auch als sie noch mit Horst verheiratet gewesen war. Als sie das Leuchtturmbild in der Wohnung von Ernst Dengler gesehen hatte, war sie wieder mit der Nase darauf gestoßen worden. Dass auch sie alles andere als perfekt war. Erst vor sieben Jahren hatte sie Rainers Foto aus dem Portemonnaie ins Holzkästchen verbannt. Vor sieben Jahren ...

Und das Fax? Was machst du jetzt mit dem Fax? Das innere Stimmchen konnte nicht nur zynische Kommentare abgeben, sondern auch noch impertinente Fragen stellen.

Vom Winde verweht. *Nicht umsonst einer ihrer Lieblingsfilme. Halten wir es wie Scarlett. Denken wir morgen darüber nach.* Und genau das würde sie tun.

Sie hätte auch erst um sieben zum Treffen gehen können. Denn zuvor stand nur ein Vortrag von Rainer auf der Tagesordnung. Er wollte über Holbein sprechen. Erst als sie den Wagen unweit der Kirche abstellte, gestand sie sich ein, dass es ihr nicht in erster Linie darum ging, ihren Vater zu erfreuen. Nein. Sie wollte Rainer reden hören. Sie versuchte sich auch nicht mehr einzureden, dass in ihr plötzlich tief greifendes Interesse an Kunstgeschichte erwacht sei. Aber sie hatte Rainer nie in seinem Beruf erlebt, immer nur privat. Und auch wenn sie Coras Theorie nach wie vor für abwegig hielt, konnte diese Art der Weiterbildung nicht schaden.

Als sie den Festsaal der Kirche betrat, hatte Rainer schon angefangen. Er referierte locker und interessant über den berühmten Maler und sein Bild.

Margot stand im hinteren Teil des Saals, hörte gespannt zu. Und sie lauschte seinen Worten. Obwohl die Materie zwar interessant, aber weit entfernt von spannend war, spürte Margot immer wieder diese leisen Schauer über ihren Körper streichen. *Immer noch wirkt er auf dich,* säuselte die freche Stimme in ihrem Inneren. Als ob sie das nicht selbst wüsste. Als ob sie das nicht bereits im ersten Moment gespürt hatte, als er in der Sonne vor ihrem Haus stand. Er lächelte ihr zu. Und sie erwiderte das Lächeln. Ein Lächeln wie zwei Buchstaben. Ein J und ein A.

Dann merkte sie, dass er nicht sie meinte. Er konnte sie ja gar nicht sehen. Der Scheinwerfer musste alle Gäste im

Raum, die weiter als fünf Meter von ihm entfernt saßen, als Silhouetten erscheinen lassen. Aber wem galt dieses Lächeln dann?

Teenager!, schalt sie sich selbst, als sie sich am Rand des Saals nach vorn schlich.

Die Dame im roten Kleid erwiderte sein Lachen. Und sie war definitiv nicht so alt, als dass sie eines der Madonnenkinder hätte sein können. Blinzelte sie ihm zu? Es konnte ihr eigentlich egal sein.

War es aber nicht.

Verdammt. War es ihr *nicht.*

Herbert Dengler schien über Horndeichs erneuten Besuch weniger erstaunt als seine Frau. »Haben Sie den Täter schon geschnappt?«, fragte sie. In ihrer Stimme lag Hoffnung, er könne wirklich aus diesem Grunde gekommen sein und nicht, um weitere Fragen zu stellen, die sich letztendlich aus einem Verdachtsmoment gegenüber ihrem Mann begründeten.

Wieder saßen sie im Wohnzimmer. Felix schaute in seinem Zimmer ein Video. *Ice-Age*, seinen Lieblingsfilm, wie Sylvia Horndeich aufklärte.

»Herr Dengler, ich muss Sie nochmals fragen, wann genau Sie das letzte Mal mit Ihrem Vater gesprochen haben.« Blicke zwischen den Kontrahenten. Der Versuch, dem anderen durch die Augen hindurch ins Gehirn schauen zu können.

»Ich habe es Ihnen doch bereits heute Mittag gesagt. Irgendwann vor etwa fünf Jahren. Wir hatten wieder einmal Streit. Ich weiß gar nicht mehr, worum es ging – doch, ich erinnere mich. Er warf mir vor, dass ich mich nicht der Dienste seiner Firma bediente. War wohl mal wieder eine Zeit, in der ihn mein Onkel spüren ließ, wie abhängig er von ihm war. Aber ich hatte keine Lust, das Geld zum Fenster hinauszuwerfen. Wenn Ernst meinte, das tun zu müssen – bitte. Aber ich nicht. Dazu war das Geld einfach zu hart verdient.«

»Wann also?«, hakte Horndeich nach.

»Verdammt nochmal, ich weiß es nicht mehr. Hätte ich gewusst, dass es mal wichtig werden könnte, hätte ich es mir im Kalender angestrichen.«

Sylvia knetete mit den Fingern den Saum ihres Rockes. Offenbar spürte sie, dass ihr Mann nicht die Wahrheit sagte.

»O. k., Herr Dengler, beenden wir die Spielchen.« Horndeich wandte Sylvia den Blick zu. »Wussten Sie, dass Ihr Mann gestern mit seinem Vater telefoniert hat?«

Treffer. Sie hatte kaum damit gerechnet, selbst in die Schusslinie zu geraten. »Ich ... nein ... wieso ...«, stammelte sie.

»Weil auf der Speicherkarte im Handy Ihres Schwiegervaters die letzten Gesprächsdaten aufgezeichnet sind. Um halb elf hat er auf dem Handy Ihres Mannes angerufen. Und zehn Minuten später rief Ihr Mann zurück. Dann haben sie sich zehn Minuten angeschwiegen. Falls Ihr Mann die Wahrheit sagt und tatsächlich das letzte Mal vor fünf Jahren mit ihm gesprochen hat.«

Herbert Dengler wirkte zerknirscht. »Ja. Er hat mich angerufen. Und ich habe zurückgerufen. Und davor habe ich fünf Jahre keinen Kontakt zu ihm gehabt.«

»Ich höre?«, meinte Horndeich nur.

»Es ging wieder um das Gleiche. Geld. Wie immer, wenn mein Vater in den vergangenen beiden Jahrzehnten mit mir sprach. Als er anrief, sah ich auf dem Display, wessen Nummer es war. Ich drückte das Gespräch weg. Ging in den Garten und hörte die Mailbox ab. Er hat mir einen geschäftlichen Deal vorgeschlagen. Er wollte einen Großteil seiner Erbschaft in meine Firma investieren. Dann habe ich ihn zurückgerufen. Ihm gesagt, dass ich nicht interessiert bin.«

»Ach, da warst du. Ich hatte mich schon gewundert, weshalb du für zehn Minuten verschwunden warst.« Horndeich war sich nicht sicher, ob ihr Erstaunen echt war oder nur der durchsichtige Versuch, die Glaubwürdigkeit ihres Gatten vom roten zumindest in den gelben Bereich zu verschieben.

»Und Sie haben zehn Minuten für ein Nein benötigt?«

»Ich habe mich provozieren lassen. Nach fünf Jahren Funkstille habe ich gedacht, er könnte mich mit seinen Worten nicht treffen oder provozieren. Schon nach dem ersten Satz wusste ich, dass es ein Irrtum war. Ein Wort gab das andere, und erst nach zehn Minuten gelang es mir endlich, das Gespräch zu beenden. Er hatte Angst, dass sein Geschäft jetzt den Bach runterging, wo Pointus keine Aufträge mehr an ihn vergeben würde. Und dachte, er könnte vielleicht meine Firma als nächste versenken. Er wollte nicht etwa stiller Teilhaber werden, nein, er wollte *natürlich* in der Geschäftsführung mitarbeiten. Ich war stocksauer.«

»Warum?«

»Mein Gott, es ging ihm immer nur ums Geld. Immer. Wir haben in den vergangenen zwanzig Jahren vielleicht zehnmal miteinander geredet und jedes Mal darum gestritten, dass ich ihn nicht genügend unterstütze. Jedes Mal die gleiche Leier. Wissen Sie, was mich mein Sohn mit fünf Jahren mal gefragt hat? Warum alle anderen Kinder im Kindergarten zwei Opas haben und er nur einen. Max kam nicht mal zur Taufe. Und nun, nach fünf Jahren, ging es wieder nur um Kohle. Es hat mich einfach nur angekotzt.«

Sylvia schien noch etwas anfügen zu wollen, schluckte es dann jedoch hinunter.

»Was haben Sie nach dem Telefonat gemacht?«

»Ich ging wieder in die Wohnung. Ging ins Bad und danach ins Bett. In dem meine Frau schon lag.«

Horndeich musste sie nicht einmal mehr ansehen, da bestätigte sie die Aussage. »Ja. Es war kurz nach elf. Und er ist sogar vor mir eingeschlafen. Ich lag noch wach. So bis halb zwölf ungefähr.«

»Gut. Dann war es das fürs Erste.« Horndeich stand auf, ging den Flur entlang.

Herberts Frau begleitete ihn. Gab ihm die Hand. »Herr Horndeich, mein Mann hat seinen Vater nicht umgebracht. Er hat ihn nicht gemocht. Vielleicht sogar verachtet. Aber nicht so sehr, als dass er sich – und uns – mit einem Mord in Schwierigkeiten brächte.«

Horndeich kommentierte ihre Ausführungen nicht, murmelte noch ein »Auf Wiedersehen« und verließ Wohnung und Haus.

»... freue ich mich sehr, dass uns dieses Wiedersehen vergönnt war.« Margots Vater hatte seine Rede beendet. Mehrmals war er – der sonst so eloquente Redner – ins Stocken geraten. Seine Augen waren feucht geworden, als er auf Ernst und Max Dengler zu sprechen kam. Alles in allem hatte er wie ein Schatten seiner selbst gewirkt. Die Haut durchscheinend, greisenhaft, geisterhaft. »Nun, so möchte ich Sie alle einladen, diesen letzten Abend fröhlich zu verbringen. Auf dass der eine oder andere Kontakt vielleicht dieses Treffen überdauern wird. Es würde mich sehr freuen.« Er stieg vom Rednerpult. Ein gebrochener Mann. Es erschreckte sie.

Das Licht erhellte sich, Applaus toste durch den Raum. Obwohl sie keine Anmeldung hatte, sorgten Rainer und ihr Vater dafür, dass Margot an ihrem Tisch einen Platz bekam. Ihr Vater setzte sich nicht zu ihnen, sondern unterhielt sich mit Menschen, die Margot nicht kannte.

»Und? Hat dir der Vortrag gefallen?«, fragte Rainer.

Zu jedem anderen Zeitpunkt wäre ihr spontan eine ironische oder zumindest eine neckende Antwort eingefallen. Doch war ihr im Moment nicht danach. Der Zustand ihres

Vater bereitete ihr wirklich Sorgen. Und außerdem hatten ihr sowohl der Vortrag als auch der Vortragende gut gefallen. »Ja«, antwortete sie daher nur knapp.

Sie sah sich im Raum um, konnte aber die Dame in Rot nicht mehr sehen. *Nicht nur Teenager, sondern pubertierender Teenager!*

»Und was hat dir besonders gut gefallen? Der Teil über den Kirchensturm oder eher der ...«

»Rainer, bitte ...« Es war nicht geplant. Oder hatte irgendjemand die Software umgeschrieben. Zumindest legte sie ihre Hand auf die seine. Sofort, fast reflexartig, umfassten seine Finger die ihren. Ihr Daumen fuhr sanft über seine Finger, seiner tat es ihrem nach. *Wie früher.* Die Verbindung ihrer Hände. Eine Verbindung, die sich immer ganz automatisch ergeben hatte. Ob im Kino, Café, an einer Strandpromenade, im Petersdom, im Auto. Sie hielten Händchen. Wie Teenager. Wobei Margot nie eingesehen hatte, weshalb dieses Privileg der Jugend hätte vorbehalten sein sollen. Es war nur ein Privileg der Vertrauten. Und sie stellte fest, dass niemand die Software umprogrammiert hatte, sondern nur das alte Programm wieder gestartet worden war.

Auch Rainer schien zu verblüfft, um noch ein weiteres Wort hervorzubringen. Margot ließ seine Hand nicht los, ebenso wenig wie sie der Gedanke losließ: »Wer war eigentlich die Frau mit dem roten Kleid?«

Rainer hatte die Frage nicht gehört, oder er ignorierte sie. Sein Gesicht näherte sich langsam aber unaufhaltsam dem ihren. Sie wusste, was passieren würde, tausend Gedanken sprangen quer durchs Gehirn, viel zu chaotisch und schnell, als dass sie auch nur einen hätte benennen können. Gleichzeitig mischten sich Hormone und Gefühle in das allgemeine Chaos ein.

Rainers Lippen berührten die ihren nur zu einem flüchtigen Kuss. Blitz und Donner, die wenigstens das Chaos in ihrem Inneren in sich zusammenstürzen ließen. Und einer wohligen Wärme Platz machten.

Sie vernahm den Seufzer zunächst nur akustisch. Automatisch folgte ihr Blick dem Auslöser solcher Geräusche. Die Dame saß ihnen genau gegenüber. Sie trug ein elegantes Kleid, das ihre Molligkeit trotzdem nur schlecht kaschierte. Doch ihr Gesicht strahlte, Lachfältchen bezeugten ihr fröhliches Naturell.

»Ach, iss dess schee«, seufzte sie abermals.

Es war Margot seit Jahren nicht mehr passiert, dass sie errötete.

»Ich meine, es ist schon schön, dass die Tochter vom Sebastian glücklich ist«, schwatzte sie in Heiner-Deutsch weiter. Dann streckte sie ihre Hand quer über den Tisch. »Hannelore Treitz. Angenehm. Jahrgang 51. Ich war mit Ihrem Vater in Davos.«

Rainers Hand löste sich aus Margots, drückte die dargebotene der alten Dame. Margot tat es ihm nach. Und sofort darauf fanden sich die Hände wieder.

»Das ist ja so ein schönes Treffen gewesen!« Sie beugte sich Margot entgegen. »Wissen Sie, das hab ich ja noch nicht mal meinem Mann erzählt – Gott hab ihn selig. Aber Ihr Vater, das war ein fescher Junge! Hab mich ziemlich verguckt in ihn, damals. Obwohl ich erst zehn war.« Der leise Rotton, der nun auch Frau Treitz' Gesicht zierte, stand ihr gut.

Da weder Margot noch Rainer eine Zwischenfrage stellten, fuhr sie einfach in ihrem Bericht fort. »Wissen Sie, Ihr Vater war damals dreizehn. Und schon viel mehr ein junger Mann als all die anderen Grünschnäbel.«

Margot konnte sich ein Schmunzeln nicht verkneifen, das der Dame nicht entging.

»Lachen Sie nur, aber Ihnen hätt er auch gefallen, also wenn er nicht Ihr Vater wär, ich mein – ach, Sie wissen schon, was ich mein. Ich hab mich halt im Speisesaal immer so gesetzt, dass ich ihn sehen konnte. War schön. Die allerersten Schmetterlinge im Bauch. Ja, die hatte ich damals in Davos.«

»Und? Hat er Ihre Blicke bemerkt?«

Margot konnte sich nicht recht entscheiden, ob sie Rainers Frage für indiskret hielt oder nicht, aber sie war ebenfalls gespannt darauf, die Antwort zu hören. Wenn es auch ein wenig komisch war, dass diese ihr fremde Frau davon erzählte, dass sie für ihren *Vater* geschwärmt hatte.

»Ach, der hat mich gar nicht wahrgenommen. Die Isa, meine Freundin, die hat ihn auch angehimmelt. Sie war ein Jahr älter als ich. Und auch schon ein bisschen besser entwickelt. Da hätten wir uns wegen Ihrem Vater fast in die Haare gekriegt. Aber er hat ja auch sie nicht beachtet. Er und seine drei Freunde, die steckten immer zusammen.«

Margot schaute sich im Saal um. Ihr Vater saß an einem entfernteren Tisch und unterhielt sich mit einer Dame, die etwa in Hannelore Treitz' Alter war. Ob diese ihn auch angehimmelt hatte? Ihr wurde bewusst, dass sie nur sehr wenig über ihres Vaters Jugend wusste. Für wen hatte *er* sich damals interessiert? Wer war seine erste große Liebe gewesen?

»Na, und dann haben wir mit ansehen müssen, wie das Quartett eine andere zu ihrer Prinzessin erkoren hat. O.k., sie war ein bisschen älter als die Jungs. Ich wunderte mich damals, dass sie mitreisen durfte, denn sie war sicher schon sechzehn. Aber wirklich eine Hübsche. Fast schon eine Frau. Und so zierlich, zart, zerbrechlich. Kein Wunder, dass Ihr Vater und seine Kumpane ihr Prinz-Eisenherz-Herz entdeckten. Die Blicke, mit der sie – alle vier – das Mädchen auffraßen, das war für mich – und Isa – schon ein wenig schlimm. Doch ich konnte es auch verstehen. Aber es ist schon traurig, was dann mit ihr passiert ist. Mein Gott, das haben wir ihr wirklich nicht gewünscht.«

»Was ist denn mit ihr passiert?«

»Hat Ihnen Ihr Vater das nie erzählt?«

Margot spürte, wie Rainer ganz kurz ihr Hand drückte. Und sie empfand es als Trost. Nein. Ihr Vater hatte ihr nichts davon erzählt. Weder von seinem Schwarm noch von irgendeinem tragischen Ereignis. Als Margot nicht antwortete, fuhr Hannelore Treitz fort.

»Also, das Mädchen ist gestorben. Sie haben sie eines Morgens aus dem Wasser gefischt. Und sie war nur mit einem Nachthemd bekleidet. Sofort brodelte die Gerüchteküche. Mord, dachten alle. Wir hatten natürlich Angst, dass es wirklich einen Mörder geben könnte. Und wir hatten auch Angst, dass wir alle nach Hause geschickt würden.«

»Und? Ist sie ermordet worden?«

»Nein, noch beim Abendessen am selben Tag teilten uns die Begleiter mit, dass die Marie geschwommen sei und sie im See ihre Kräfte verlassen hatten. Sie sei einfach ertrunken. Es folgte eine lange Liste von Ermahnungen, dass wir nicht allein ans Wasser durften. Aber das brauchte uns nach diesem Tag niemand mehr zu sagen. Keiner wäre auch nur auf den Gedanken gekommen, schwimmen zu gehen. Es war das erste Mal in meinem Leben, dass ich mit dem Tod konfrontiert wurde. Ich meine, im wirklichen Leben, im zivilen. Damals, als die Bomben auf die Stadt fielen, da war ich erst drei Jahre alt. Aber auch die Jungs, die waren wie verwandelt. Komisch, sie mussten das Mädchen wirklich irgendwie geliebt haben.«

»Welche Jungs mussten wen geliebt haben?« Sebastian Rossberg ließ sich auf den freien Stuhl neben seiner Tochter gleiten. Margot entging nicht, dass sein Blick auf ihre Hand fiel, die nach wie vor in Rainers lag. Zum Teufel damit. Hatte er sein Ziel eben erreicht.

»Ich erzähl deiner Tochter gerade, dass die Marie damals in Davos ertrunken ist. Hast du ihr ja gar nicht erzählt!«

»Warum *hast* du mir das nie erzählt?«, schlug Margot in die gleiche Kerbe.

Ihr Vater zuckte nicht zusammen. Dennoch spürte Margot die Veränderung. Als ob seine Muskeln sich kurz versteift hätten. »Du hast mich nur nach meinen Freunden gefragt. Und ich habe mich wirklich nicht mehr daran erinnert.«

Es war wohl die Empörung der nach fünfzig Jahren immer noch wenn nicht mehr verletzten so doch enttäuschten Seele, die Hannelore Treitz nun gänzlich in den Dialekt verfallen ließ: »Ei, Sebastian, du kannst mer doch nedd verzähle, dass disch nedd ans Steeb Mariesche erinnern duusd, so wi du des Määdsche o'gschdierd host!«

»Ach, Hanne«, sagte ihr Vater nur. Und in seiner Stimme lag Trauer. Vielleicht war die Frage nach der ersten großen Liebe soeben unfreiwillig beantwortet worden.

Rainer löste seine Hand aus Margots. »Würdest du mir die Freude machen und mit mir tanzen?«

Die Musik war Margot kaum aufgefallen, und während sie aufstand, überlegte sie, welcher Tanz hier gerade gespielt wurde. Walzer. Sie war nie eine gute Tänzerin gewesen. War in der elften Klasse von ihrer Mutter zu einem – und ihrem einzigen – Tanzkurs verdonnert worden. Dort hatte sie mit ihrem Rainer auf dem Abschlussball getanzt. Den letzten Tanz. Den Walzer. Sie gestand sich den Gedanken kaum ein, doch damals hatte sie gedacht, dass Rainer der Mann sein könnte, den sie heiraten würde.

Sie schmiegte ihre Wange an die seine. Nicht gerade perfekte Tanzhaltung, aber Rainer konnte es durch gute Führung ausgleichen. Er hatte damals schon das Talent besessen, seine Füße immer so zu platzieren, dass sie nicht auf den ihren landeten. Kurz öffnete Margot ihre Augen und erkannte, dass Hannelore Treitz mit ihrem Vater tanzte.

Rainer führte sie drei weitere Tänze über das Parkett. Dann hielt sie inne. »Rainer, ich muss gehen. Muss früh im Präsidium sein.«

Er nickte nur. Begleitete sie zu ihrem Tisch. Ihr Vater unterhielt sich noch mit Hannelore Treitz. Margot verabschiedete sich von ihm. Und stellte mit Erleichterung fest, dass er nicht mehr so schlecht aussah, wie noch eine Stunde zuvor.

Rainer begleitete sie bis zu ihrem Wagen. Sie drückte auf den Knopf im Schlüssel, ließ den Wagen Laut geben wie einen gut dressierten Hund: Die Blinker leuchteten auf, die Schlösser entriegelten sich. Rainer hielt ihr die Tür auf. »Gute Nacht, ma cherie.«

Sie stieg nicht gleich ein, umarmte ihn. Erwiderte seinen Kuss. Spürte auch bei sich die Leidenschaft wachsen. Sehnsucht nach lang verloren Geglaubtem.

»Soll ich nicht mitkommen?«

»Nein, mein Guter, ich muss morgen sehr früh aus den Federn – und ich muss fit sein. Wenn ich dich jetzt mitnähme, dann ginge das wieder so aus wie vor sieben Jahren. Und vor neun. Und vor zwölf... Wie lange bist du noch in Darmstadt?«

»Ich habe mir soeben eine Woche Urlaub verschrieben.«

»Gut. Ich melde mich bei dir.«

Sie stieg in den Wagen, drehte den Zündschlüssel um. Der Wagen sprang an. Und als sie den Vectra zur Hauptstraße lenkte, ließ sie Rainer im Rückspiegel nicht aus den Augen. Und genoss das Gefühl von Schmetterlingen im Bauch.

Danke, Cora.

Als sie das Haus betrat, saß Ben auf dem Sofa, ein Glas Wein neben sich auf dem Couchtisch abgestellt. Er war ganz vertieft in den dicken Schmöker in seiner Hand. Ihm wäre wohl auch nicht aufgefallen, wenn statt ihrer eine Elefantenherde durchs Haus gelaufen wäre. Leise tönte Musik von Bach aus den Boxen, zweiter Satz des Doppelviolinkonzerts in d-Moll, wie sie automatisch feststellte. Auf einem der Bilder des großformatigen Buches sah sie einen Ausschnitt des Madonnenbildes von Holbein. Nachdem sie Rainers Vortrag gelauscht hatte, erkannte sie zumindest dieses Bild treffsicher.

Margot betrachtete ihren Sohn voller Zärtlichkeit und voller Stolz. Es waren jene seltenen Momente wie dieser, in denen sie das Gefühl hatte, nicht alles verkehrt gemacht zu haben. Er hatte das Abi mit zwei Komma drei geschafft, er studierte, er konsumierte Alkohol in Maßen, und wenn er Gras rauchte, so wusste sie es zumindest nicht. Er hatte eine Freundin, war mit Lisa sogar schon über zwei Jahre liiert. Er interessierte sich für Kunst, sein Musikgeschmack bewegte sich in einem Rahmen, in dem man das Gehörte nie mit Presslufthämmern verwechseln würde. Jetzt entdeckte er sogar Bach. In zwei Jahren hatte er wahrscheinlich einen guten Job – nein, alles konnte sie nicht falsch gemacht haben.

»Hallo, mein Schatz.«

Er zuckte zusammen. »Mama – ich habe dich gar nicht kommen hören.«

»Na, noch etwas Weiterbildung in Sachen Kunst vor dem Schlafengehen? Statt noch ein bisschen Wirtschaftskunde zu studieren?«

Er klappte das Buch zu, als wolle er eine ganze Fliegenfamilie mit den Seiten erschlagen.

»Nein. Um die Uhrzeit werde ich ganz gewiss keins von diesen bescheuerten Wirtschaftsbüchern mehr lesen!« Allein mit seinem Tonfall hätte er den Fliegen einen Herzinfarkt angedeihen lassen können.

Was war los mit ihm? Was hatte sie jetzt schon wieder Falsches gesagt? Wenn sie auch nicht alles falsch gemacht hatte, so war es ihr zumindest jetzt nicht geglückt, ihre wahre Intention auszudrücken. »Ich meine doch nur, wenn du dein Studium ...«

Weiter kam sie nicht. Ben donnerte das Buch auf den Tisch, und das Weinglas machte einen Hüpfer. Sicher keinen vor Freude.

»Glaubst du im Ernst, dass ich abends noch diesen Schwachsinn lese? Zahlen, Formeln, Zahlen, Formeln? Für wie bescheuert hältst du mich eigentlich?«

»Ben, ich meinte doch nur ...« Wieder nur ein halber Satz. Eigentlich nur die Einleitung zu dem, was ein Satz hätte werden sollen. Aber er unterbrach sie erneut, während er aufstand und sich vor ihr aufbaute. Dreizehn war er gewesen, als er ihr das erste Mal auf gleicher Höhe in die Augen hatte schauen können ...

»Meinst du wirklich, dass ich mir auch noch die Abende mit diesem Idiotenkram versauen muss? Meinst du das wirklich?«

Es war nicht ihre Absicht gewesen, ihn zu kritisieren. Sie gönnte ihm seine Kunstbücher am Abend, wie sie sich selbst einen Rosamunde-PilcherFilm gönnte. Aber weshalb wurde der Junge so aggressiv? Was hatte sie verbrochen? Langsam ging ihr sein Ton auf die Nerven. Sie verlangte wirklich keine Dankbarkeit. Dafür, dass er immer noch zu Hause wohnte. Dass sie für das Essen sorgte. Dass er kommen und gehen konnte, wie es ihm passte. Dass sie, und das war ihr eigentlich schon peinlich, immer noch seine Wäsche wusch. Befleckte Laken inklusive. Nein. Sie erwartete keine Dankbarkeit. Aber einen Hauch von Respekt. Und nicht diesen abfälligen Tonfall. »Ja. Ich denke, dass du dich dafür engagieren könntest, dein Studium flott und gut zu beenden. Das meine ich sehr wohl.« Hinfort mit dir, du gute Stimmung. Hinfort, all ihr Schmetterlinge im Bauch. Die Realität hat dich wieder ...

»Meinst du das BWL-Studium?« Seine Stimme war nun leise geworden, in Worte moduliertes Zischen einer Schlange. Und Margot war sich alles andere als sicher, ob ihr dieser Tonfall besser gefiel.

»Ja. Das BWL-Studium. Welches sonst? Hast du dich heimlich für Chemie eingeschrieben?« Ha! Auch sie konnte zynisch werden. Viermal eine Fünf in Chemie – auch Mister Vorlaut war nicht überall eine Leuchte.

»Chemie«, schnaubte Ben verächtlich. »Gewiss. Aber du hast recht, werte Mama. Ich habe mich exmatrikuliert. BWL ist Geschichte. Endgültig.«

Er war inzwischen wieder zum Sofa gegangen, fläzte sich auf die Polster und grinste sie breit an. »Was sagst du dazu?«

»Das ist nicht dein Ernst?!« Margot fand Halt an ihrem neuen besten Freund. Dem Türrahmen.

»Schon zum Wintersemester. Ende. Finito. Fin. Bout.«

Wenigstens war er sprachbegabt, auch wenn das sein Verhalten nicht wirklich in besserem Licht erscheinen ließ. »Und warum hast du mir nichts davon gesagt?« Enttäuschung machte sich breit, als ob ein Bagger in Rekordzeit ein tiefes, tiefes Loch in ihre Seele schaufelte.

»Mit dir reden? Mein Gott, wie soll man mit Miss Perfect reden? Wann immer ich dir gegenüber auch nur angedeutet habe, dass BWL nichts für mich ist, habe ich gegen eine Wand geredet. Und die war so dick, dass sie dem Führerbunker zur Ehre gereicht hätte! Also hab ich damit irgendwann einfach aufgehört. Hab einfach mein Maul gehalten, um nicht immer wieder denselben beschissenen Mist zu erzählen. Und um deine beschissenen, immer gleichen beschissenen Antworten nicht zu kassieren.«

Nach Englisch, Spanisch und Französisch nun Fäkalsprache. Überraschend, aber nicht wirklich reizvoll. »Ben, was ist los mit dir? Wir konnten doch *immer* über alles reden.«

Wieder dieses Schnauben. Kaum ein anderes Geräusch hätte seine Verachtung mehr zum Ausdruck bringen können. »Mit dir reden. Das hat immer nur geklappt, solange man deiner Meinung war. Wenn nicht, hast du einfach so lange weiterargumentiert, bis man mundtot war. Oder zu müde, um weiterzudiskutieren. Oder nur noch maßlos angeödet.«

»Ich erkenne dich nicht wieder«, hauchte sie. Zum Glück bot ihr ihr neuer bester Freund zuverlässigen Halt.

»Du? Du hast mich doch nie gekannt!«

War er betrunken? Oder, noch schlimmer, war er nicht betrunken und meinte all diese Tiraden am Ende noch Ernst? Ihr bester Freund hielt sie, aber ihre Beine nicht. Sie ließ sich am Türrahmen hinabgleiten und hockte sich auf den Boden. »Ben, was hätte ich denn *tun* sollen?«

Es war, als ob er jeden Satz und jede Frage entgegennahm, umdrehte und als Messer zurückschleuderte. »Schön, dass du das fragst. Ich dachte schon, dass ich das nie mehr erleben würde. Es ist das erste Mal, dass du mir diese Frage überhaupt stellst. Im zweiten Versuch kannst du ja mal üben, statt dem Verb das Pronomen zu betonen. Ansonsten – lass dich überraschen.« Wieder stand er auf. »Ich gehe jetzt.« Er stieg einfach über sie hinweg wie über einen Sandsack.

»Wohin gehst du?«

Er drehte sich zu ihr um. »Zu Rainer.«

»Rainer? *Der* Rainer?« Ihre Fragen hatten auch schon mehr Punkte auf der Intelligenzskala eingeheimst.

»Ja, der Rainer. Der es übrigens sehr gut fand, dass ich das Studium geschmissen habe.«

Die Menge an neuen Informationen schien ihr Gehirn nicht mehr sauber verarbeiten zu können. Der Rainer. Der wusste, dass Ben sein Studium geschmissen hatte. Und der es gut fand. Ja, war der Mann denn noch zu retten? War das der Mann, den sie vor Urzeiten – vor nicht einmal einer halben Stunde – noch geküsst hatte? Langsam, ganz langsam schaukelten sich die Informationswellen zu einer wahren Monsterwelle auf, die über ihr zusammenzubrechen drohte. »Rainer, Rainer, Rainer – der kann dir locker sagen, dass es toll ist, richtig toll, dass du dein Studium geschmissen hast. Super, richtig *cool*! Aber weißt du, was? Wunderknabe Rainer hat auch *kein Fitzelchen* Verantwortung für dich, mein Sohn. Nichts! Nada, niente, nic!« Wenn's drauf ankam, konnte sie auch auf ein paar Sprachen zurückgreifen.

»Verantwortung? Weißt du, wer ganz allein die Verantwortung für mein Leben trägt? Ich und nur ich. Würdest du endlich zur Kenntnis nehmen, dass ich nicht mehr zwei Jahre alt bin, sondern über zweiundzwanzig?«

Sie hörte die Worte nur noch, denn Ben war bereits den Flur hinuntergegangen. Das Knallen der Haustür untermalte seinen Abgang akustisch. Schien zur Gewohnheit zu werden.

Es dauerte noch Minuten, bis Margot aufstand. Zuerst leerte sie Bens Weinglas. War kein Rioja. Schmeckte eher nach einem Cabernet. Hatte sich Ben inzwischen unmerklich zum Weingourmet entwickelt? Sie stellte fest, dass sie gar nicht wusste, was er wirklich gern trank. Ihr Blick fiel auf das Buch. Holbein. Ein Ausstellungskatalog. Sicher auch nicht billig ... Sie ging in die Küche, goss sich noch ein Glas Wein ein. Tatsächlich ein Cabernet. Den musste er sich selbst gekauft haben.

Wie hatte es zu dieser Auseinandersetzung kommen können? Aus der Küche heraus fiel ihr Blick auf die Treppe. Sie stellte das Glas ab und ging wie ferngesteuert auf sie zu. Ohne sich bewusst zu sein, wohin sie eigentlich wollte, schritt sie den kurzen Flur entlang. Dann stand sie vor der Tür zu Bens Zimmer. Daran hing das Bild eines – wahrscheinlich – italienischen Künstlers. Sie hatte das Bild wahrgenommen. Aber offensichtlich nicht seine Bedeutung. Sie drückte die Klinke hinunter. *Mein Gott, wie lange war ich schon nicht mehr hier?*, dachte sie. Zwei Jahre? Drei? Irgendwann, nachdem er sich beschwert hatte, dass sie immer noch bei ihm aufräumte, hatte sie es ganz gelassen. Dachte, dann müsse er eben in seinem Schweinestall leben. Sie knipste das Licht an. Der Lichtschalter befand sich noch an der gleichen Stelle. Damit waren die Ähnlichkeiten zu früher aber auch schon erschöpft. Die Möbel waren umgerückt, Poster von Rockstars – die der inzwischen, Gott sei Dank, abgewählten Presslufthammerfraktion – verschwunden, andere Bilder nahmen nun deren Platz ein. Drucke von Gemälden, die sie nicht kannte. Deren Maler sie wahrscheinlich auch nicht kannte, wenn sie nicht zufällig Rubens oder Warhol hießen. Nein, diese Bilder entstammten mit Gewissheit der Gattung Nicht-Rubens und Nicht-Warhol.

Auf dem Schreibtisch lag ein Skizzenblock. Sie fühlte sich wie jener Prototyp von Mutter, den sie so hasste, wenn er Tagebücher oder Briefe der Kinder las. Dennoch konnte sie nicht umhin, den Block aufzuschlagen. Sie war erleichtert und enttäuscht. Die Blätter waren leer.

Sie wollte das Zimmer verlassen, sah sich nur noch einmal um. Das Zimmer eines Fremden, der ihr Sohn war.

Als sie an seinem Bett vorbeiging, sah sie die Ecke einer Zeichenmappe unter dem Gestell hervorschauen. Margot ging in die Hocke und zog sie aus ihrem Versteck hervor. Die Mappe allein zeigte, wie wichtig ihrem Sohn ihr Inhalt war. Das Material bestand aus hochwertigem Kunststoff mit Reliefverzierungen. Teuer, dachte Margot.

Sie zog die Haltegummis über die Ecken und klappte die Mappe auf. Eine Tuschezeichnung. Ein Frauenporträt am Fenster. Abendlandschaft im Hintergrund. Realistisch. Traurig. Gut. Unten rechts in der Ecke Ben H., verschnörkelt.

Sie zog das Bild aus der Mappe, legte es aufs Bett. Darunter ein Ölgemälde. Wieder das Porträt einer Frau. Es wirkte lebendig, melancholisch. Und sie hätte es sofort aufgehängt. Wusste der Himmel, wo er das gemalt hatte, aber die Signatur zeichnete es ebenfalls als eines seiner Werke aus.

Sie blätterte weiter. Skizzen, Bilder, Radierungen – mindestens fünfzig Stück. Er musste Monate daran gearbeitet haben. Und eines hatten sie alle gemeinsam. Sie waren gut. Sie waren unglaublich gut.

Und wenn du diese Bilder bei jemandem anderen gesehen hättest, wäre dir jedes BWL-Studium wie reine Zeitverschwendung vorgekommen, nicht war? *Die innere Stimme.*

Laut und klar. Und sie fiel wieder durch ihre hervorstechendste Eigenschaft auf: Sie hatte recht.

Das letzte Bild zeigte sie selbst. Sie erinnerte sich an das Foto, das er als Vorlage gewählt hatte. Den Hintergrund hatte er jedoch gegenüber dem Original verändert. Keine Wohnzimmertapete lugte hinter ihren Locken hervor, sondern weite, unbewohnte Einöde. Im Gegensatz zu ihr kannte er sie offenbar nicht schlecht.

Eine Träne rann über ihre Wange. Ein Verfolger hinterher. Dann die hetzende Meute.

Sie wandte sich ab, damit ihre Tränen nicht auf die Bilder tropften.

Erst nach Minuten konnte sie anfangen, die Mappe wieder einzuräumen. Dann legte sie sie wieder an ihren Platz.

Als sie wenig später auf ihrem eigenen Bett saß, musste sie auf Bilder keine Rücksicht mehr nehmen. Es wäre ihr auch nicht mehr gelungen.

Montag

Als Horndeich das Büro betrat, war Margot noch nicht da. Diesmal war er wieder schneller gewesen. Ungewöhnlich. Zumindest für die vergangenen Tage. Es war bereits nach acht.

Zuerst stapfte er auf die Kaffeemaschine zu, wie es auch Margot getan hätte. Der Kaffee verdiente den Namen nicht, aber er transponierte Horndeich mit seinem Koffein in eine neue Sphäre des Wachseins.

Minuten später ließ Horndeich die Schlüssel aus Max Denglers Wohnung durch seine Hände gleiten. Schließfach war sicher ein guter Tipp. Nur wo? Er griff zum Telefonhörer und wählte die Nummer von Max Denglers Prokurist Schneider. Der ging schon beim ersten Klingeln an den Apparat. »Werbeagentur Doppelpunkt, Schneider am Apparat.« Förmlich wie ein Postbeamter.

Horndeich erkundigte sich zunächst, ob Schneider bereits informiert sei, dass Max Dengler verstorben sei.

»Ja, Ernsts Frau war so freundlich, mich gleich zu informieren. Wer macht so etwas?«

»Auf diese Frage versuche ich gerade eine Antwort zu finden. Doch dazu müsste ich wissen, welche Ihre Hausbank war. Und ob Sie wissen, ob Herr Dengler dort eventuell irgendwelche Schließfächer nutzte.«

»Wir hatten alle Konten bei der Volksbank. Ich habe mal ein paar Angebote von anderen Banken eingeholt, aber Herr Dengler wollte die Bank nicht wechseln. Schließfächer? Ja, wir hatten ein größeres für die Firma, auch bei der Volksbank.«

»Und wer hat den Schlüssel?«

»Der liegt hier im Safe. Zugang hatten sowohl ich wie auch er. Ausschließlich wir beide.«

»Und ist der Schlüssel derzeit im Safe?«

»Einen Moment, das kann ich Ihnen gleich sagen.« Horndeich hörte Geräusche, und wenige Sekunden später bestätigte Schneider, dass der Schlüssel an seinem Platz lag.

»Herzlichen Dank.« Horndeich legte auf, nahm den letzten Schluck aus der Kaffeetasse, der inzwischen nicht nur ekelhaft schmeckte, sondern auch ekelhaft kalt war.

Fast halb neun. Das war so gar nicht Margots Art. Seine Hand wanderte gerade in Richtung Telefonhörer, als der Apparat die Initiative ergriff und klingelte.

»Horndeich.«

»Hallo, Horndeich. Hier Margot. Ich verspäte mich etwas.«

»Kein Problem. War dein Treffen mit den Madonnen ein wenig zu feuchtfröhlich?«

»Nein.«

Horndeich wartete auf ein weiteres Wort der Erklärung oder zumindest ein »bis gleich«, ehe er begriff, dass das Knacken in der Leitung nicht von der Vermittlungsstelle ausgelöst worden war, sondern dadurch, dass Margot einfach aufgelegt hatte. Da musste ihr schon eine Laus schwereren Kalibers über die Leber gelaufen sein.

Nun, dann würde er sich jetzt eben erst mal weiter nach dem Schließfach erkundigen.

Er fuhr zur Hauptfiliale des Bankunternehmens, dessen dunkle, imposante Backsteinfassade ihn jedes Mal wieder beeindruckte, wenn er mit dem Wagen aus dem Citytunnel heraus- und daran vorbeifuhr. Jetzt bog er zuvor rechts in die Schützenstraße ein und stellte sich frech auf den Behindertenparkplatz. Die Filiale war ohnehin für Kunden noch nicht geöffnet.

Mit der eigenen Scheckkarte verschaffte sich Horndeich Zutritt in den Automatenvorraum. Dann klopfte er gegen das Glas der Türen und hielt den Ausweis an die Scheibe. Eine Mitarbeiterin warf einen Blick darauf, und wenig später saß er im Büro von Alexander Kohlmann, dem Vorstand. Horndeich zeigte ihm die Schlüssel, erklärte, wie er in deren Besitz gelangt sei.

Kohlmann warf einen Blick darauf, meinte nur: »Das haben wir gleich.« Ein paar Mausklicks später gab er die Nummer in seinen PC ein. »Wie hieß der Herr?«

»Max Dengler.«

Kohlmann gab noch die Nummern der beiden anderen Schlüssel ein. »Bingo, wie man so schön sagt. Ja, alle drei Schlüssel gehören zu Schließfächern von Max Dengler.«

Wenige Minuten später begleitete Horndeich einen weiteren Mitarbeiter in den Keller der Bank. Er öffnete alle drei Schließfächer. Hatte Horndeich befürchtet, sie seien leer, so wurde er jetzt angenehm überrascht. Das erste Fach enthielt eine Mappe mit Wertpapieren. Auf den ersten Blick erkannte Horndeich, dass Max Dengler ein kleines Vermögen besaß. Das zweite Fach mehrte den Reichtum noch. Eine Schmuckschatulle mit Ringen, Ketten, Ohrringen und eine metallene Kassette mit einer Menge loser Edelsteine zeugten von weiterem Reichtum. Das dritte enthielt handgeschriebene Kladden. Horndeich nahm eine in die Hand, ließ die Seiten langsam zwischen den Fingern hindurchgleiten. Es handelte sich offenbar um Max Denglers alte Tagebücher.

Horndeich bat darum, die Werke mitnehmen zu dürfen, und der junge Mitarbeiter, ganz dienstbeflissen, packte sie sogleich in eine aus dem Nichts gezauberte Plastiktüte. Horndeich quittierte den Schatz und bedankte sich. Er steckte gerade den Schlüssel ins Schloss des Wagens, als das Handy klingelte.

Horndeich nahm ab, hörte kurz zu und wollte nur wissen, ob Margot schon da wäre. Als dies verneint wurde, raunte er: »Gut, dann hole ich sie jetzt ab.«

Die Wirkung von Gurkenscheiben wird eindeutig überschätzt, dachte Margot, als sie ihre Augen im Spiegel sah. *Wie eine Boxerhündin mit Muskelschwund und demzufolge zu viel Haut.* So wollte sie nicht auf dem Präsidium erscheinen. Vielleicht sollte sie es noch mit einer Runde Eiskompressen versuchen.

Das Handy schlug an, und sie wusste, dass es keine weitere Gnadenfrist geben würde. Sie nahm den klingelnden Störenfried und erlöste sich und ihn von weiteren akustischen Daseinsbekundungen. »Hesgart?«

In fünf Minuten würde er vor ihrer Tür stehen und sie abholen, meinte Horndeich. Sie wollte schon protestieren, aber Horndeich ließ sie nicht ausreden.

»Sandra hat gerade angerufen. Auf dem Revier sitzt eine völlig in Tränen aufgelöste Sylvia Dengler, möchte eine Aussage machen, will aber nur mit uns beiden reden.«

»O. k., ich fahre selbst, bin in zehn Minuten da.«

Pfeif auf Gemüse und Eis, jetzt musste sie los. Sie griff zum Puderdöschen, das nun im Schnellverfahren korrigieren sollte, was den Kollegen aus Garten und Eisfach nicht gelungen war. Ein letzter prüfender Blick: Mit dieser Pudermenge im Gesicht musste sie jetzt nur aufpassen, dass es beim Lächeln keine Risse gab und es beim Niesen nicht staubte. Ansonsten erfüllte das Zeug seinen Zweck. Als sie bereits die Haustür geöffnet hatte, hielt sie kurz inne. Dann ging sie in ihr Arbeitszimmer, holte aus der untersten Schublade das Fax, das sie gestern erhalten hatte. Faltete es und steckte es in die Innentasche. Vielleicht würde sie das Papier heute noch brauchen.

Horndeichs Blick erschien ihr denn auch ein wenig irritiert, als sie Minuten später in den Verhörraum kam, in dem Sylvia Dengler schon auf sie wartete. Sie ignorierte seinen spöttischen Blick und erkannte, dass Sylvia Denglers Gurkenscheiben ebenso versagt hatten wie die ihren. Wenn sie es überhaupt mit welchen versucht hatte. Zumindest zeugten ihre Augenlider davon, dass auch sie die Wohnzimmerpflanzen heute mit Tränen hätte gießen können.

Die Dengler hielt sich am Kaffee fest. Da sie schon die Hälfte getrunken hatte, den Becher aber immer noch umschlossen hielt, schien der psychologische Effekt den Protest der Geschmacksnerven wert zu sein.

»Was führt Sie zu uns?«, fragte Margot, als sie sich an den Tisch setzte.

»Ich habe Ihnen nicht die Wahrheit gesagt.« Auch so ein Satz, den sie immer wieder hörten und der meistens einer Wendung in einem Fall vorausging. Sie sollte sich wirklich die Mühe machen, diese Sätze aufzuschreiben. Eine Kladde der typischen Polizei-und-Zeugen-Sätze.

»Wann und in welchem Zusammenhang?«

Sie antwortete sofort. »Es stimmt, dass mein Mann mit seinem Vater telefoniert hat. Es stimmt nicht, dass er dazu in den Garten gegangen ist. Sie haben sich gestritten wie die Kesselflicker. So, als lägen nicht fünf Jahre seit dem letzten Gespräch zurück, sondern höchstens fünf Tage.«

Sylvia Dengler leerte den letzten Schluck Kaffee, und ihre Mundwinkel konnten nicht verheimlichen, wie hoch der Preis für den koffeinhaltigen Seelentröster war. Als sie in Sylvias Gesicht sah, wurde Margot klar, dass sie morgen endlich eine neue Kaffeemaschine kaufen würde. Wie sie es sich schon so oft vorgenommen hatte.

»Sind Sie gekommen, um uns mitzuteilen, dass ihr Mann nicht im Garten telefoniert hat?«

»Nein, natürlich nicht. Aber Herbert ist nicht direkt ins Bett gekommen, nachdem er telefoniert hatte. Er sagte doch, er war nur spazieren …« Ein Schwall von Tränen hinderte sie daran, weiterzusprechen, Schluchzer ließen den Körper erbeben.

Margot und Horndeich waren schon öfter Zeugen solcher Gefühlsausbrüche gewesen, und Margot hatte sich inzwischen eine gewisse Dickfelligkeit angeeignet. Meist hörten Tränen und Körperbeben ziemlich schnell von selbst auf. Doch dieses Beben schien tektonische Platten gleich kilometerweit auseinanderschleudern zu wollen.

Einmal war es so weit gekommen, dass sie einen Arzt rufen mussten, weil ein Mann einen Weinkrampf bekam. Nachdem er gestanden hatte, seine Mutter umgebracht zu haben. Ohne zu überlegen, griff Margot nach der Hand der Frau, die ihr so sympathisch war, auch wenn sie Gefühlsregungen eigentlich unterdrücken sollte. »Frau Dengler, bitte erzählen Sie doch der Reihe nach, was passiert ist, nachdem Ihr Mann das Telefonat beendet hatte.«

Vielleicht war es die unverhoffte Berührung, die das Schluchzen verstummen ließ. »Kann ich vielleicht noch einen Kaffee bekommen?«

Die Frau musste wirklich verzweifelt sein. Auch Horndeich konnte sich ein Grinsen nicht verkneifen. »Klar, ich hole Ihnen noch einen«, meinte er und verließ den Raum. Als er mit dem dampfenden Teufelsgebräu zurückkam, hatte sich Sylvia Dengler wieder in der Gewalt, entschuldigte sich bei Margot.

»Ich hatte vorgestern wieder einen Migräneanfall. Keinen starken, ich verbrachte nicht die halbe Nacht im Bad, aber mein Kopf dröhnte. Deshalb lag ich schon seit sieben im Bett. Herbert hat mit Felix zu Abend gegessen, sie haben noch etwas gespielt, irgendwann bin ich eingeschlafen. Und wieder aufgewacht, als Herbert mit seinem Vater sprach. Es war Viertel vor elf. Ich stand auf, weil er so schrie, und ich ging die Treppe hinunter. Er war krebsrot im Gesicht. So habe ich ihn immer nur erlebt, wenn er mit seinem Vater stritt, deswegen habe ich mir gleich gedacht, dass er am anderen Ende der Leitung war. Als Herbert mich sah, wurde er etwas leiser. Nach einigen Minuten ging ich wieder nach oben, denn der Lautstärkepegel war nicht dazu angetan, die Kopfschmerzen zu vertreiben. Nach dem Telefonat kam er zu mir, setzte sich auf den Bettrand. Knöpfte sein Hemd auf, dann wieder zu und stand auf. Er sagte, er müsse noch mal eine Runde um den Block gehen.«

»Also hat er die Wohnung verlassen?«

»Ja. Ich habe dann nicht mehr einschlafen können. Die Tabletten wirkten nicht, dieses Wortgefecht hat auch mich aufgeregt. Wir können in unserer Ehe über alles reden, aber Herberts Vater ist ein Tabuthema. Einer der wenigen Punkte, in denen ich meinen Mann überhaupt nicht verstehen kann.«

»Wann kehrte er zurück?«

Sylvia Dengler senkte den Blick, und einen Moment lang fürchtete Margot, sie würde wieder in Tränen ausbrechen.

»Um eins. Ich hatte bereits angefangen, mir Sorgen zu machen. Er geht immer mal wieder abends allein spazieren, trinkt vielleicht auch ein Bier, aber er ist oft nach einer Stunde wieder zu Hause. Meist kommt er dann gleich ins Bett. Oder wir schauen noch ein wenig fern. Oder er liest noch ein bisschen. Aber vorgestern, da war alles anders. Er fing an, in der Wohnung zu hantieren, kruschelte, werkelte, ich hatte keine Ahnung, was er alles machte. Auf jeden Fall konnte ich seine Nervosität spüren. Dann hörte ich Wasser rauschen, ging nach unten, wollte nicht, dass er Felix weckte. Er fing gerade an, das Bad zu putzen. Hatte sich schon ausgezogen, war im Jogginganzug. Ich fragte ihn, ob er noch ganz richtig im Kopf sei. Er meinte nur, ich solle wieder ins Bett gehen, er käme auch gleich nach. Wieder oben angekommen, hörte ich, dass er den Müll in der Küche unter der Spüle hervorholte.«

»Wie konnten Sie denn das hören?«

Der Hauch eines Schmunzelns huschte über ihr Gesicht: »Die Tür knarrt, seit wir die Küche gekauft haben. Ein ganz typisches Geräusch. Wir haben tausend Tricks probiert, doch das Knarren scheint eine Charaktereigenschaft zu sein. Dann brachte Herbert den Müll nach unten. Und kam danach ins Bett. Ich fragte ihn, was das alles solle. Er sagte nichts. Drehte sich auf seine Seite. Und lag wie ich noch lange wach.«

»Damit hat Ihr Mann kein Alibi. Und Sie haben nicht erst gestern Abend für ihn gelogen, sondern bereits gestern Mittag. Was hat Ihre Meinung geändert?«

»Als Sie gestern Mittag nach seinem Alibi fragten, war es für mich selbstverständlich, erst mit ihm zu reden, bevor ich Ihnen etwas gesagt hätte. Er erklärte mir, dass er wirklich nur spazieren war, Bier getrunken habe, noch eine weitere Runde spazieren ging und dann zurückkam. Dass er seinen Vater nicht umgebracht habe. Er gab mir sein Ehrenwort. Deshalb blieb ich auch gestern Abend bei der Version. Und jetzt ...«

Wieder stockte sie, eine Träne tropfte in ihren Kaffeebecher. Konnte nicht mehr schaden. Im Gegenteil.

»Ich ging heute früh ebenfalls zu den Mülltonnen. Brachte den Badmüll nach unten. Und als ich den Mülleimer öffnete, sah ich es. Der Müllbeutel aus der Küche war aufgeplatzt, als er ihn hineingeworfen hatte. Zwei Joghurtbecher waren aus dem Riss gefallen. Und Stoff schimmerte unter zwei Erbsendosen hervor. Es war der Stoff des Hemdes, das er am Samstag den ganzen Tag getragen hatte. Ich hatte immer noch nicht begriffen. Wunderte mich, weshalb er das Hemd nicht in die Altkleidersammlung gab. Oder einfach so in den Müll warf. Dann sah ich den Fleck und zog das Hemd heraus. Es war voller Blutflecken. Die Hose darunter auch. Von dort aus bin ich sofort zu Ihnen gekommen.«

Das Ende ihres Berichts markierte gleichzeitig das Ende der mühsam aufrecht erhaltenen Selbstbeherrschung. Doch dem Schluchzen war nun ein leises, aber nicht weniger intensives Weinen gewichen.

»Wo ist Ihr Mann jetzt?«

»In seiner Firma.«

Margot organisierte das Notwendige. Sie telefonierte mit dem Staatsanwalt und ließ sich einen Durchsuchungsbefehl ausstellen. Mit Horndeich sowie Baader und Häffner vom Erkennungsdienst machte sie sich auf, erneut die Wohnung und den Müll in der Mollerstraße zu untersuchen. »Und du, schaff Dengler heran«, wies sie Horndeich an. »Am besten nimmst du Teschke mit.« Das war der Mann mit den Muskeln. Wenn es unangenehm werden konnte.

Hemd und Hose fanden sie im Müll, mit Blut verschmiert. Auch die Schuhe. Und im Bad winzige Spuren von Blut in den Fugen zwischen den Kacheln. Offenbar hatte sich Herbert Dengler dort umgezogen. Als Horndeich anrief und sagte, dass Dengler auf der Wache saß, beschloss Margot, ebenfalls zurückzufahren. Sylvia Dengler saß zusammengesunken im Wohnzimmer. Als sie sich von ihr verabschiedete, erhob sie sich.

»Ich glaube nicht, dass er seinen Vater umgebracht hat. Ganz tief im Inneren glaube ich es nicht. Aber ich könnte so nicht mit ihm leben. Mit *dem Verdacht* zwischen uns. Vielleicht wenn er mir von Anfang an die Wahrheit gesagt hätte. Oder?«

Keine Frage, die Margot beantworten konnte. Und wollte.

»Wie lange werden Ihre Leute noch brauchen?«, fragte Sylvia.

»Ich weiß es nicht, weshalb?«

»Felix kommt in einer Stunde aus der Schule.«

»Vielleicht sollten Sie ihn besser abholen. Oder ihn zu einem Freund schicken. Ich kann Ihnen nicht sagen, wie lange die Kollegen hier noch brauchen.«

Ein stummes Nicken der Resignation. Felix' Fragen, die dem Albtraum eine noch abgeschmacktere Note geben würden. Durch ihre Direktheit. Und die Unmöglichkeit von Antworten.

Margot umfuhr das Heinerfest, lenkte den Wagen zurück zum Präsidium. Auf dem gleichen Stuhl, auf dem vor Kurzem noch seine Frau gesessen hatte, hockte nun Herbert Dengler. Ohne eine Tasse Kaffee. Er wirkte kraftlos, in sich zusammengesunken. Keine Spur mehr von der Souveränität, die er gestern noch ausgestrahlt hatte. Die schwarzen Finger zeigten, dass der Kollege vom Erkennungsdienst seine Arbeit schon erledigt hatte.

»Herr Dengler, Ihre Frau war bis vor einer Stunde noch bei uns. Sie hat uns berichtet, dass Ihr Alibi nicht stimmt.«

Herbert Dengler nickte nur. »Ja. Ich bin spazieren gegangen. Habe dann noch ein Bier im ›Pillhuhn‹ getrunken. Lief noch eine Runde. Und kam dann nach Hause. Ich hätte meine Frau da nicht reinziehen sollen. Das tut mir leid. Aber Sie können die Bedienung in der Kneipe fragen. Sie wird bestätigen, dass ich da war.«

»Herr Dengler. Wissen Sie, warum Ihre Frau heute früh zu uns kam?«

Für einen kleinen Moment flackerten Zweifel und Unsicherheit in seinem Blick auf. »Weil sie ihr Gewissen erleichtern und Ihnen sagen musste, dass ich nicht gleich nach dem Telefonat ins Schlafzimmer gekommen bin. Nehme ich an.«

Er gibt immer nur so viel preis, wie unbedingt nötig ist, dachte Margot. Zeit für den Frontalangriff. »Nein. Sie kam, weil sie die Kleidung im Mülleimer fand, die Sie am Samstag noch getragen hatten. Und deren großes Manko derzeit ist, dass sie blutverschmiert ist. So sehr, dass da wohl jede Reinigung kapituliert hätte. Und nun sagt mir meine Kombinationsgabe, dass es das Blut Ihres Vaters sein könnte.«

Herbert Dengler wurde blass.

»Und in Ihrem Bad, da haben wir ebenfalls Blutspuren gefunden, die Sie versucht haben wegzuwischen. Nachdem Sie sich der Kleidung in der Badewanne entledigt hatten.«

Ein gemurmeltes »Scheiße« zeigte Margot, dass die Botschaft angekommen war. Dengler hob den Blick, sah nacheinander Margot und Horndeich direkt an, wobei er sich zu Horndeich umdrehen musste. »O. k. Ich erzähle Ihnen, wie es war. Wie es *wirklich* war.«

»Bitte nicht wieder eine weitere Version der Wahrheit light.«

»Nein. Obwohl Sie mir ohnehin nicht glauben werden.«

Wieder ein Standardsatz. Meistens einer der Täter.

»Meine Firma stand vor der Übernahme eines Schweizer Unternehmens. Ich habe meine Firma damals mit zwei Partnern gegründet, die aber nach einem Streit aus dem aktiven Geschäft ausgestiegen sind. Ich halte vierzig Prozent der Aktien, die beiden anderen je dreißig.«

»Wie hießen die beiden?«

»Hans Rottensteiner und Ferdinand Merk. Ich hatte viel zu spät mitbekommen, dass Merk alle Aktien an den Schweizer Konkurrenten Hersch verkauft hatte. Die wollen mit mir ihren stärksten Konkurrenten loswerden. Wenn sie meine Firma übernehmen, würden sie ein paar Spitzenleute zu sich holen und den Rest einfach plattmachen. Und vor drei Wochen hat Rottensteiner mir gesagt, dass Hersch auch ihn gefragt habe, ob er seine Anteile verkaufe.«

Margot wollte eigentlich keinen Grundkurs in Firmennöten. »Was geschah vorgestern Abend? Das ist das, was mich am meisten interessiert.«

»Einen Moment, bitte, ich komme gleich dazu. Rottensteiner nannte mir den Preis, den Hersch ihm geboten hat – und erklärte mir, wenn ich hunderttausend drauflege, würde er auch an mich verkaufen. Ich habe meiner Bank das Problem geschildert, wollte einen Kredit, aber die haben nur dankend abgewinkt.«

»Da kam doch die Erbschaft von Ihrem Onkel gerade recht«, bemerkte Horndeich trocken hinter Herberts Rücken.

Dem entging der Sarkasmus – oder er ignorierte ihn. »Die Million von meinem Onkel war ein warmer Regen. Aber ich benötige – benötigte mindestens fünf Millionen. Und mein Vater hat das spitzgekriegt. Deshalb rief er mich vorgestern an. Er war durch Ernsts Tod ja mal wieder kurzzeitig flüssig und bot mir nun an, das nötige Geld in meine Firma zu stecken.«

»Und deshalb haben Sie ihn umgebracht?«, fragte Horndeich.

Herbert drehte sich heftig um. »Nein, verdammt nochmal. Vielleicht lassen Sie mich einfach erzählen, was ich zu erzählen habe. Dann können Sie mich ja mit zynischen Bemerkungen eindecken.«

Margot war über Horndeichs Einwurf auch nicht sonderlich glücklich. »Aber wieso hat Ihr Vater nicht einfach Rottensteiners Paket gekauft, wenn er Bescheid wusste?«

»Ganz einfach. Er wollte nicht nur investieren, er wollte ein neues Spielzeug. Es gibt eine Klausel im Vertrag, die besagt, dass ich, solange ich mindestens vierzig Prozent halte und die anderen sechzig nicht in einer Hand liegen, die Geschäfte führe. Mein Vater aber wollte in die Geschäftsführung einsteigen. Dafür hätte der Vertrag geändert werden müssen, und das ginge nur mit meiner Zustimmung. Doch alles, was mein Vater in seinem Leben geschäftlich in die Hand nahm, ging früher oder später den Bach runter. Meist früher. Und es wäre sein persönlicher Reichsparteitag gewesen, dass ich ihn in meine Firma hätte aufnehmen müssen.«

»Und? Wie haben Sie das Problem gelöst?«

Margot warf Horndeich einen Blick zu, der Herbert nicht entging. Doch diesmal ignorierte er den Einwurf.

»Ich konnte es drehen und wenden, wie ich es wollte. Ich musste mit meinem Vater verhandeln. Nachdem er sich am Telefon unerbittlich gezeigt hatte, als ich ihn von der Idee abzubringen versuchte, Geschäftsführer zu spielen, entschied ich, dass ich zu ihm fahren müsste. Ich setzte mich auf mein Fahrrad und radelte los.«

Margots Magen unterbrach Herberts Bericht durch ein wirkungsvolles Imitat von Bärenbrummen. Horndeich grinste, Herbert hielt nur kurz inne, um gleich darauf fortzufahren. »Er schien mich erwartet zu haben. Hatte zwei Gläser Wein auf dem Tisch stehen. Es dauerte keine fünf Minuten, und wir stritten uns wieder. Aufgrund der *›personellen Veränderungen‹* bei Pointus würde er von dort keine Aufträge mehr bekommen. Seine zynische Art, sich auszudrücken, machte mich wahnsinnig. Doch ich hielt mich noch zurück, bemühte mich zumindest. Er müsse sich deshalb ein neues Betätigungsfeld suchen, erklärte er weiter. Wir stritten hin und her, bis ich ihn fragte, ob er eigentlich gewusst habe, dass Ernst sein Geld der Krebshilfe spenden wollte. Ja, sagte er und fügte hinzu, dass, wer immer Ernst ermordet habe, keinen besseren Zeitpunkt hätte wählen können. Das war der Punkt, an dem ich seine Überheblichkeit und Kaltschnäuzigkeit nicht mehr ertragen konnte und wusste, dass ich mit diesem Menschen, der leider biologisch mein Vater war, absolut nichts mehr zu tun haben wollte.«

»Hat Ihr Vater gesagt, dass er Ernst Dengler ermordet hat?«

Herbert wandte sich Horndeich zu. »Nein. Er sagte es genau so, wie ich es gerade zitiert habe. Und das hat mir gelangt. Ich ging, knallte die Tür ins Schloss und fuhr zurück. Machte Pause im ›Pillhuhn‹. Meine Stammkneipe für ein spätes Bier.«

Margot machte sich eine Notiz. »Pillhuhn« hieß die Kneipe im Martinsviertel, die mit ihrem langen Tresen warb. Ansonsten war der Innenraum sauerstofffreie Zone. Man musste als Nichtraucher schon ziemlich verzweifelt sein, wenn man diesen Ort betrat.

»Nach dem zweiten Bier war ich mir im Klaren darüber, dass das Angebot meines Vaters der letzte Rettungsanker für meine Firma war. Für dreißig Angestellte. Und für die finanzielle Absicherung meiner Frau und meines Sohnes – und natürlich für mich selbst. Ich begriff, dass ich seine Attacken ignorieren musste. Ohne ihn wäre meine Firma ganz sicher bald am Ende. Mit ihm auch, aber nicht ganz so sicher. Ein Strohhalm. Also fuhr ich wieder zurück. Im Haus brannte Licht, aber er öffnete nicht auf mein Klingeln. Ich habe immer noch seinen Hausschlüssel am Bund, also schloss ich die Tür auf. Und sah genau das, was Sie wenige Stunden später auch gesehen haben. Ich kniete mich neben ihn auf den blutdurchtränkten Teppich. Fühlte seinen Puls am Hals. Nichts. Es hätte mich auch gewundert, Sie haben ja gesehen, wie er zugerichtet war. Da begriff ich schlagartig zwei Dinge: Ich hatte keine finanziellen Probleme mehr, denn ich würde mindestens die Hälfte des Besitzes meines Vaters erben. Und daraus resultierend hätte ich ein anderes Problem am Hals: Bis Ihre Truppe den wahren Mörder meines Vaters fände, dürfte ich mich über den ehrenvollen Titel des Verdächtigen Nummer eins freuen. Es sei denn, der Täter hätte überall seine Fingerabdrücke hinterlassen. Also zog ich meine Jacke aus, warf sie in Richtung Wohnzimmertür. Dann das Hemd. Ich schlurfte mit den Schuhen auf dem Hemd über den Boden, um keine blutigen Abdrücke zu hinterlassen. Zog die Jacke wieder an, ging, schloss die Tür, wischte den Knauf ab und fuhr nach Hause. Und als Sie gestern kamen, wusste ich, dass der Mörder mir nicht den Gefallen getan hatte, seine Spuren deutlicher zu hinterlassen.«

»Doch. Das hat er getan. Auf der Tatwaffe. Einen fetten Abdruck. Wir vergleichen ihn gerade mit dem Ihren.«

»Da bin ich beruhigt. Denn er wird nicht übereinstimmen.«

Als sei dies das Stichwort gewesen, klopfte Fenske an die Tür und wedelte mit einem Computerausdruck. »Hundert Prozent rechter Zeigefinger dieses Herrn hier.«

Wieder wurde Dengler junior blass. »Nein, das ist unmöglich.«

Auch dieser Satz ein netter Kandidat für die Sammlung, dachte Margot bitter.

»Ich meine, vielleicht habe ich ihn im Schock angefasst. Ja, jetzt erinnere ich mich, das Ding lag mit dem Griff quer über seinem Hals. Ich hab es zur Seite gelegt, damit ich den Puls am Hals fühlen konnte. Verdammt, ich habe meinen Vater nicht umgebracht!«

Langsam bekam die Contenance Risse. Herbert hatte seit gestern immer nur so viel zugestanden, wie ihm gerade nachgewiesen worden war.

»Das dürfen Sie gleich dem Haftrichter erzählen«, kommentierte Horndeich Herbert Denglers letzte Aussage. Zwei Beamte führten den Mann ab.

»Damit haben wir zumindest ihn im Sack. Und ich bleibe dabei, Max hat Ernst auf dem Gewissen«, meinte Horndeich. »Ich glaube, wir können einen Haken hinter den Fall machen. Denn wer sollte noch ein Motiv haben, Ernst Dengler umzubringen?«

Margot schüttelte den Kopf. »Vielleicht jemand, den wir noch nicht kennen. Ich weiß es nicht.«

»Margot, bitte! Mir ist es auch lieber, wenn alles glasklar und exakt vor einem liegt. Aber leider ist es eben nicht immer so.«

»Bei Herbert gebe ich dir wohl recht, aber dass Max der Mörder von Ernst sein soll – ich glaube es nicht. Ich denke, da sollten wir noch dranbleiben.«

»Also, ich halte es für möglich. Wie willst du weiter vorgehen?«

Margots Magen übernahm das Antworten. Horndeich grinste. »Komm, sei gut zu ihm. Gib ihm endlich Futter.«

»Ja. Ich hab noch nicht mal gefrühstückt. Ich verdrücke mich mal für eine Stunde.«

So viel Tränen in der vergangenen Nacht auch geflossen waren, sie hatten wenigstens eine reinigende Wirkung gehabt. Margot hatte in der Nacht kein Auge zugetan, sich immer wieder im Bett gewälzt, bis die Decke auf dem Boden gelandet war. Zeit zum Aufstehen. Die Medizin für besondere Notfälle war angesagt. Heiße Milch mit Honig. Unschlagbares Rezept ihrer Großmutter. Selten hatte Margot es mitten im Sommer getrunken. Doch ihr Zustand rechtfertigte Notfallmaßnahmen jeglicher Art.

Während der süße Milch-Honig-Sirup ihre Kehle hinunterrann – ihre Großmutter hatte immer auf ein Mischungsverhältnis von fünfzig zu fünfzig Wert gelegt –, war sie zu dem Entschluss gelangt, dass sie zwei Gespräche führen musste. Eines mit ihrem Sohn, wenn der wieder ansprechbar war. Nach wie vor war sie nicht begeistert von dem Gedanken, dass Ben sich als brotloser Künstler durchs Leben schlagen wollte. Doch die Bilder, die sie in seinem Zimmer gesehen hatte, nahmen der Angst ein wenig die Schärfe. Qualität hat sich noch meistens durchgesetzt. Trotz Beuys.

Das zweite Gespräch musste sie mit Rainer führen. Über ihr Verhältnis. Und seines zu Ben. Zunächst war sie außer sich gewesen, dass ihr dieser Mann so in den Rücken gefallen war. Doch vielleicht hatte er einfach Bens Talent erkannt. Und vielleicht konnte er ihr raten, welcher Weg für ihren Sohn der beste wäre. In Kunstdingen kannte er sich ja aus.

Ja. Sie würden über Ben reden müssen. Am besten jetzt.

Sie wollte ihn nicht anrufen. Die Uhr zeigte halb eins. Sie würde ihn vielleicht im Restaurant des Hotels antreffen. Als sie ihren Wagen vor dem Hotel abstellte, wurde das Knurren im Magen von ein paar flatternden Schmetterlingen aus dem Bauchraum besänftigt. Frühstück für den Magen. Einen Kuss für die Schmetterlinge. Oder so.

Hinter der Rezeption stand die gleiche Dame, mit der sie am Freitag zu tun gehabt hatte. Sie erkannte Margot und begrüßte sie sogar mit Namen.

»Ich möchte zu Herrn Rainer Becker. Wissen Sie, ob er im Hotel ist?«

»Ja. Er sitzt im Restaurant.«

Na also. Die Rezeptionistin wies mit der Hand in Richtung der entsprechenden Tür.

Margot bedankte sich und betrat den Gastraum. Mit einem Fuß. Der andere blieb diesseits der Türschwelle haften. Rainer saß an einem Tisch, wandte ihr den Rücken zu. Ihm gegenüber saß Ben. Der goss der Dame in Rot eben einen Schluck Wein nach. Sie war ihrer Farbe auch mit dem Kostüm, das heute ihren attraktiven Körper zierte, treu geblieben. Gut. Sie wollte mit Rainer allein sprechen. Einen Dialog zu dritt – warum nicht. Aber die Dame war definitiv fehl am Platze. Und Rainers Arm auf ihrer Schulter ebenfalls.

Die Dame in Rot lachte giggelnd über einen Witz, den Rainer wohl gerade zum Besten gegeben hatte.

Naive Neger regen Evi an. Wieder eines der Palindrome aus der Rainer-Ära.

Evi. Damit hatte die Unbekannte nun wenigstens einen Namen. Und spätestens heute war der erste Tag der Post-Rainer-Ära.

Margot schloss die Tür, bevor einer des Trios sie sehen konnte. Sie erwiderte den Abschiedsgruß der Dame an der Rezeption nicht. Hatte sie gestern wirklich geglaubt, Rainer wollte ebenfalls einen neuen Versuch wagen? Hatte sie das wirklich angenommen? *Naive, dumme Kuh.* Kein Palindrom. Nackte Tatsache.

Ein leckeres Mahl in entspannter Atmosphäre? Nein. Jetzt würde ihr rebellierender Magen nur noch auf die Schnelle abgespeist, damit er die Klappe hielt. Der McDonald's-Drive-in in der Heidelberger Straße war das kulinarische Pendant zu ihrer Stimmung: stumpf.

»Hats geschmeckt?«, fragte sie Horndeich, als Margot ins gemeinsame Büro trat.

»Nein!«, fauchte sie ihn an.

Irgendwie wurde Horndeich das Gefühl nicht los, dass er heute nicht die richtigen Fragen stellte. Margot wandte sich der Kaffeemaschine zu, schenkte sich eine Tasse ein.

»Frisch?«

»Ne, immer noch die Dengler-Version von heute früh.«

Horndeich sah, wie sich seine Kollegin achselzuckend eine Tasse einschenkte. Was auch immer ihr die Laune verdorben haben mochte, zu der Laus von heute morgen hatte sich in der vergangenen Stunde die Verwandtschaft gesellt.

Margot trank den Kaffee, ohne mit der Wimper zu zucken.

Verwandtschaft? Die ganze Sippe auf einmal!

»Was ist denn das da?«, fragte Margot und deutete auf die Kladden, die Horndeich sorgfältig auf dem Schreibtisch aufgereiht hatte.

»Das sind Tagebücher von Max Dengler. Ich hab sie heute früh in seinem Schließfach gefunden. Daneben eine Menge Aktien und Schmuck und Edelsteine bis zum Abwinken. Hatte deutlich mehr an Geld gehortet, als seine Verwandten angenommen haben.«

Margot nahm eines der Bücher in die Hand. »Und warum reihst du sie hier so schön auf und liest sie nicht?«

Horndeich hatte nicht oft erlebt, dass sie den Oberlehrerton anschlug. Zum Glück. Denn wenn ihn etwas auf die Palme bringen konnte, dann Überheblichkeit. Wenn die Läusesippschaft nicht bald weiterziehen würde, konnte er für seine Geduld nicht garantieren. »Werte Frau Kollegin: Erstens reichen die Teile nur bis in die Mitte der Siebziger. Zweitens hat der Kerl eine solche Sauklaue, dass ein Studium der Ägyptologie beim Entziffern dieser Hieroglyphen hilfreich, wenn nicht notwendig ist. Und außerdem sitzt der Mörder von Max Dengler gerade beim Haftrichter. Also?«

»Und wo sind dann die neueren Tagebücher?«

»Was weiß ich? Wahrscheinlich bei ihm zu Hause.« Was war los mit ihr? »Vielleicht hat er keine mehr geschrieben? Vielleicht hat seine Frau darin gewühlt, und er hats gut sein lassen. Warum interessiert dich das jetzt noch so?«

Margot blätterte in dem Buch. Schaute ihn an. Grinste schräg. »Na, mit der Sauklaue hast du recht.« Friedensgrinsen. O.k., dann wäre sie wahrscheinlich in einer Stunde wieder genießbar. Horndeich war erleichtert.

Margots Augen wanderten hin und her, sie konnte den Text offenbar entziffern. Ein leichtes Runzeln bildete sich auf ihrer Stirn.

Er kannte diese Mimik. Erst sanfte Kräusel auf der Stirn, wenig später tiefe Gräben. Quasi die Anzeige des Drehzahlmessers ihres Gehirns. Kurz vor dem roten Bereich. »Was ist?«

»Hör mal: ›Ich habe ihm noch Mathe erklären müssen. Nicht seine Welt. Er kann sich schon kaum merken, dass alle Winkel eines Dreiecks zusammen immer hundertachtzig Grad ergeben. Waren dann ein Eis essen. Max hatte noch zwanzig Pfennige einstecken. Langte für zweimal Erdbeer für jeden.‹«

»Und?«

Eine halbe Sekunde bevor sie es aussprach, fiel auch bei Horndeich der Groschen. »Das sind nicht Max' Tagebücher. Er wird von sich selbst kaum in der dritten Person schreiben.«

»Genau. Aber wem gehören sie dann? Und was machen sie in Max Denglers Schließfach?«

Margot griff nach dem letzten der Bücher, blätterte darin, las immer wieder ein paar Zeilen, blätterte dann weiter. Ihre Anspannung lud den Raum elektrisch auf, gleich der Atmosphäre unmittelbar vor einem Gewitter.

»Scheiße«, murmelte Margot.

»Was weißt du, was ich noch nicht weiß?«

»Der letzte Eintrag ist vom 20. Juni 1976«, meinte sie, als ob damit alles erklärt wäre. Sie wühlte sich durch den Haufen Notizblätter, den sie fein säuberlich auf der Wandseite des Schreibtisches abgelegt hatte. Die erste oberflächliche Recherche förderte das gewünschte Papier nicht zutage.

Margots Nervosität übertrug sich nun auf Horndeich. »Was suchst du?«

»Den Zettel.«

»Danke. So genau wollte ich es gar nicht wissen.«

»Moment.« Nachdem sie den gesuchten Zettel nach schnellem Durchblättern nicht gefunden hatte, versuchte es Margot nun mit der gründlichen Methode. Sie legte jedes Blatt zur Seite und schichtete dabei den Haufen Papier für Papier um.

Murphys Gesetz. Das letzte Blatt im Stapel. Wahrscheinlich hatte Margot den alten Stapel einfach auf dem Papier abgestellt.

»Ich habs geahnt«, murmelte sie nur, Horndeich, der immer noch auf Aufklärung wartete, gänzlich ignorierend. Sie griff zum Telefonhörer, wählte die Nummer, die neben vielen handschriftlichen Notizen links oben auf dem Blatt notiert war.

»Herr Schöllbrönner? – Hesgart aus Darmstadt hier. – Sie sitzen? Ich glaube, wir haben den Mörder von Richard Gerber. Ich schicke Ihnen jetzt per Fax die Fingerabdrücke von unserem A-Kandidaten. In seinem Schließfach lagen die Tagebücher von Richard Gerber. – Ein Jugendfreund. – Ja. – Bis gleich.«

Und schon stürmte Margot aus dem Raum. Was auch immer hier vorging, irgendwo fehlte Horndeich das entscheidende Puzzlesteinchen, das das abstrakte Mosaik in ein Bild verwandelte. Etwas ratlos kratzte er sich am Kopf. Sie würde ihm schon erzählen, was hier eigentlich passierte. Und bis das geschähe, könnte er sich ja noch mal in die offenbar sehr wichtigen Bücher vertiefen. Wenn es Margot gelang, das

Zeug fließend zu lesen, müsste es ihm doch eigentlich auch möglich sein, oder?

Fünf Minuten später kam Margot wieder zurück. Die Aura der Traurigkeit, Gereiztheit und Resignation, kurz, ihre Unausstehlichkeit, war aufgekratztem Jagdfieber gewichen. Sie ließ sich auf ihren Stuhl fallen. »Und? Was meinst du?«

»Super«, lobte Horndeich. »Aber *was* ist super?«

Margot berichtete Horndeich von dem Gespräch, das sie zwei Tage zuvor mit Schöllbrönner in Berlin geführt hatte. Davon, dass aus Gerbers Wohnung dessen Tagebücher geklaut worden waren. Und dass die gerade vor ihnen lägen. »Der letzte Eintrag stammt vom 20. Juni 1976. Einen Tag später wurde Richard Gerber ermordet. Schöllbrönner wollte mir eine Kopie der Akte zusenden.«

»Aus Berlin? Da ist ein Päckchen gekommen«, erklärte Horndeich.

»Wo?«

»Na hinter dir, ich habs auf dein Sideboard gelegt.«

Margot sprang auf, sah das Paket, riss es auf. Während sie den Stapel Fotokopien durchblätterte – wieder auf die schnelle Art –, rief sie: »Fenske!«, so laut, dass er es auch im anderen Stockwerk gehört hätte.

Der Abdruckexperte steckte den Kopf zur Tür herein. »Stets zu Diensten – was ist?«

Margot entnahm dem Stapel ein Blatt mit den Fingerabdrücken des Mörders von Richard Gerber.

»Ich hab alles nach Berlin gefaxt«, meinte Fenske.

»Jajaja. Aber vielleicht sind wir ja schneller. Sind das die Abdrücke von Max Dengler?«

Fenske griff sich die Bögen und eilte in sein Reich.

Nur wenige Minuten später ereigneten sich zwei Dinge gleichzeitig: Von Fenske gellte ein »Bingo« über die Flure. Und das Telefon klingelte. Das Display zeigte die Nummer von Schöllbrönner.

»Bingo«, meinte die Stimme aus Berlin. »Nun erzählen Sie mal.«

»Später«, meinte Margot nur, verabschiedete sich und legte auf. »Max Dengler hat Richard Gerber umgebracht«, klärte sie ihren Kollegen auf.

»Aber warum?«

»Was weiß ich? Aber irgendwie gefällt mir das ganz und gar nicht.«

»Du meinst, Max hat Gerber umgebracht und dann dreißig Jahre später seinen Bruder?«

»Nein. Ich denke nur daran, was wäre, wenn Herbert Dengler tatsächlich die Wahrheit sagt und nur zum gänzlich falschen Zeitpunkt am falschen Ort war. Was wäre, wenn er seinen Vater nicht umgebracht hat?«

»Ich verstehe dich nicht.«

»Ich verstehe auch nicht viel. Aber irgendwie passt alles nicht zusammen. Ernst Dengler wird von irgendeinem Junkie ermordet? Und sein Neffe bringt daraufhin dessen Bruder, seinen Vater, um, und das so dilettantisch, dass er sich selbst ganz oben auf die Liste der Verdächtigen katapultiert? Und erinnerst du dich? Als du ihm gesagt hast, dass der Mörder seines Vaters einen Fingerabdruck auf dem Schürhaken hinterlassen hat, da war er richtig erleichtert. Ich glaube nicht, dass er das gespielt hat. Wozu? Horndeich, das ist alles nicht rund.«

Der Angesprochene sah seine Chefin an. »Was schlägst du also vor?«

Statt einer Antwort gellte wieder Fenskes Name über den Flur. »Stets zu ...«

»Fenske, wie war das genau mit dem Schürhaken in Max Denglers Wohnung. Den haben Sie doch selbst untersucht.«

»Ja. War ja nur ein lesbarer Abdruck drauf. Der von seinem Sohn.«

»Und warum?«

»Weil ihn vorher jemand abgewischt hat.«

»Hätte nicht die ganze Hand abgebildet sein müssen, wenn Herbert ihn mit dem Schürhaken erschlagen hat?«

»Nein. Den Abdruck haben wir von einem Kunststoffgriffstück, das in den schmiedeeisernen Haken eingelassen wurde. Das Eisen selbst ist zu rau, um gute Abdrücke zu liefern. Nur der Kunststoff taugt.«

»Und könnte es nicht sein, dass der Mörder den Griff abgewischt hat? Und Herbert Denglers Fingerabdruck danach auf dem Kunststoff landete?«

»Klar. Theoretisch schon.«

»Gut, dann machen Sie jetzt Folgendes. Sie haben doch eine ganze Menge Fingerabdrücke in Denglers Wohnung genommen. Vergleichen Sie die bitte mit denen, die wir auf der Mordwaffe von Ernst Dengler gefunden haben.«

»Aye, aye, Sir.« Er salutierte mit militärischem Gruß und verschwand.

»Und was machen wir jetzt?«, wollte Horndeich wissen.

»Du hast dich doch gerade darin versucht, diese Tagebücher zu entziffern. Vielleicht steht drin, was Richard Gerber zum Tode verurteilte. Es muss drinstehen, sonst hätte sich Max kaum die Mühe gemacht, all die Kladden mitzunehmen.«

»Und was machst du?«

Als habe er mit der Frage den Stromstecker gezogen, sank Margot auf den Stuhl. Ihre ganze Energie schien wie abgeschaltet. »Du erinnerst dich, dass ich gestern schon daran gedacht habe, dass die beiden Morde etwas mit den Madonnenkindern zu tun haben könnten. Jetzt stellt sich raus, dass die sich tatsächlich gegenseitig abmetzeln. Wenn es sich wirklich um Morde an den alten Davos-Reisenden handelt, dann ist mein Vater in Gefahr. Ich gehe gleich zu ihm.«

»Worauf wartest du?«

»Darauf, dass der Pudding in meinen Knien verschwindet.«

Margot wollte sich gerade erheben, da hallte ein Pfiff über den Flur. Sekunden später erschien Fenske im Türrahmen. »Sie hatten den richtigen Riecher, werte Kollegin. Der Mörder von Ernst Dengler war in Max Denglers Wohnzimmer. Er hat auf dem Sessel gesessen. Auf der rechten Lehne ist sein Fingerabdruck. Glasklar.«

»Können Sie sagen, von wann der Abdruck stammt?«

»Nein. Aber der Sessel ist nicht abgewischt worden. Da sind viele Abdrücke drauf. Also war er wohl einer derjenigen, die zuletzt auf dem Sessel gesessen haben.«

Margot sah zu Horndeich: »Damit ist Max als Mörder seines Bruders aus dem Rennen«, konstatierte sie. »Wenn deine Zweiflaschentheorie stimmt, müsste Max als zweite Flasche genau die verwendet haben, die ausgerechnet sein eigener zukünftiger Mörder angefasst hat. Zu viel Zufall.«

»Warum habe ich das Gefühl, dass wir irgendwie wieder ganz am Anfang stehen?«, seufzte Horndeich.

»Max?« Sebastian Rossbergs Stimme war ein rostiges Krächzen, als er zuerst nach der Lehne des Esszimmerstuhls tastete und gleich darauf auf die hölzerne Sitzfläche sank. »Kein Zweifel?«

»Nein. Die Fingerabdrücke sind eindeutig. Kein Zweifel.«

Er schwieg, schaute seine Tochter nicht an.

Schweigen. Das war immer seine Waffe gewesen, dachte Margot plötzlich bitter.

»Was sagst du dazu? Du kanntest ihn, er war dein Freund! Kannst du es dir erklären?«

Er glich einer Statue, bewegte sich nicht. Hätte er nicht ab und an dem Reflex nachgegeben, mit den Augen zu blinzeln, sie hätte denken können, das Märchen von Dornröschen habe sich verwirklicht.

Schweigen, Schweigen, Schweigen. Schon immer Taktik in ihrem Leben. Schweigen und Verdrängen. *Stopp*, schalt sie sich selbst. Ihr Vater hatte eben erfahren, dass einer seiner Freunde einen anderen seiner Freunde umgebracht hatte. Und er danach unter ihnen lebte, als sei nichts gewesen. Das Verhalten war ihm also durchaus zuzugestehen.

»Was war das Geheimnis? Was wusste Richard Gerber, was so wertvoll war, dass Max Dengler ihn dafür umbrachte?«

Zuerst dachte sie, ihr Vater würde weinen, doch das Zucken seiner Schultern schien nur anzudeuten, dass er keine Antwort auf ihre Frage hatte.

»Der Mörder von Ernst Dengler kannte auch Max. Er hat in seinem Zimmer gesessen. Wahrscheinlich sogar am Todestag.«

Sie konnte die Peitsche nicht sehen, die ihren Vater traf, sie konnte sie auch nicht hören. Sie sah nur ihre Wirkung. Sebastian Rossberg zuckte zusammen, seine Lippen öffneten sich zu einem lautlosen Schrei.

»Mein Gott, jetzt sprich doch endlich mit mir! Was habt ihr angestellt? Was habt ihr gemacht, dass ihr euch untereinander umbringt und dass jemand euch Verbleibende umbringen will?«

Denn mit einem Mal, ausgelöst durch das in sich Zusammensinken ihres Vaters, schien es ganz klar: Es gab einen Schlüssel zu allen drei Morden. Und er lag in der Geschichte dieses Quartetts.

»Habt ihr Einbrüche begangen? Mädchen vergewaltigt? Euch mit dem KGB angelegt? Oder dem CIA?«

Dann musste sich auch Margot setzen. Denn wenn sie recht hatte, fand ihr Vater wieder freundliche Aufnahme auf der Liste der Verdächtigen. Seine Fingerabdrücke hatte sie nicht überprüft, nachdem er das Erbe so großzügig abgeschlagen hatte. Wenn jedoch beide Morde nichts mit Geld zu tun hatten, der Grund nicht im Hier und Jetzt lag, sondern irgendwann in der Zeit vor 1976 – wenn es eine persönliche Sache war, Rache, Eifersucht, was auch immer –, dann musste sie jetzt aufstehen und gehen. Jetzt. Sofort. Wenn ihr Vater in die Sache verstrickt war, war sie befangen. Und jemand anderes würde den Fall zu Ende bringen.

Schweigen. Dieses bleierne Schweigen.

Sie würde jetzt gehen. Hob die Hand, um sich an der Tischkante abzustützen, wenn sie aufstünde. Ihre Hand ging jedoch eigene Wege, hob sich weiter, höher, als ob ein Marionettenspieler sie am Faden zog.

Viele Fäden waren nötig, um die Finger der Hand zu dirigieren. Sie formten sich zu einer Faust. Dann schnitt jemand die Fäden ab. Die Faust sauste auf den Tisch. Und Margot schrie »Verdammt nochmal, sprich mit mir!«

Schweigen, Teil drei.

»Entschuldige bitte«, sagte sie tonlos.

Sie stand auf. Kraftlos. Wie Pinocchio sich gefühlt haben musste, als er das erste Mal ohne Fäden lief.

»Ich gehe jetzt. Nachher wird ein Kollege von mir kommen. Er wird dich weiter befragen. Ich bin raus aus dem Fall.«

Sie war schon an der Wohnungstür angekommen, als sie seine Stimme hörte, die Worte jedoch nicht verstand.

»... uns verbunden hat.«

Sie drehte sich um, ging zurück ins Esszimmer. Dort saß nicht ihr Vater am Tisch. Es war ein Greis. Ein Greis, der mit seinem Leben abschloss. Sein Blick war stumpf, die Wangen eingefallen, er sah aus, als ob er in den vergangenen Minuten um zwanzig Jahre gealtert wäre.

Er sah auf, auch der Glanz seiner Augen war erloschen.

»Was hast du gesagt?«, fragte Margot.

»Ja, du hast recht, es gibt etwas, was uns vier verbunden hat. Etwas, das schon lange, lange zurückliegt. Und ich habe wirklich geglaubt, wir könnten es ungesühnt mit ins Grab nehmen. Welch' Dummheit. Welch' Irrwitz. Ich Tor.«

Sie setzte sich ihrem Vater wieder gegenüber. Sagte nichts. Sie wusste nicht, ob sie die nun folgende Beichte hören wollte. Und sein Tonfall machte mehr als deutlich, dass es nichts anderes als eine Beichte sein würde. War sie jetzt genug Kommissarin, professionell genug, um zu sagen, dass er, was immer er mitzuteilen habe, es bitte ihren Kollegen erzählen solle? Oder war sie die Tochter, die für ihren Vater da war? Die – ob sie es wollte oder nicht – auch einen kleinen Triumph verspürte, dass sich ihr Vater doch an sie wandte, das Schweigen brechen würde?

Während die Zahnräder in ihrem Gehirn auf Hochtouren liefen, erzählte ihr Vater weiter.

»Es war vor dreiundfünfzig Jahren. Etwas mehr.«

Margot rechnete blitzschnell nach. 1951. »Davos.« Die Madonnenkinder. Hatte sie ihr Bauchgefühl doch nicht getrogen.

»Ja, Davos. Es war eine fantastische Zeit. Heute kaum mehr vorstellbar, was es für uns bedeutete. Flucht aus den Ruinen, die wir besonders als solche erlebten, nachdem wir zurückgekehrt waren. Es geschah in der vorletzten Woche unseres Aufenthalts. Aus uns vier Fremden waren inzwischen vier Freunde geworden. Wie schnell so etwas geht, wenn man Kind ist. Kinder ...«

Er pausierte kurz. Margot verwarf den Gedanken, aufzustehen und seine Geschichte nicht anzuhören. Sie war jetzt ganz Tochter. Und neugierig obendrein.

»Es war der letzte Abend, an dem wir Kinder waren. Wir wollten ein Abenteuer erleben. Unten am See lagen immer ein paar Ruderboote. Nicht angekettet, nicht angeschlossen. Sie lagen einfach kieloben am Strand. Wir hatten sie Tage zuvor schon inspiziert. Unter den Booten lagen die Ruder. Was also sprach dagegen, sich die Boote auszuleihen? Der 20. Juni 1951. Es war Vollmond. Keine Wolke am Himmel. Die rechte Zeit für einen Abenteuerausflug. Wir sind aus dem Fenster geklettert und zum Ufer gehuscht. Und da stand sie.«

Wieder pausierte er.

»Wer?«

»Die Marie, *›'s Schdeeb Marriesche‹*. Hannelore hat ja vorgestern von ihr erzählt.«

»Du meinst das Mädchen, das ertrunken ist?«

»Ja. Unser aller Schwarm. Da hat Hannelore schon recht gehabt. Marie war etwas älter als wir, ein bisschen dünn, aber die Schönste von allen. Keiner von den Jungs, der sie in den Wochen zuvor nicht bewundert hätte. Besonders wir vier. Aber sie war sehr zurückhaltend, ganz in sich gekehrt, hat keinen auch nur angelächelt. Und da stand sie nun, in einem wollenen Nachthemd. Sie war mindestens so erstaunt, uns zu sehen, wie umgekehrt. Auf unsere Frage, was sie denn hier mache, meinte sie, sie ginge öfters nachts an den See, wenn sie nicht schlafen könne. Und sie fragte uns, was wir hier suchen würden. Mein Gott waren wir schüchtern.«

Er war wirklich verliebt gewesen, dachte Margot.

Mit jedem Moment, den er schilderte, kam wieder ein wenig Leben in ihn zurück.

»Max fasste als Erster Mut, erzählte ihr, was wir vorhatten, bat sie, uns nicht zu verpfeifen. Was blöd war, denn wir hätten ja dasselbe tun können. Max war es auch, der sich traute, sie zu fragen, ob sie nicht mitkommen wolle. Zu unser aller Überraschung willigte sie ein – die Prinzessin ließ sich herab, mit dem gemeinen Volk zu reisen. Wir nahmen uns eines der Boote, ließen es zu Wasser, stiegen ein. Theoretisch hätten wir auch zwei Boote nehmen können. Aber wer hätte dann das Privileg gehabt, mit ihr im Boot zu sitzen? Der Kahn war eher eine Nussschale und hing ziemlich tief im Wasser. Richard ruderte. Marie saß neben mir. Wir sprachen nicht viel. Sahen die Dame unseres Herzens nur an. Sie muss sich vorgekommen sein wie eine Schaufensterpuppe. Es war hochromantisch, und jeder von uns vieren hat sich wohl vorgestellt, wie noch viel romantischer es gewesen wäre, mit ihr allein über den See zu rudern. Ausschließlich zu rudern – ich zumindest war in meinen Gedanken damals so unschuldig. So fuhren wir vielleicht eine Viertelstunde oder zwanzig Minuten. Max saß am Ruder, wir waren schon nicht mehr weit vom Ufer entfernt. Dann passierte es.«

Wieder stockte ihr Vater, und Margot fürchtete, er würde nicht mehr weitersprechen. Doch wenige Sekunden später fuhr er fort.

»Ihr Kopf sank an meine Schulter. Für wenige Sekunden war ich im siebten Himmel. Ich glaube, ich schloss die Augen. Denn ich kann mich nicht erinnern, auch nur einen neidischen Blick gesehen zu haben. Und dann merkte ich, dass Marie nicht atmete. Ich hielt ihr die Hand unter die Nase. Nichts. Dann fühlte ich ihren Puls am Handgelenk. Doch der war nicht zu spüren. Ich tastete nach der Halsschlagader. Nichts. Marie Steeb war tot. Gestorben. Einfach so. Neben vier Jungs in einem Boot. Mitten auf dem Davoser See.«

»Warum?«

»Warumwarumwarum – weiß der Teufel, warum! Er ist wahrscheinlich der *Einzige*, der das weiß. Denn er begann jetzt ein perverses Spiel mit unser aller Seelen. Nach mir fühlte Max den Puls. Nichts. Dann wollte er den Herzschlag ertasten. Zuerst traute er sich nicht, ihr direkt an den Busen zu fassen, ignorierte dann aber seine Bedenken. Und wir alle – und gewiss auch er – wären froh gewesen, wenn sie ihm eine Ohrfeige verpasst hätte. Ebenfalls Fehlanzeige. Und auch der Atem setzte nicht mehr ein. Die nächsten dreißig Sekunden saßen wir wie versteinert da. Dann begann Max die Nerven zu verlieren. Er begann zu kreischen: ›Was sollen wir machen, was machen wir jetzt bloß, was um Himmels willen sollen wir tun?‹ Kurz diskutierten wir. Wir könnten einfach weiterrudern und sie an den Strand legen. ›Und wenn uns dabei jemand beobachtet? Jeder würde doch glauben, wir hätten sie umgebracht!‹ Max war kurz davor, hysterisch zu werden, aber er hatte recht mit seiner Überlegung. ›Oder sie würden noch Schlimmeres denken‹, sagte

Richard. Wir wussten damals nicht, was eine Vergewaltigung ist. Aber sehr wohl, dass es diese ›schlimmeren Dinge‹ gab. Und Max, der hatte es schon mehrfach gewagt, sie am Zopf zu ziehen. Kurzum, jetzt bekamen wir alle Panik, schrien wild durcheinander. Während an meiner Schulter immer noch ein totes Mädchen lehnte. Richard ohrfeigte Marie, aber sie blieb tot. Max schlug vor, sie über Bord zu werfen. Nichts könnte sie wieder lebendig machen. Seine Stimme überschlug sich. Wir sahen einander an. ›Wir kommen alle in den Knast!‹, kreischte Max weiter und sprach damit aus, was wir alle dachten. Wir sahen uns in die Augen. Und sahen keinen anderen Ausweg. Das Mädchen war tot, und nichts und niemand würde sie wieder lebendig machen. Nichts. Wir ließen sie auf den Boden des Bootes gleiten, ein kleines Kunststück, wollten wir nicht alle ins Wasser fallen. Dann nahm Ernst sie an den Beinen. Ich zerrte an einem Arm, Richard am anderen. Das Boot wäre fast gekentert. Doch wir schafften es, sie in den See zu werfen. Ein Schwall Wasser schwappte herein, wir wurden alle patschnass. Aber das Boot kenterte nicht.«

Ihr Vater redete immer schneller. Als wolle er fertig werden, bevor er den Mut verlöre. Und als wolle er die Geschichte ausspucken, um sie damit loszuwerden.

»Marie tauchte unter, wir sahen ihr nach. Das Weiß ihres Hemds, es war noch nicht verschwunden, da hatte ich den Eindruck, es würde wieder deutlicher zu sehen sein. Das Wasser brodelte, und Sekunden später schoss Maries Kopf aus dem Wasser nach oben. Wir alle schrien auf, kreischten, wichen zurück und hätten das Boot fast wieder zum Kentern gebracht. Maries Hände klammerten sich am Bootsrand fest, der Kahn neigte sich, wieder lief Wasser hinein. Richard und ich, mein Gott, ich schwöre es dir, Margot, wir beide versuchten, das Mädchen ins Boot zu ziehen. Und erreichten nur, dass immer mehr Wasser hineinlief. Da schrie Max auf, dass er nicht schwimmen könne. Also ließen wir sie los. Und

Maries Kopf tauchte wieder unter Wasser, nur ihre Hände umklammerten den Bootsrand, der sich knapp über der Wasseroberfläche hielt.«

Margot griff nach der Hand ihres Vaters, aber er erwiderte ihren Druck kaum. Sie spürte, wie er diese schrecklichen Augenblicke durchlebte. Das beste 3-D-Kino lieferten einem immer noch die Albträume aus der Vergangenheit.

»Max wimmerte weiter, ›Ich kann nicht schwimmen, ich kann nicht schwimmen.‹ Ernst sah seinen Bruder an, dann löste er Maries rechte Hand vom Bootsrand. Dann die linke. Und Marie hat nicht noch einmal nachgefasst. Sie verschwand einfach. Und weder ich noch Richard sprangen hinterher. Wir waren beide gute Schwimmer, sehr gute Schwimmer. In unter fünf Minuten quer durch den Woog. Aber wir sprangen nicht. Und ein paar Sekunden später war es ohnehin zu spät. Keiner von uns sagte ein Wort. Nach einer Ewigkeit griffen ich und Richard zu den Rudern, und wir fuhren ans Ufer zurück. Wir zogen das Boot an Land. Drehten es um, legten es wieder an seinen Platz. Dann ließen wir uns ins Gras fallen. Es war nicht daran zu denken, sich jetzt in die Betten zu legen. Ernst sprach zuerst. Aber nicht mit uns, sondern zu sich selbst. Er murmelte: ›Ich habe sie umgebracht.‹ ›Quatsch‹, meinten Richard und ich. ›Ja, das hast du‹, meinte Max. Wir trauten unseren Ohren kaum. Ich erwiderte, das sei doch völliger Blödsinn, ich hätte schließlich hinterherspringen können. Richard auch. Und Ernst sagte, Max habe schließlich den Puls nicht richtig gefühlt. ›Und Sebastian auch nicht.‹ So ging es los, dass wir uns gegenseitig die Schuld gaben. Besonders ich und Max. Ernst brabbelte weiter in seinen Bart. Und irgendwann zischte Richard, wir sollten verdammt nochmal aufhören. Entweder hätte keiner von uns Schuld – oder aber wir alle zu gleichen Teilen. Max widersprach nicht. Keiner von uns. Und so saßen wir noch fünf Minuten im Mondlicht. Bis Richard als Erster aufstand und zurückging. Und wir ihm folgten. Bezeichnenderweise war es Max, der dann sofort einschlief und laut schnarchte.«

Nun erwiderte Sebastian Margots Händedruck.

»Am nächsten Morgen herrschte Chaos im Haus. Polizei tauchte auf, nachdem Maries Zimmernachbarin zugegeben hatte, dass Marie nachts immer mal wieder an den See gegangen war. Sie befragten alle Kinder, ob ihnen etwas aufgefallen sei. Natürlich auch uns. Da gerade die kleineren Kinder weinten oder ganz aufgekratzt waren, fiel niemandem auf, dass wir auch völlig neben der Spur waren. Später am Vormittag kamen die Taucher. Sie fanden Marie am nächsten Tag. Und schon am Abend kam die Nachricht, dass die Obduktion ergeben habe, dass Marie nicht ermordet worden war, sondern ertrunken sei. Sie sei wohl nachts schwimmen gegangen und habe einen Schwächeanfall erlitten, so die offizielle Variante. Warum sie allerdings mit Nachthemd ins Wasser gestiegen sei, konnte auch niemand erklären. Wir haben uns damals geschworen, niemals mit jemandem darüber zu sprechen. Es war wieder Richard, der es auf den Punkt brachte: Entweder wir wären Freunde, Freunde fürs Leben, dann würden wir Maries Geheimnis für uns bewahren. Ein Leben lang. Oder wir sollten zur Polizei gehen; jetzt und hier. Dann gaben wir uns einen Blutschwur, immer füreinander einzustehen. Und nie wieder ein Wort über Marie zu verlieren. Wir ritzten uns mit einem Messer und legten die blutenden Finger aneinander.«

Tränen standen in Sebastian Rossbergs Gesicht, an der Reeling, bereit, die Wangen hinabzukullern. Margot löste ihre Hand aus der ihres Vaters, stand auf und ging zur Tür. Sie lehnte sich gegen den Türrahmen. »Und? Habt ihr euch an den Schwur gehalten?«

Rossberg schüttelte den Kopf. »Nein. Richard hat mit mir gesprochen. Bevor er nach Berlin ging. Ernst auch. An dem Tag, an dem er mit mir darüber sprach, sein Testament zu ändern. Er sagte, Max habe ihn erpresst. Seit fast vierzig Jahren. Als Ernst das erste Mal merkte, dass sein Bruder kein begnadeter PR- und Werbemensch war, sondern Ernsts Geld regelmäßig in den Sand setzte, wollte er ihm keine Aufträge mehr geben. Max konterte, wenn die Sache mit Marie herauskäme, dann sei seine Firma erledigt. Und er, Ernst, der große Unterstützer des Kinderschutzbundes und des DLRG, ebenfalls. Ernst erzählte mir, er habe erwidert, sie hätten Marie ja wohl zu viert auf dem Gewissen. Das sehe er ganz anders, erklärte Max daraufhin. Ernst habe doch ihre Hände vom Boot gelöst. Richard und ich hätten ihm geholfen, sie ins Wasser zu werfen. Keiner von uns dreien, die wir schwimmen konnten, wäre ihr hinterhergesprungen und hätte auch nur einen Versuch gemacht, sie zu retten. Und sie damit getötet. Er, Max, habe uns doch die ganze Zeit zugerufen, wir sollten springen. Er selbst konnte doch nicht schwimmen und sie retten – oder etwa nicht?«

»Und Ernst hat dafür jahrelang bezahlt?«

»Nicht nur er. Ich auch. Wenn auch nicht solche Summen. Aber hier mal eine kostenfreie Beratung, da mal die Ausarbeitung eines Vertrags. Auch mir kommt es jetzt erstaunlich vor, aber Max hat ein unglaubliches Gespür dafür besessen, wie weit er gehen konnte. Und bei Ernst konnte er sehr weit gehen. Ernst war der, der mit seinen Schuldgefühlen am wenigsten zurechtkam. Das war wohl seine Art zu büßen für das, was er getan hatte. Ich weiß es auch nicht genau.«

»Und hat Max Richard auch erpresst?«

»Ich weiß es nicht. Aber Ernst hat Max alles heimgezahlt. Als er wusste, dass er Krebs hatte und daran sterben würde, rächte er sich auf seine Weise an seinem Bruder. Er ließ sich nicht mehr erpressen. Und nahm ihm wieder eine Frau weg. Und er wollte ihn enterben.«

»Ja. Ich weiß«, meinte Margot. Kurz hielt sie inne, deutete mit dem Zeigefinger in eine unbestimmte Richtung, bevor sie dozierte. »Wenn Ernst *Tabula rasa* gemacht hat, meinst du nicht, dass er diese Geschichte, die sein Leben so belastet hat, noch anderen erzählte? Vielleicht jemandem aus Maries Familie? Hatte Marie denn noch Familie, Bruder, Schwester – jemanden, der vielleicht ihren Tod hätte rächen wollen?«

»Ich weiß es nicht. Keine Ahnung. Marie kam nicht aus Darmstadt.«

»Aber es kann sein?«

Rossberg zuckte die Achseln. »Ich weiß es nicht.«

Margot ging zum Tisch zurück, stellte sich hinter ihren Vater, legte die Hände auf seine Schultern. »Papa, bleib bitte hier, geh nicht raus ...«

»... und lass den bösen Wolf und die böse Königin nicht rein?« Kehrte da etwa der Humor zurück? Oder nur der Sarkasmus?

»Ich meine es ganz ernst, Papa. Wenn es eine solche Person gibt, dann bist du in Gefahr. Wenn wirklich jemand Max und Ernst aus diesem Grunde umgebracht hat, dann bist du der Nächste auf der Liste. Hast du die Adresse von Marie Steeb noch?«

»Ncin. Aber Rainer hat sie.«

»Rainer?«

»Ja, Rainer. Er hat mich sehr unterstützt, als ich ihn auf das Madonnentreffen angesprochen habe. Er hat viel organisiert. Und auch das mit den Adressen gemanagt. Ich versteh wirklich nicht, weshalb ihr beide nicht ...«

»... nicht jetzt. Über Rainer können wir reden, wenn ich den Mörder von Max und Ernst gefasst habe. Aber du bleibst hier, bitte. Ich rufe dich heute Abend an. Vielleicht können wir ja gemeinsam zum Feuerwerk gehen?« Das traditionelle Feuerwerk beendete jedes Jahr das Heinerfest.

»Ja. Vielleicht.« Wieder wirkte ihr Vater seltsam abweisend. Wie dem auch immer sei, sie würde versuchen, etwas über Marie Steeb herauszufinden. Wenn sie ihr Gefühl auch jetzt nicht trog, dann lag bei Marie Steeb der Schlüssel zu den beiden Morden. Wahrscheinlich zu allen dreien. Margot küsste ihren Vater auf die Wange, dann verließ sie die Wohnung. Noch an der Haustür rief sie zurück: »Aber du bleibst hier?«

Ihr Vater antwortete nicht. Aber sie konnte sich kaum vorstellen, dass ihm momentan danach war, die Wohnung zu verlassen.

Auf der Straße vor ihres Vaters Haus fiel ihr wieder das Schild des »Pueblo« auf. War ein schöner Abend mit Rainer gewesen. Aber es gab ja offensichtlich eine andere in seinem Leben, die scheinbar ihren Sohn gleich mit adoptieren würde. Ihr Timing war so etwas von dem bösen Wort, das mit »besch…« anfing … Egal. Jetzt benötigte sie Marie Steebs Adresse.

Sie durchforstete ihr Handy nach Rainers Handynummer, wurde fündig und rief ihn an. Beim dritten Klingeln antwortete er. »Hallo, Margot, das ist ja schön, dass du anrufst!«

Vernahm sie etwa echte Freude in seiner Stimme? Heuchler! »Ich brauche die Adresse von Marie Steeb.«

»Von wem?«

»Eines dieser Madonnenkinder. 1951. Mein Vater sagte, du hättest die Adressen.«

Seine Stimme wurde von einem zum anderen Moment sehr ernst. »Ja, ich habe die Adressen. Muss ich in meinem Laptop nachschauen. Kann ich dich in zwei Minuten zurückrufen?«

»Ja.« Dann legte sie auf. Sie setzte sich ins Auto. Wartete auf das Klingeln des Handys. Ben und Rainer. Wie hatte ihr Sohn ihn kennengelernt? Die Frage beschäftigte ihr Unterbewusstsein schon lange. Denn es war ihr heute früh klar geworden, dass sich die beiden schon länger kennen mussten. Und nur vor diesem Hintergrund machte auch ihre Vertrautheit am ersten Abend einen Sinn. Aber wann und wo hatten sie sich getroffen? Vielleicht wusste ihr Vater in dieser Beziehung auch mehr, als er bislang hatte verlauten lassen …

Ihr Handy klingelte.

»Ich habe eine Adresse eines Hofes in Reinheim. Da war sie damals gemeldet.«

»Moment, ich muss mir gerade einen Kuli greifen«, meinte Margot und fing an, mit der rechten Hand im Handschuhfach zu wühlen.

»Lass nur, ich schicke dir die Adresse gleich per SMS. Wozu brauchst du die denn?«

»Danke. Betriebsgeheimnis.« Und schon hatte sie aufgelegt. Kein Small Talk. Konnte er mit Evi haben. Mist, warum machte ihr das jetzt doch so viel aus?

Das Handy piepte. Die SMS. *Bunsenhof in Reinheim. Ich habe keine Straße. Lieben Gruß Rainer.* Kaum legte sie den mobilen Helfer zur Seite, klingelte er erneut. Was wollte dieser Mann denn noch von ihr? Sie startete den Motor und griff gleichzeitig nach dem akustischen Quälgeist. »Was ist denn noch?«, blaffte sie.

»Äh, Margot?«

Horndeich. »Ooops, 'tschuldige, ich dachte, du seist – egal. Was gibts?«

»Ich habe mein Diplom in Ärztehandschriftlesen bestanden. Aber es wird dir nicht gefallen, was ich gelesen habe.«

»Davos?«

»Ja. Also, wie soll ich es sagen, du lagst nicht ganz falsch mit deiner Vermutung, dass das Davos-Quartett wirklich ein Geheimnis hat. Sozusagen.«

»Sie haben Marie Steeb ertrinken lassen. Ich weiß, ich habe gerade mit meinem Vater gesprochen.«

»Oh. Gut. Dann … dann haben wir ja jetzt wieder den gleichen Wissensstand.«

»Ja. Was da aber sicher nicht drinsteht, ist, dass Max Dengler seinen Bruder und auch meinen Vater erpresst hat. Er zeigte mit dem Finger auf ihre Schuld – und es hat tatsächlich geklappt. Pass auf, du könntest noch deinen Doktortitel in Ärzteschriftlesen machen. Vielleicht findest du was über Marie Steeb raus. Oder vielleicht das, womit Richard Gerber Max Dengler erpresst haben könnte. Irgendwo dadrin muss der Grund stehen, wegen dem Richard sterben musste. Und ich bin fast sicher, dass er etwas mit Marie Steeb zu tun hat.«

»O. k. Hatte sowieso nichts anderes vor …«

»Ich fahre nach Reinheim. Da hat Marie vor ihrem Tod gewohnt. Vielleicht finde ich ja da noch etwas heraus.«

»O. k. Viel Glück.«

»Danke.«

Sie lenkte den Wagen aus der Parkbucht auf die Straße. U-Turn. Und nach rechts, die Pützerstraße hinab. Auf dem Parkplatz vor sich sah sie wieder die Wildwasserbahn. Als sie auf der Linksabbiegerspur an der Kreuzung zur Landgraf-Georg-Straße stand, sah sie die Schlange der Menschen, die darauf warteten, mit großem Kick nass gespritzt zu werden. Als die Ampel auf Gelb schaltete, dachte sie kurz, ob es sie reizen würde, an diesem Gerüst nach oben zu klettern. Die Antwort war ein definitives Nein. Geschichte. Vielleicht sollte sie einfach einen Tanzkurs besuchen. Eine echte Alternative zum Bergsteigen.

Die Sonne linste zwischen den Wolken hervor, als sie auf die B26 auffuhr. *Highway to Hell.* Schade, dass die Dienstwagen der Polizei keinen CD-Spieler beherbergten.

Sie nahm die Abfahrt nach Reinheim, fuhr auf die B38 nach Osten. Die Sonne tauchte die Hügel des vorderen Odenwalds in sanftes Licht. Die Sicht war fantastisch. Es war schon lange her, dass sie hier mit dem Fahrrad entlanggefahren war. Mit Rainer. Vor acht Jahren. Ben war bei ihrem Vater gwesen, und sie beide waren mit Gepäcktaschen am Rad durch den Odenwald bis zum Neckar geradelt. Sie konnte verstehen, dass Menschen von außerhalb hier Urlaub machten.

Sie fuhr zu schnell. Hier war nur siebzig erlaubt, ohne eine Eins davor. Als sie mit hundertzehn die Hügelkuppe erreichte, musste sie bremsen. Vor ihr ein Laster, der kaum schneller als fünfzig fuhr. Ein Modell, dem man den TÜV auf den Hals hetzen sollte.

Sie fuhr nah auf, konnte das Schild entziffern, das auf der Lade des Anhängers klebte. »Solange man Äpfel noch nicht per E-Mail versenden kann, werden wir uns diese Straße teilen müssen.«

Margot konnte sich ein Schmunzeln nicht verkneifen. Wo sie recht hatten, hatten sie recht. Das Schmunzeln verging ihr, denn jetzt kroch sie die verbleibenden vier Kilometer bis Spachbrücken mit fünfzig hinter dem Gespann her. Dreißig innerhalb des kleinen Ortes vor Reinheim. Dann wenigstens wieder fünfzig bis Reinheim. Im Ort angekommen, fuhr sie rechts in die Haltebucht für Busse. Gab den Namen des Hofs in das Navigationssystem ein. Und siehe da, das Gerät kannte tatsächlich den Bunsenhof. »Nach fünfzig Metern rechts abbiegen«, hauchte die Stimme aus den Lautsprechern. Wie sieht sie wohl aus, die Frau hinter der Stimme, dachte Margot. Und gleich darauf: Gibts das Navi auch in *Bruce Willis*? Ihre gute Laune kehrte zurück. Weil sie auf einer heißen Spur war. Und weil Rainer doch machen sollte, was er wollte.

Das Navi lotste sie wieder kurvenreich aus Reinheim hinaus. Die Straße war nun kaum mehr als ein asphaltierter Feldweg. »Nach zweihundert Metern haben Sie Ihr Ziel erreicht.«

Umgeben von Feldern lag ein Gehöft. Ein großes Haupthaus, Ställe, ein Gewächshaus – ein klassischer landwirtschaftlicher Betrieb. Sie fuhr auf den Hof, der von den Gebäuden U-förmig umrahmt wurde. Ein junger Mann kam aus den Stallungen auf sie zu, als sie aus dem Wagen stieg.

»Hesgart, Kripo Darmstadt«, stellte sich Margot vor, hielt dem Mann die Dienstmarke unter die Nase.

»Dürfte ich die mal sehen?«, grinste der Jüngling. Er mochte vielleicht zwanzig Jahre alt sein, an der Stufe vom Jugendlichen zum Mann. Wobei Jugendlicher derzeit noch überwog. Margot reichte ihm die Marke.

Er betrachtete nicht etwa die Vorder- und Rückseite, sondern den Rand. »Einigkeit und Recht und Freiheit – o. k., Sie sind echt.«

Margot konnte sich ein Grinsen nicht verkneifen. »Woher wissen Sie denn das?«

»An der Schule war mal einer Ihrer Kollegen. Nachwuchswerbung oder so was in der Richtung. Ich hab ihn gefragt, ob nicht jeder Hinz und Kunz sich so eine Marke machen könne. Woran ich sähe, dass sie echt sei. Und er gab mir seine und sagte, klar, Vorder- und Rückseite zu fälschen, das sei kein Problem. Aber am Rand seien die ersten fünf Worte der deutschen Nationalhymne eingraviert ... Ich heiße Jens Richter. Was kann ich für Sie tun? Hat eine unserer Kühe etwas geklaut?«

Der junge Mann war ihr sympathisch. »Nein, wir haben den Täterkreis inzwischen auf Schafe eingrenzen können. Im Ernst – sagt Ihnen der Name Marie Steeb etwas? Sie hat vor mehr als fünfzig Jahren hier gewohnt.«

»Keine Ahnung. Das war mehr als dreißig Jahre vor meiner Zeit. Aber ich bringe Sie zu meinem Großvater, der kann Ihnen dazu bestimmt was sagen. Ist sie ermordet worden?«

»Nein. Nicht direkt.«

Jens Richter führte Margot durchs Haupthaus, um sie durch die Wohnstube wieder ins Freie zu führen. Jens' Großvater saß auf einer Bank in der Sonne.

»Opa, da ist eine Frau von der Polizei, die will was wissen über ... über ...«

»Hesgart mein Name, Kripo Darmstadt. Auf diesem Hof hat früher einmal eine gewisse Marie Steeb gewohnt.«

Der Mann war gewiss schon über achtzig. Er bedachte Margot mit einem kritischen Blick. Betrachtete dann seinen Enkel.

»Lass mal, Opa, die ist o. k.«, sagte der, dann verschwand er in den Wohnraum.

»Wenn mein Enkel sagt, Sie sind o. k., dann ist dem wohl so. Setzen Sie sich bitte. Ich heiße Adolf Richter.« Seine Stimme war fest, hätte eher zu einem Sohn von ihm gepasst als zu ihm selbst.

Margot sah sich um. Weit und breit kein Stuhl. Nur die Bank. Nun denn. Sie ließ sich neben dem Alten nieder.

»Marie Steeb, hat sie hier gewohnt?«, kam Margot zum Grund ihres Besuchs.

Der Alte nickte. »Ja. Sie hat hier gewohnt. Wieso wollen Sie das wissen?«

»Ich ermittle in einem Mordfall. Und es sieht so aus, als spiele Marie darin eine gewisse Rolle. Lebte sie mit ihrer Familie hier?«

Der Alte lachte auf, und die Bitterkeit schien sie kurz wie eine Wolke zu umgeben. »Familie? Nein. Da hat der Tommy gründlich für gesorgt, dass sie *keine* Familie mehr hatte. Alle verbrannt. Sie wissen, was ich meine?«

Ja. Seit den beiden Abenden des Madonnentreffens, die sie besucht hatte, wusste sie, was er meinte. »Die Brandnacht.«

»Ja. Die *Brandnacht.* Der Tommy hat sie alle niedergemacht. Ihren Vater, Hermann. Ihre Mutter, Ines. Ihren Bruder, Hans-Georg. Der war damals zehn. Ihre Schwester, Hanna. Zwölf. Und Siegfried, das Nesthäkchen. Geboren zehn Monate zuvor. Gegrillt.«

Sein Blick war in die Ferne gerichtet, wobei die Entfernung, die er fokussierte, nicht in Metern, sondern nur in Jahren zu messen war. »Nein, als Marie Steeb hierherkam, da hatte sie gewiss keine Familie mehr.«

»Wie kam sie denn zu Ihnen? Ich meine, wenn sie keine Familie mehr hatte?«

»Ich selbst hatte Familie in Darmstadt. Meine Tante und ihr Mann wohnten damals in der Ochsengasse. Altstadt. Gibts heute nicht mehr. Hat der Tommy auch ausradiert. Die Stadt. Und meine Tante. Sie lag eingeklemmt unter einem Balken. Der fing Feuer. Und ihr Sohn, mein Cousin, er hatte zwei Möglichkeiten: um sein Leben zu rennen oder neben seiner Mutter zu verbrennen. Er wählte die Mitte. Er versuchte, sie zu retten. Und erst als das Feuer ihren Körper erfasste, da rannte er um sein Leben. Ein Taschentuch vor der Nase – ich langweile Sie nicht?«

Krieg. Sie hatte es nie erleben müssen. Und erst seit den vergangenen Tagen begriff sie, was es bedeutete, davon verschont zu sein. All die Bilder vom Madonnentreffen tauchten wieder vor ihrem geistigen Auge auf. Und besonders das Bild, das im Büro von Gerhard Zitz hing. Das ausdruckslose Gesicht des kleinen Mädchens vor den Trümmern der Stadt. Als sei ihr Lächeln ein für alle Mal aus ihrem Gesicht radiert. »Nein, Sie langweilen mich nicht.«

»Mein Cousin, er flüchtete durch die Stadt. Hitze, Funken, Feuer, Chaos. Dann fasste er einen Entschluss. Er musste zum Herrngarten. Viel freies Land, wenig, was brennen konnte. Am Schloss entlang, nach rechts, Richtung Landesmuseum. Landete in der Schleiermacherstraße, westlich des Museums. Hörte die Schreie aus dem Keller. Den Namen Marie. Er konnte später nicht erklären, wieso er den Rufen folgte. Ich habe ihn oft gefragt. Aber er hatte keine Antwort darauf. Da, wo heute das Hotel ›Goldner Hirsch‹ steht – Sie kennen das Hotel?«

»Ja, ich kenne es.« Zitz' Hotel.

»Das Haus brannte wie eine Fackel. Volltreffer. Alle Zugänge zum Keller dicht. Und durch die Fenster des Kellers hörte er die Schreie. Ein Balken lag auf dem Boden. Er rammte das gusseiserne Gitter des Kellerfensters, das das Haus vor Einbrechern schützen sollte und das den Bewohnern den Ausweg versperrte. Das Gitter krachte nicht nach innen, aber mein Cousin riss ein kleines Loch hinein. Zu eng für die Erwachsenen, aber sie passte hindurch. Marie. Hatte fürchterliche Schnittwunden. Mein Cousin zerrte sie durch den Schlitz. Das Letzte, was er hörte, bevor das Haus zusammenstürzte, war das Danke der Mutter. Mein Cousin trug sie durch die Hölle in den Herrngarten. Sie war gerade neun Jahre alt. Mein Cousin dreizehn. Er war ein Held. Ein wirklicher Held.«

»Und wann kam Marie Steeb zu Ihnen?«

»Als es kalt wurde. Gege, mein Cousin, er versuchte, sie beide allein durchzubringen. Hoffnungslos. Sie schliefen in Trümmern und hatten kaum was zu essen. Er machte das einzig Richtige. Er wusste, dass es irgendwo in der Nähe von Reinheim einen Onkel gab – meinen Vater. Und so landeten Gege und Marie hier.«

»Ihr Vater nahm sie auf?«

»Ja. Er war nicht begeistert. Hatte wenig Kontakt zu seiner Schwester. Und nach der Brandnacht gab es kaum einen Ort, in dem nicht Ausgebombte Zuflucht suchten. Aber ja, er nahm sie auf. Und sie halfen auf dem Hof. Je älter Gege wurde, desto mehr zeigte er seine Qualitäten als Geschäftsmann. Handelte in Darmstadt. Illegal, aber geschickt. Hatte bald ein Moped, fuhr früh in die Stadt und kam abends mit Geld zurück. Unglaublich. Und gab immer etwas an die Ausgebombten. Eisern. Fünfzig Prozent für sich und uns. Und fünfzig Prozent für die, die alles verloren hatten. So war er.«

»Wenn Marie keine Familie mehr hatte ... Gab es vielleicht Freunde oder irgendjemand, der Marie besonders nahestand?«

Obwohl seine Lippen immer noch einen Strich bildeten, wenn er den Mund geschlossen hielt, meinte Margot, ein Lächeln wahrzunehmen.

»Es gab einen einzigen Menschen, der Marie geliebt hat. Er war ein Raubein, aber er hat sie wirklich geliebt. Niemand hat Marie so geliebt wie Gege. Mein Vater, er hat ihn geduldet und Marie – nun, Gege hat für sie bezahlt. Die Zeiten waren nicht rosig damals, wahrlich nicht. Aber Gege hat seinen Mann gestanden. Er hat für sich und Marie gesorgt. Wenn Marie ein wenig älter gewesen wäre, die beiden hätten sicher irgendwann geheiratet. Und die Marie hätte auch keinen Besseren als Gege kriegen können. So, wie der sie geliebt hat – da fing man an, an Romantik zu glauben. Sogar so jemand wie ich. Und sogar in solchen Zeiten. Ich hab nie jemanden gesehen, der jemanden so geliebt hat, wie der Gege seine Marie. Aber dann starb sie.«

»Was wissen Sie darüber?«

»Ach, Frau Hesgart, das ist eine traurige Geschichte. Sie wurde immer schwächer. Sie war ja nie kräftig, aber da wurde sie wirklich dürr. Gege zahlte die Ärzte, aber es nützte nichts. Klimaveränderung, sagte der letzte Arzt. Und schickte sie nach Davos. Dort ist sie ertrunken. Sie, die nicht mal richtig schwimmen konnte. Alles sehr seltsam gewesen, angeblich soll sie im Nachthemd schwimmen gegangen sein. Und Gege – für meinen Cousin Gerhard war es das Ende. Er hat ihren Tod nie überwunden.«

»Gege *heißt* Gerhard?«

»Gege, wir nannten ihn so, weil er Gerhard Georg hieß. Gerhard Georg Zitz. Meine Tante hat ja damals den Hans Zitz geheiratet.«

»Scheiße«, entfuhr es Margot. »Gerhard Zitz war der … der …«

»Er war Maries Retter, Vater, Bruder – und er wäre sicher irgendwann ihr Mann geworden. Ein guter Mann.«

»Haben Sie ein Foto von Marie?«

»Ja, kann ich Ihnen zeigen.«

Der Alte erhob sich. Der Stock half, und er führte Margot in die Wohnstube. Neben dem Türrahmen hing ein Bild. Sie hatte es nicht sehen können, als Jens Richter sie durch den Raum geführt hatte, da das Bild hinter ihrem Rücken gehangen hatte. Jetzt, da sie durch die gegenüberliegende Terrassentür eintrat, stach es ihr ins Auge. Ein Mädchengesicht. Ausdruckslos. Und im Hintergrund die Ruinen Darmstadts. Sie kannte das Bild. Es hing ja in Gerhard Zitz' Büro. Wenn auch nicht so vergilbt.

»Nimm ihn fest. Und vergleiche die Fingerabdrücke mit denen auf der Bierflasche und auf Max Denglers Wohnzimmersessel. Ich komme direkt ins Präsidium.«

Horndeich nickte, wie Margot glaubte, über das Handy zu hören. Einerlei. Hauptsache, er beeilte sich. Denn wenn Zitz der Täter war, würde er erst Ruhe geben, wenn er auch ihren Vater umgebracht hätte. Den vierten Mörder von Marie Steeb. Sie wusste nicht, weshalb Gerhard Zitz ausgerechnet jetzt seinen Rachefeldzug startete. Doch das war eine akademische Frage, und die konnte später gelöst werden. Jetzt galt es, ihren Vater aus der Schusslinie zu bringen.

Sie schaltete das Blaulicht ein, zwängte sich auf der B38 an Lastern und Smarts vorbei. Auf der ausgebauten B26 konnte sie Strecke gutmachen. Der Vectra war wenigstens anständig motorisiert. Linke Spur. Hundertachtzig. Geht doch. In der Stadt mit siebzig. Und ab der Pützerstraße wieder Heinerfest. Na fein. Tausend Meter durch die Menschenmenge. Sie ließ die Hörner tuten, damit sie wenigstens mit fünfzehn Stundenkilometern anstatt mit Schrittgeschwindigkeit fahren konnte. Entlang von Losbuden, Crêpe-Ständen, Frittenbuden, Schießbuden. Fantastisch.

Vor Zitz' Hotel standen schon die Wagen der Kollegen. Ebenfalls mit Blaulicht. Margot sprang aus dem Auto. Im Foyer entdeckte sie Horndeich. Er sprach mit der Dame an der Rezeption.

»Zitz ist nicht da. Vor einer halben Stunde sagte er, er müsse noch etwas erledigen und er wisse nicht, wann er zurückkäme. Es könne länger dauern, sagen die Damen.«

»Hat er nicht gesagt, wo er hinwollte?«

»Nein. Er sagt uns nicht, wo er hingeht.«

Horndeich drehte sich um, sah seine Kollegin. »Fehlanzeige. Er ist weg. Was jetzt?«

»Zu meinem Vater. Ich hoffe, wir sind noch nicht zu spät.«

Sie stiegen in Margots Wagen. Horndeich knüppelte den Gang ins Getriebe, scherte aus.

Und fuhr, ebenfalls mit Blaulicht und Tröte gen Osten. »Werbespiele, Werbespiele.« Unmittelbar nach Margots Lieblingslosbude landeten sie auf der Alexanderstraße. Den verbleibenden Kilometer bis zur Wohnung ihres Vaters beschleunigte Horndeich auf fast hundert Stundenkilometer. Sie hätte ihn umarmen mögen.

Vor dem Haus sprang Margot aus dem Wagen, klingelte bei ihrem Vater und schob gleichzeitig den Schlüssel ins Schloss. Denn das innere Stimmchen übte sich bereits wieder als Souffleur. *Niemand zu Hause.*

Sie nahm die Stufen im Laufschritt. Die Wohnungstür war abgeschlossen. Sie sperrte die Tür auf, stürmte die Wohnung. »Papa?« Keine Reaktion. Sie ging ins Bad und öffnete die Tür zur Toilette. Nichts. Ihr Vater war nicht in der Wohnung.

»Scheiße!«, fluchte Margot, als sie wie ein aufgescheuchtes Huhn durch die Wohnung flatterte.

»Wir fragen die Nachbarn.« Profitipp vom Kollegen.

Die Schwiegertochter des Vermieters, die in der darunterliegenden Wohnung wohnte, konnte keinen konstruktiven Beitrag zur Klärung des Verbleibs von Margots Vater geben. Frau Angler im Erdgeschoss hingegen schon. Wie oft hatte Margot die Frau verflucht, die stets aus dem Fenster stierte und bereits um fünf Uhr nachmittags die Haustür zweimal abschloss, aus Angst um ihre teure Bettwäsche, sodass die Idee des elektrischen Türöffners ad absurdum geführt wurde. Aber jetzt wusste sie genau, wann ihr Vater das Haus verlassen hatte. Und mit wem.

»Ei, ä iss genau vonnerer halwe Schdund weggegange'«, versicherte Frau Angler. »Unn denn Mann, denn haw isch hiä noch nie gesehe'.« Dann war er auch noch nie hier gewesen ...

»Wie sah er denn aus?«, fragte Margot.

»Ai, isch dääd saache, wie 'n Offizier von de' Bundeswehr. Kräfdisch. Awwer nett mer ganz jung.«

Zitz. So könnten sie den Text auf das Fahndungsplakat drucken. Fantastisch.

»Herzlichen Dank. Sie haben uns sehr geholfen.« Das erste Mal, dass sie es nicht zynisch meinte.

»Was machen wir jetzt?« Horndeichs intelligente Frage. »Ruf deinen Vater doch auf seinem Handy an.«

»Klasse Idee, nur leider hat er gar kein Handy.« Ein Luxus, um den sie ihren Vater insgeheim beneidete. Und den sie jetzt das erste Mal als Fluch empfand.

Sie sah auf die Uhr. Acht. Die Sonne hatte sich bereits verabschiedet.

Margot öffnete den Wagen und griff nach dem Mikro des Funkgeräts. Dann gab sie die Fahndung nach ihrem Vater und Gerhard Zitz raus. »Und Vorsicht, es kann sein, dass Zitz gefährlich ist.« Kraftlos ließ sie das Mikro sinken.

»Ich habe inzwischen entdeckt, was Richard Gerber kurz vor seinem Tod herausgefunden hat. Ich nehme an, dass das der Grund war, weshalb Max ihn umgebracht hat. Als ich die Tagebücher von hinten durchgeblättert habe, bin ich schnell darauf gestoßen.«

»Und was war es?«

Horndeich begann zu berichten.

So viele Menschen um ihn herum. Und doch fühlte sich Sebastian Rossberg allein. Auf dem Boden weggeworfene Lose. Einsame leere Bierflaschen, ein halber Liebesapfel. Ungeliebt und jetzt ungenießbar. *Ich laufe auf den Scherben meines Le-*

bens, dachte er. Hatte er Marie auch nur einen Tag in seinem Leben vergessen können? Nein. Und je älter er wurde, desto mehr wurde ihm klar, dass sie sich damals falsch entschieden hatten. Sie hätten zur Polizei gehen sollen. Aber als Erwachsener sieht man die Konsequenzen klarer. Sie hätten Rüffel, Verweise, richtig Ärger bekommen. Aber nicht mehr. Damals sahen sie sich schon im Knast sitzen.

Als Zitz dann zu ihm kam, ein gramgebeugter alter Mann von zwanzig Jahren, als er seine Fragen stellte, wie er sie allen Kindern ihres Madonnenjahrgangs stellte, um Antworten zu finden, weshalb seine Marie nicht mehr da war, ja, da hätte er ihm fast alles gebeichtet. Aber er war zu feige. Wie auch Max, Ernst und Richard zu feige waren. Und danach – wem hätte er es sagen sollen? Und wozu? Nun, diese Frage konnte er inzwischen beantworten: Er hätte es *irgendjemandem* sagen sollen, um seinen Frieden zu finden. Und – diese Erkenntnis war neu – um *ihm* Frieden zu geben – Gerhard Zitz. Der gerade schweigend neben ihm herlief. Eine Pistole in der Tasche, die er ohne Zweifel benutzen würde.

Rossberg hatte einen Versuch unternommen, Zitz zu fragen, was er vorhabe. Es sei ihm klar, hatte Rossberg gesagt, weshalb er ihn hier in seiner Wohnung aufsuche, aber was wolle er? Zitz hatte ihm die Pistole auf die Brust gesetzt. »Geredet wird später.« Sein Blick war eiskalt gewesen, ohne jeden Funken Emotion. Was auch immer er vorhatte, es schien ein Drehbuch in seinem Kopf zu geben. Er hatte die Waffe in die Tasche zurückgesteckt. Eine Walther P38, noch ein Originalmodell der deutschen Wehrmacht. Wusste der Himmel, wie er an so eine Waffe kam. Wahrscheinlich aufgehoben seit damals, dachte Sebastian.

»Los. Wir gehen.«

Sebastian fragte sich, ob er diesen Tag überleben würde. Es war ein ganz rationaler Gedanke, als ob er einen Fernsehkrimi anschaute. Er verspürte keine Angst in diesem Moment. Er hätte sich auf Gerhard Zitz stürzen können. Hätte sicher eine realistische Chance gehabt, das zu überleben. Vielleicht mit einer Verletzung. Vielleicht auch unverletzt. Aber er spürte eine schwere Trägheit und Müdigkeit. Als habe ihn alle Kraft verlassen, die er immer benötigt hatte, um das Geheimnis zu wahren. Und er wollte keine Geheimnisse mehr wahren. Wollte, dass es zu einem Ende käme. Dass er seinen Frieden fände. Und Zitz den seinen. Und Maries Frieden. Also trottete er in Gedanken versunken neben Zitz her.

Sie erreichten das Schloss, das Gedränge wurde dichter. Sebastian schaute zu Zitz. Der wiederum sah auf das Riesenrad, das am Rand des Marktplatzes stand. Das war sein Ziel? Sebastian Rossberg verstand nichts mehr. Gerhard Zitz legte den Arm um Sebastian. Jeder musste sie für alte Freunde halten, die dem Alkohol ein wenig zu sehr zugesprochen hatten. Womit sie nicht besonders auffielen. Zitz drängte Sebastian durch die Menge, jetzt eindeutig in Richtung des Riesenrades.

Vor dem Kassenhäuschen zog Zitz die Waffe aus der Tasche. Schoss zweimal in die Luft. Das zeigte Wirkung. Die Menschen um sie herum stoben auseinander, schrien, einige warfen sich auf den Boden. Noch ein Schuss. Dann legte er die Waffe an Sebastians Hals und blaffte die junge Frau hinter der Scheibe an: »Alle raus aus dem Riesenrad, alle, und zwar sofort. Jemand macht Zicken, und er ist tot. Wie auch dieser Mann hier neben mir.«

Der Angriff kam plötzlich. Einer der jungen Männer wagte den Sprung auf Zitz. Doch er unterschätzte dessen Reaktionsvermögen. Blitzschnell drehte der sich zur Seite und schoss dem Angreifer ins Bein. Noch bevor der Mann schreiend zu Boden gegangen war, spürte Sebastian Rossberg den Lauf der Waffe wieder an seinem Hals. Jetzt warm.

»War ich deutlich genug?«

Die Menschen drängten sich immer weiter vom Riesenrad weg, waren froh, dass Zitz offenbar kein Amokläufer war, sondern nur diesen Mann neben sich bedrohte. Und die beiden jungen Helfer begannen, die Gondeln zu leeren. Viele protestierten, doch ein Blick auf Zitz und Rossberg wirkte wie ein Schalter, der den Ton ausknipste.

Zitz stand regungslos, die Waffe an Sebastians Hals gepresst. Er schaute sich immer wieder um, doch niemand rührte sich vom Fleck.

»Alle leer«, sagte der größere der beiden Männer.

»Gut. Wir werden da jetzt einsteigen. Dann werden Sie uns ganz nach oben bringen. Wenn wir dort sind, halten Sie das Rad an. Und wenn es sich danach auch nur einen Millimeter bewegt, ist Sebastian Rossberg ein toter Mann.«

Wieder feuerte er zwei Patronen in die Luft.

Die Antwort ein Kollektivschrei.

Zitz setzte ein Grinsen auf, das Sebastian sofort an Jack Nicholson erinnerte. »Ich bin verrückt.« Noch ein Schuss. »Und ich habe nichts mehr zu verlieren. Ist das klar?«

Und du hast nur noch zwei Kugeln im Magazin, dachte Rossberg.

Die Frau hinter der Glasscheibe nickte ängstlich.

»Auf gehts, Sebastian.«

Damit schob er ihn in eine der Gondeln.

Ein Filmtitel fiel Sebastian ein. *Wenn die Gondeln Trauer tragen.* War aber anders gemeint gewesen ...

Als sich das Riesenrad in Bewegung setzte, verspürte er zum ersten Mal, seit Zitz ihn abgeholt hatte, Angst.

Angst um sein Leben.

Das Funkgerät verkündete den Notfall. Geiselnahme am Riesenrad. Ein älterer Mann habe einen ebenfalls nicht mehr ganz jungen Herrn als Geisel genommen. Der Täter habe eine Schusswaffe und nutze sie auch. »Alle Einheiten bitte zum Präsidium.«

»So, jetzt wissen wir wenigstens, wo sie sind …« Margot griff zum Mikro, funkte die Einsatzleitung an. Sie teilte ihnen mit, dass es sich bei dem Geiselnehmer aller Wahrscheinlichkeit nach um Gerhard Zitz handle, und die Geisel sei ihr Vater. Also keine Experimente bitte.

»Fahren wir los?«, fragte Horndeich, nachdem Margot das Mikro wieder in die Halterung geklemmt hatte, jedoch keine Anstalten machte, den Zündschlüssel zu drehen.

»Nein. Ich gehe direkt hin.«

»Habe ich da was nicht mitgekriegt, oder hieß es da nicht gerade ›alle Kräfte zur Einsatzzentrale‹?«

»Das ist mir schnuppe. Mein Vater wird gerade von einem Irren festgehalten. Ich gehe dahin.«

»Gut. Dann komme ich mit.« Horndeich konnte ihren Blick nicht deuten. Lag Dankbarkeit darin?

Sie kämpften sich im Dauerlauf durch den Festbetrieb in Richtung des Riesenrades. Sie konnten es sehen. Es war nur einen halben Kilometer entfernt. Doch zwischen ihnen und der Attraktion stand in etwa die halbe Bevölkerung Darmstadts. Sie drängten sich durch die Menge, wobei sich bei Margot immer wieder das Sardinenbüchsengefühl einstellte. Dennoch schafften sie den Weg in drei Minuten.

Polizisten hielten die Menschen vom Marktplatz fern. Margot wies sich aus, fragte einen Kollegen, wer den Einsatz leite.

»Hauptkommissar Peter Braun.«

»Dann bringen Sie uns bitte zu ihm.«

Kollege Braun stand unweit der Frittenbude, gab Anweisungen über das Headset. Das Riesenrad war inzwischen weiträumig abgesperrt worden, der Platz fast leer wie morgens um sieben.

Margot kannte Braun schon lange. Sie hatten gleichzeitig die Polizeischule besucht. Er hatte ihr sogar Avancen gemacht. Braun war Margot zwar immer sympathisch gewesen, aber nicht mehr und nicht weniger. Inzwischen war er

Vater seiner vierten Tochter geworden. Doch ab und zu tranken sie noch ein Bier zusammen. Und Ben mochte den rundlichen, gemütlichen Mann ebenfalls.

Ben.

Der stand hinter Braun.

Und neben Ben stand Rainer.

Die Gondel schwang noch sanft nach – und Gerhard Zitz schwieg noch immer. Er saß direkt neben Sebastian und hielt ihm nach wie vor die Pistole an den Hals. Scharfschützen mussten das Bild eines grotesken Liebespärchens gewinnen.

Sebastian war in Gedanken versunken, sodass er Gerhards Worte zuerst kaum wahrnahm.

»Dein feines Quartett hat mein Leben zerstört«, zischte er. »Kein Tag, an dem ich nicht an euch gedacht habe. Kein einziger.«

Da haben wir etwas gemeinsam, dachte Sebastian, hütete aber seine Zunge. Stattdessen fragte er: »Ernst hat es dir erzählt, nicht wahr?«

»Klar. Max, die falsche Ratte, bestimmt nicht.«

»Wie lange weißt du es schon?« Sebastian rechnete selbst nach. Als er Zitz bei der Eröffnung des Heinerfestes getroffen hatte, schien er noch nichts gewusst zu haben. Zumindest hatte er es sich nicht anmerken lassen.

»Seit Donnerstag. Abends. Im Hamelzelt. Ernst erzählte mir alles. Dass er Krebs habe, dass er nicht mehr lange leben würde, dass er mit seinem Bruder Klarschiff mache. Ich unterbrach ihn, fragte ihn, warum er mir das alles erzähle. Er antwortete nur, ich solle mich noch etwas gedulden. Dann kam er auf Davos zu sprechen. Auf die größte Schuld, die er in seinem Leben auf sich geladen habe. Er habe dafür bezahlt, ein Leben lang, aber nur mit Geld. Nie mit Reue dem gegenüber, für den es am schlimmsten gewesen war. Er sprach auch davon, dass Max ihn erpresst habe. Oder er sich habe erpressen lassen, seine Art selbst erteilter Absolution. Dann erzählte er von eurem sauberen Trip auf dem See. In allen Details.«

Rossberg wollte sich in eine etwas bequemere Lage bringen, doch Zitz blaffte: »Beweg dich bloß nicht.«

Er spürte, wie sein rechter Fuß einschlief. Doch er gehorchte. Er würde alles tun, um sein Leben noch ein bisschen zu verlängern.

»Ich konnte nicht fassen, was ich hörte. Es war, als ob mir jemand erzählt hätte, meine Mutter sei ein Mann gewesen. Ich habe immer gegrübelt, weshalb sie im *Nachthemd* ins Wasser gegangen sein sollte. Verstand es nicht. Irgendwann lebte ich mit der Theorie, dass sie den Zeh ins Wasser stecken wollte, unglücklich fiel und durch Strömungen abgetrieben wurde. Und dann präsentierte sich Ernst mir als Mörder im Boot. Auch an ein Boot habe ich immer wieder gedacht, aber Marie wäre ja nie mit einem Fremden in ein Boot gestiegen. Es dauerte Minuten, bevor ich wirklich begriff, was Ernst mir da erzählte. Dann verabschiedete er sich. Sagte, dass es für Entschuldigungen zu spät sei, und er wolle sich und mir die Würdelosigkeit eines solchen Unterfangens nach fünfzig Jahren ersparen. Ich begleitete ihn nach draußen. Dann kamen die Fragen. Wieso? Wieso ist ihr niemand hinterhergesprungen? Warum ist niemand stante pede zum Ufer gerudert, hat geschrien, um Hilfe gerufen.

Er konnte mir keine Antworten geben. Und in diesem Moment sind Wut und Hass unerträglich geworden. Dreiundfünfzig Jahre habe ich darauf gewartet, endlich herauszufinden, wer für Maries Tod verantwortlich war. Und nun lief der Mörder vor mir her. Einer der Mörder. Ich hatte noch die halb volle Flasche Bier in der Hand. Und schlug zu. Die Flasche zerbrach. Als er auf dem Boden lag, stach ich zu, immer wieder. Dann kam ich zu mir. Rollte ihn ins Gebüsch und ging nach Hause. Das Komische war, ich fühlte mich nicht schuldig, sondern nur seltsam befreit. Und je mehr ich darüber nachdachte, umso klarer wurde mir, dass ich es jetzt zu Ende bringen musste. Auch die anderen sollten ihre gerechte Strafe bekommen.«

Sebastian spürte sein Bein nicht mehr. Er war versucht, sich durch Bewegung ein bisschen Linderung zu verschaffen. Aber Gerhard Zitz hatte sich so in Rage geredet, dass er kaum zögern würde, einfach den Abzug durchzuziehen.

»Was in aller Welt macht ihr hier?«, fragte Margot ihren Sohn.

»Ich habe gerade mit Rainer eine Tüte Fritten gegessen, als es losging.«

»Wie lange sind sie schon da oben?«, wollte Margot von Braun wissen.

»Vielleicht fünf Minuten.«

»Es sind Zitz und mein Vater, nicht wahr?«

»Ja.«

»Scharfschützen?«

»Ja. Im Schloss. Im Rathaus. Und in der Kuh-Wohnung.« Margot wusste sofort, welche Wohnung gemeint war. In der Häuserzeile westlich des Marktplatzes hatte ein Mieter vor Jahren – oder waren es nicht schon Jahrzehnte? – eine lebensgroße Plastikkuh auf den Balkon gestellt. Sie hatte sich inzwischen schon zum heimlichen Markenzeichen des Marktplatzes entwickelt.

»Habt ihr Kontakt zu Zitz?«

»Nein. Keine Forderungen, nichts. Nur eine eindrucksvolle Demonstration, dass man sich besser seinen Forderungen fügt. Der Leidtragende ist schon auf dem Weg ins Krankenhaus, Durchschuss durchs Bein.«

»Was habt ihr vor?«

»Im Moment erst mal warten. Ein Beobachter sagt, er wirkt ziemlich nervös, redet die ganze Zeit. Wir können keinen direkten Kontakt aufnehmen. Zitz hat kein Handy. Und selbst wenn wir ihn über ein Megafon anbrüllen, kann er nicht antworten. Keine Ahnung, was der Typ eigentlich will ... Er hat die Pistole direkt am Hals von Ihrem Vater. Wenn wir schießen, ist das Risiko viel zu groß.«

»Verdammt.« So viele Überlegungen auf einmal. Was hatte Zitz vor? Sie konnte es drehen und wenden, wie sie wollte. Es wirkte alles wie das große Finale eines Dramas. Er würde ihren Vater richten. Und dann wahrscheinlich sich selbst. Aber was konnte sie tun? Und ganz langsam formte sich der Gedanke, wie sie vielleicht das Leben ihres Vaters retten könnte. Was sie hoffentlich nicht mit dem eigenen bezahlen musste.

»Und Max?«

»Ich stand vor seiner Tür, Samstagabend. Aber Herbert war immer noch da. Ich konnte durchs Fenster im Garten sehen, wie die beiden stritten. Eine halbe Stunde später ging Herbert. Kaum war er weg, klingelte ich. Das Überraschungsmoment war auf meiner Seite. Max dachte, sein Sohn wäre zurückgekommen. Er bat mich herein, wunderte sich, schien aber keine Ahnung zu haben, warum ich ihm den Besuch abstattete. Ich sprach ihn sofort auf Marie an. Im Gegensatz zu Ernst aber hatte Max keinerlei schlechtes Gewissen geplagt. Er gab sich selbstgerecht, war sich keiner Schuld bewusst. Erzählte das Märchen, er habe die anderen noch dazu bringen wollen, Marie nachzuspringen. Da habe ich den Schürhaken gegriffen. Es ging schnell. Und es war richtig. Ich habe die Türgriffe und den Haken abgewischt, dann bin ich gegangen. Und um Max war es nicht schade.«

»Aber um Ernst?«

»Nein. Vielleicht um dich. Ein bisschen. Aber jetzt sitze ich hier oben. Und wenn sich dieses Riesenrad wieder bewegt, dann bin ich entweder tot oder habe für den kurzen Rest meines Lebens Gefängnis vor mir.«

Damit hatte Zitz zweifellos recht.

»Also werde ich es zu Ende bringen.«

»Wie kriegen wir meinen Opa da heile runter?« Ben wandte sich ebenfalls direkt an Braun.

Der Gedanke war nun glasklar.

»Und warum ist er überhaupt da oben? Was will dieser Irre von ihm?«

Margot sah ihren Sohn an. »Das erkläre ich dir später. Ich gehe jetzt da hoch und hole ihn.«

»Bist du verrückt?«, echoten Ben, Rainer, Horndeich und Peter Braun unisono.

»Nein. Es ist die einzige Chance, Zitz zur Räson zu bringen.« Sie wandte sich an Horndeich: »Ich werde ihm erzählen, was du in Richards Tagebuch gelesen hast. Wenn überhaupt, dann wird ihn das zur Vernunft bringen. Pass du auf, dass die das Scheißding nicht bewegen.«

Dann drehte sie sich zu Rainer. »Bevor ich da hochgehe, möchte ich noch eins wissen: Wer ist die Tussi im roten Kleid?«

»Die wer?« Es dauerte ein paar Sekunden, bis Rainer begriff, was Margot meinte. »Mein Gott, Margot, das ist meine Cousine! Susanne! Hast du sie wirklich nicht erkannt?«

Nein. Hatte sie nicht. Das letzte Mal hatte sie Susanne Selger auf der Schule gesehen. Und da hatte sie einen dunklen hüftlangen Zopf getragen.

»Margot, mach das nicht, geh da nicht hoch!«, versuchte Rainer, Margot zu bremsen.

»Doch, Rainer, das ist die einzige Chance, die mein Vater hat. Ben, ich muss kurz mit dir reden.«

Rainer sah sie an, als sei sie soeben zum Alien mutiert. Sie nahm ihren Sohn beiseite, führte ihn drei Schritte von den anderen weg.

»Also, wegen gestern Abend, es tut mir leid«, stammelte Ben. Sie wischte die Bemerkung mit einer Handbewegung zur Seite. »Hör mir gut zu. Ich möchte, dass du etwas weißt. Dein Opa ist da oben, weil er jahrzehntelang ein schlechtes Geheimnis für sich behalten wollte.«

»Was ...?«

Sie ließ die Unterbrechung nicht zu. »Nicht nur er hat schlechte Geheimnisse. Ich auch.« Bei diesen Worten zog sie das gefaltete Fax aus der Innentasche. »Lies es. Und vielleicht siehst du irgendwann eine Möglichkeit, mir zu verzeihen.«

Sie küsste ihren Sohn, drehte sich um und ging an den anderen vorbei.

»Wünsch mir Glück, Horndeich.«

»Steffen. *Lieber* Steffen.«

»*Steffen.* Ja, ist besser.«

Rainer. Was sollte sie ihm sagen? Nichts. Genug der Worte.

Sie gab ihm einen Kuss auf den Mund.

Dann ging sie zum Riesenrad hinüber. Hatte sie sich nicht Donnerstag geschworen, nie wieder zu klettern? *Einen Tanzkurs kann ich ja trotzdem noch machen*, war ihr letzter Gedanke, bevor sie mit der Hand den Stahl des Gerüstes umfasste.

»Dann schieß doch endlich!« Jetzt fing auch das andere Bein zu kribbeln an. Tausend Stecknadeln traktierten die Muskeln, unterstützt von einer Ameisenautobahn auf der Innenseite der Haut. Er war an einem Punkt angelangt, an dem ihm jedes Ende dieses Dramas recht war, wenn er sich nur endlich bewegen konnte. Oder zumindest nichts mehr spürte.

Zitz reagierte nicht. Aber auch er wusste, dass sie nicht mehr lange hier sitzen können würden. Wenn Zitz seine Waffe wegnähme, wäre er in diesem Moment ein toter Mann.

»Gerhard, eins würde mich noch interessieren.«

»Was?«

»Warum hier, wieso dieser Tanz auf dem Riesenrad? Du hättest mich doch gleich umpusten können. In meiner Wohnung.«

Zitz lachte auf. Es war ein galliges Lachen. Es war das Geräusch, das seine ganze Verbitterung besser zeigte als jedes Wort. »Weißt du, was, Sebastian, in dem Jahr, in dem sie nach Davos gefahren ist, da hat Darmstadt das erste Mal das Heinerfest gefeiert. Ihr solltet kurz vor dem Fest zurückkommen. Marie war damals ganz aus dem Häuschen. Ich hatte von ein paar Amerikanern gehört, dass sogar ein Riesenrad auf dem Fest aufgebaut würde, und habe das Marie erzählt. Sie hat sich gefreut wie ein König. Und weißt du, was sie mir gesagt hat?«

»Nein.« Woher auch? Aber Sebastian wusste, dass dies wahrscheinlich die letzte Geschichte war, die er in seinem Leben hören würde.

Es war nicht einfach, immer sicheren Halt zu finden. Dennoch hangelte sie sich Stück für Stück an dem Gerüst nach oben. Sie erreichte die Achse. Von jetzt an wurde es noch haariger, denn sie musste nun über die Streben des Rades weiter nach oben. Sie fühlte sich unwohl, weil sie keinerlei Gurte und Seile hatte. Umso mehr konzentrierte sie sich auf jeden Schritt und jeden Griff.

Aus den Augenwinkeln nahm sie wahr, wie ein Ü-Wagen des ZDF neben dem Kaufhof bremste. Kam sie also auch ins Fernsehen. Hoffentlich lebend.

»Wir saßen draußen, auf der Bank vor der Wohnstube. Die Sonne schien, es war warm, es war ein wunderbarer Sommerabend. Marie sah mich an, und dann sagte sie, wenn sie wieder da wäre, wolle sie mit mir in diesem Riesenrad fahren. Mit mir über die Stadt schauen, übers Land – und das ganz, ganz oft. Dabei hat sie meine Hand genommen, Sebastian. Das erste Mal. Trotz der Sonne war ihre Hand kalt, und ich versuchte, sie zu wärmen. Ich legte meinen Arm um sie, und sie ließ es geschehen. Sah mir in die Augen. Nickte nur leise. Und ihr Blick war das Versprechen, nicht mehr meine kleine Schwester sein zu wollen, sondern meine Frau. Sie gab mir einen Kuss auf die Wange, zum allerersten Mal, dann ließ sie ihren Kopf an meine Schulter sinken und schlief ein. Und diese Stelle an meiner Wange, Sebastian, diese Stelle habe ich mein Leben lang gespürt.«

Einen Moment schwiegen sie beide, dann fuhr Zitz fort: »Das war der Moment, auf den ich gewartet hatte, seit ich sie damals aus dem verdammten Haus zog. Ich fuhr jeden Tag in die Stadt, hätte Mädchen haben können noch und noch. Aber, Sebastian, ich war ihr treu. Ich wollte nichts und niemanden anderen. Und ich wusste, ich würde auf dem Riesenrad um ihre Hand anhalten. Wenn sie wieder da wäre. Wenn sie endlich wieder da wäre, nach diesen verdammt langen vier Wochen.«

Sie war unterhalb der Gondel angekommen. Hatte Zitz' letzte Wortfetzen vernommen.

»Ich hätte mit ihr leben können«, sagte Zitz.

»Nein, das hätten Sie nicht«, rief Margot. Langsam schob sie sich an der Gondel entlang und schaute über das Geländer der runden Kabine wie ein Tütenkasper. Der entscheidende Moment. Vielleicht zielte er auf sie.

»Verschwinden Sie, Margot. Das geht nur mich und Ihren Vater etwas an. Wenn Sie hier reinkommen, ist Ihr Vater ein toter Mann.«

Er war schlau genug gewesen, die Waffe nicht von Sebastians Hals zu nehmen. In diesem Moment hätte ihm ein Scharfschütze ein Loch in seinem Kopf platziert.

»Ich verschwinde nicht. Denn es hätte nie ein Leben für Sie und Marie Steeb gegeben.«

»Woher wollen ausgerechnet *Sie* das wissen?«

Lange konnte sie sich in dieser Position nicht mehr halten. »Erzähle ich Ihnen gleich«, schnaufte sie. »Ich komme jetzt rein.«

Dann zog sie sich neben der Gondel hoch und kletterte hinein.

»Der Einzige von euch vieren, den Maries Tod wirklich nicht losgelassen hat, war Richard Gerber«, sagte sie an ihren Vater gewandt. »Sein ganzes Tagebuch, sechsunddreißig eng beschriebene Kladden, ist voll von Marie. Und immer wieder fragte Richard sich, was eigentlich mit Marie los war, bevor ihr sie ins Wasser geschmissen habt.« Sie wandte sich Zitz zu, der immer noch die Waffe gegen Sebastians Hals gedrückt hielt. »Wissen Sie es?«

»Nein. Der Arzt hat mir nichts gesagt. Sagte mir nur, dass sie schwach und diese Luftveränderung das Beste für sie wäre.«

»Ja. Aber *warum* hat ihr Puls in dem Boot von einer Sekunde auf die andere ausgesetzt? Letztendlich war die Suche nach der Antwort der Grund für Richard gewesen, dass er Medizin studiert hatte. Er forschte, forschte und suchte nach einer Antwort. Im Juni 1976 bekam er sie endlich, ein Vierteljahrhundert nach der schrecklichen Nacht. Er fand auf einem Kongress endlich den Arzt, der Marie Steeb damals in Reinheim untersucht hatte. Der erinnerte sich an das Mädchen und erzählte Richard, dass sie an fortgeschrittener Leukämie gelitten habe. Er habe nichts für Marie tun können – nur dafür sorgen, dass sie für vier Wochen in besseres Klima kam, richtig ernährt wurde, in der Hoffnung, ihr Leben noch ein klein wenig verlängern zu können. Er hatte es durchgeboxt, sich persönlich an Prinzessin Margaret gewandt, da Marie mit sechzehn Jahren eigentlich schon zu alt gewesen war. Und da hatte Richard seine Antwort. Während eurer Ruderpartie haben einfach ihre Organe versagt, was auf die Krankheit zurückzuführen war. Der Schock durch das eiskalte Wasser habe das Herz noch einmal schlagen lassen. Wäre sie nicht ins Wasser gefallen, wäre sie nicht mehr aufgewacht. Und der Sturz ins Wasser hätte ihr Leben, selbst wenn ihr sie zurück ins Boot hättet hieven können, nur um Stunden verlängert. Nicht einmal mehr um Tage.«

Zitz schwieg.

»Es geht noch weiter, Herr Zitz. Richard wollte seine Entdeckung, nachdem er Gewissheit hatte, den anderen dreien erzählen, um den Druck des Gewissens zumindest ein wenig zu mildern. Er schrieb auch davon, es Ihnen zu sagen. Der Zufall wollte es, dass er Max telefonisch zuerst erreichte. Doch Max erkannte, dass er Ernst kaum mehr würde erpressen können, wenn Richard ihm die Geschichte erzählte. Dessen schlechtes Gewissen und deines, Papa, sorgten für seinen Lebensunterhalt. Keine Schuldgefühle wegen Marie, keine Kohle. Und er hatte keine Lust, auf das angenehme Leben zu verzichten, in dem er sich so heimelig eingerichtet hatte. Also sagte er am Telefon, er würde die Zwillinge zusammentrommeln, und sie würden abends zu dritt in Berlin ankommen – einen besseren Anlass für ein Wiedersehen zu viert könne es kaum geben. Richard erklärte sich einverstanden. Und schrieb als letzten Satz in sein Tagebuch: ›Mein Gott, was freue ich mich, die drei wiederzusehen.‹«

Ein Schluchzen ging wie ein Ruck durch Gerhard Zitz' Körper, gefolgt von weiteren Schluchzern. Seine Waffe fiel auf den Boden. Margot streckte den Daumen in die Luft. Die Scharfschützen würden es sehen. Und in wenigen Minuten wäre sie hoffentlich wieder unten.

Sebastian rückte ein paar Zentimeter von Gerhard Zitz ab. »Und was ist in Berlin genau passiert?« Ihr Vater massierte sich seine Beine.

»Wir wissen es nicht ganz genau. Die Polizei in Berlin hatte eine Zeugin gefunden, die eine heftige Auseinandersetzung zwischen Richards Mörder und Richard gehört hatte. Vielleicht hatte Max Richard vorgeschlagen, den Gewinn der Erpressung zu teilen. Das werden wir nie genau erfahren. Zumindest hat Richard seine Loyalität mit dem Leben bezahlt.«

Steffen Horndeich klopfte seiner Kollegin auf die Schulter, als sie aus der Gondel stieg. »Reife Leistung, Margot.« Ben stürzte auf sie zu und fiel ihr in die Arme. »Ich bin stolz auf dich, Mama.«

Tränen standen ihr in den Augen.

Margots Kollegen führten Gerhard Zitz ab. Rainer half Sebastian Rossberg aus der Gondel.

»Du hast das Fax gelesen?«, flüsterte sie ihrem Sohn ins Ohr. Das Fax mit der Antwort auf die Frage, die sich Margot immer wieder gestellt hatte. Und um deren Beantwortung sie sich Freitag nach dem Disput mit ihrem Spiegelbild nicht weiter drücken wollte. Ein Kamm von Ben. Die Bürste von Rainer. Ein Gefallen, den ihr eine Bekannte aus einem gentechnischen Labor noch schuldete. Und achtundvierzig Stunden später die Gewissheit, dass Ben Rainers Sohn war. Nicht der von Horst.

Ben nickte. »Schon gestern. Als es aus dem Fax kam. Vielleicht war ich deshalb auch so angestochen. Aber ich konnte dich gestern nicht darauf ansprechen. Wollte dir auch immer sagen, dass ich das Studium abgebrochen habe. Vielleicht erzählst du mir ja mal genau, was damals passiert ist. Keine Geheimnisse mehr.«

»Zumindest keine solchen«, sagte sie und knuffte ihren Sohn in die Seite.

»Keine solchen. Ja.«

»Hast du es Rainer gesagt?«

»Ja, letzte Nacht schon.«

»Wie hat er reagiert?«

»Er wusste es schon.«

»Was?« Wie sollte das denn möglich sein? Er war doch gar nicht mehr in ihrer Wohnung gewesen.

»Frag ihn selbst. Ach ja, noch was. Heute habe ich übrigens die Bestätigung vom Städel in Frankfurt bekommen – ich bin angenommen. Ein Studienplatz für Kunst.«

Ziemlich viele Überraschungen für zwei Minuten. »Hey, wollen wir dann nicht zu dritt etwas essen gehen?«

Ben grinste verlegen. »Geht nicht.«

»Warum? Komm, du darfst aussuchen!«

»Nein, ich muss jetzt mein Privatleben pflegen gehen.«

Eine junge Frau trat aus dem Schatten hervor. *Nicht Lisa*, war ihr erster Gedanke. *Eine Nette*, der zweite. Sie war etwas kleiner als Ben, hatte langes blondes Haar – und lachende Augen.

„Das ist Iris – und das ist meine Mutter Margot."

Sie gaben sich die Hand. »Tolle Nummer, die Sie da oben abgezogen haben, Respekt.«

»Danke. Ja, bin halt so eine Draufgängernatur.«

»Ich weiß ja nicht, ob du für dein Privatleben etwas tun willst – ich komme heute Nacht auf jeden Fall nicht heim.«

»Hau schon ab, Quatschkopf!« Wie alt musste man sein, um für solch ein unverschämtes Grinsen keine mehr geschmiert zu bekommen? Zwanzig schien hinzuhauen.

Als sie sich umdrehte, stand auch Horndeich – Steffen – nicht mehr allein. Margot erkannte das Gesicht, hatte aber keine Ahnung, wo sie es einordnen sollte.

»Wenn du mich nicht mehr brauchst, dann mache ich mich jetzt auch vom Acker.« Er machte keine Anstalten, die Dame vorzustellen. Sollte ihr recht sein. Er würde morgen davon erzählen.

Und schon waren die beiden weg.

Blieben noch ihr Vater und Rainer.

»Na?«, sagte sie etwas verlegen.

»Hat 'ne hübsche Freundin, euer Sohn.« *Euer* Sohn? Woher in aller Welt wusste denn ihr Vater ...? Rainer! Doch der schaute genauso verdutzt aus der Wäsche.

»Was schaut ihr mich denn so an? Also bin ich denn der Einzige, der hier Augen im Kopf hat? Spätestens seit der Bub aus der Pubertät raus ist, kann er dich wirklich nicht mehr verleugnen.«

»Wollen wir vielleicht noch was essen gehen?«, fragte Margot nochmals.

»Geht ihr mal. Bin sicher, ihr habt euch viel zu sagen«, grinste ihr Vater. »Außerdem muss ich jetzt etwas laufen. Meine Beine sind da oben vielleicht eingeschlafen ...«

Er drückte seine Tochter an sich. »Danke«, flüsterte er ihr ins Ohr. Dann ging er langsam aufs Schloss zu, ohne sich umzudrehen.

Diesmal war es Margot, die nach Rainers Hand griff. Fast schon wieder so automatisch wie früher.

Gemeinsam schlenderten sie vom Platz. An die nächste Wurstbude.

»Wie lange weißt du es schon?«, fragte Margot, als sie nach der Bratwurst noch von einem Fischbrötchen abbiss.

»Ben kam nach Kassel. Wir trafen uns zufällig im Museum im Schloss Wilhelmshöhe, vor gut einem Jahr. Er widmete sich gerade den alten Meistern, stand vor einem Bild von Dürer. Wir kamen sofort miteinander ins Gespräch. Als er erfuhr, dass ich Kunsthistoriker bin, hatte er natürlich den richtigen Mann für all seine Fragen. Er wollte raus aus dem BWL-Studium, wusste aber nicht, wie er weitermachen sollte. Und er zeigte mir seine Mappe. Da wusste ich dann schon, dass er dein Sohn ist. Ich war ein bisschen sein Mentor.«

»Und wann kam dir der Verdacht, dass er dein Sohn sein könnte? Und warum hat er mir nichts erzählt?«

»Er wollte mit dir reden, sowie er einen Studienplatz hätte. Und mir kam der Verdacht sehr schnell. Als er sich mit dem Kopf an der Kante der Küchentür stieß und ich die Wunde kühlte, riss ich ihm ein paar Haare aus. Der Rest lief wahrscheinlich ähnlich wie bei dir. Ich weiß es seit fünf Monaten.«

»Und warum hast du mir nichts gesagt?«

»Das wollte ich. Deshalb habe ich überhaupt bei diesem Madonnentreffen mitgemacht und deinen Vater gefragt, ob er mich in deinem Haus einschleusen könne, weil ich mit dir über etwas Wichtiges reden müsse.«

Hatte sie doch recht gehabt ... »Kein Buch über Holbein?«

»Na, vielleicht irgendwann.«

Sie sah Rainer an. So viele Fragen. So vieles zu sagen. Und doch kam kein weiteres Wort über ihre Lippen. Sie hielten sich nur an der Hand.

»Noch ein bisschen Musik?«, fragte Rainer.

»Gern.«

Sie schlenderten in den Schlosshof. Auf einer kleinen Bühne etwas abseits spielten die »Acoustixs featuring Eliza«. Zwei Gitarristen, eine Sängerin. Leise, schön, fast intim. Zwei Männer um die vierzig hatten es sich auf den Steinstufen direkt vor den Musikern bequem gemacht, ein paar weitere Zuhörer standen etwas weiter entfernt in lockerem Halbkreis.

Margot stellte sich vor Rainer, lehnte sich an ihn. Sie ließ den Kopf an seine Schulter sinken.

Die Sängerin interpretierte gerade ein Lied von Patricia Kaas – »Mon Mec à Moi« –, als die ersten Knaller das Feuerwerk ankündigten.

Schillernde Farben erleuchteten den Himmel, zerstoben, um von den nächsten Farbsternen ersetzt zu werden.

»Ja, ich dich auch. Immer noch«, flüsterte Rainer in ihr Ohr. Und Margot erlaubte sich, ein kleines bisschen glücklich zu sein.

Ende

Nachwort

Die Madonnenkinder hat es wirklich gegeben – und das Heinerfest gibt es hoffentlich noch lange. Die Personen des Romans sind jedoch frei erfunden – abgesehen von den wenigen historischen Darmstädtern. Die Brandnacht 1944 hingegen war sehr real. Auch wenn die Frage nach der Verhältnismäßigkeit der Bombardierung in diesem Buch nicht thematisiert wird, so schwingt sie heute wie selbstverständlich in jedem Satz über diese Nacht mit – und in jedem Gedanken derer, die sie erlebt haben. Eine meiner Ansicht nach sehr treffende Analyse hierzu bietet der Aufsatz »Der Krieg in uns« von Klaus Honold, erschienen im Buch *Darmstadt im Feuersturm* im Wartberg Verlag. Dieses Buch verdient auch deshalb besondere Beachtung, weil in ihm die Kinder von damals zu Wort kommen, all die Zitzes, Rossbergs und Denglers.

Ebenfalls ganz real sind folgende Personen, die mich mit ihrer Fachkenntnis und Kritik beim Projekt »Madonnenkinder« unterstützt haben. Und auch wenn ich selbst beim Lesen eines Romans die Dankesworte oft nur überfliege – tun Sie es nicht, denn die Damen und Herren haben den Dank wirklich verdient.

Damit ich die gröbsten Fehler bei der Beschreibung der polizeilichen Ermittlungsarbeit vermeiden konnte, haben mehrere Mitarbeiter der Darmstädter Polizei meine Fragen ertragen und stets erschöpfend beantwortet. Erika Göller hat mich eintauchen lassen in die Welt der Madonnenkinder in Davos. Joachim Becker und Harald Knittel gaben mir wertvolle Tipps, wenn ich rechtliche Fragen hatte. Sabine Welsch hat mir alle Fragen zum Heinerfest beantwortet. Und Jürgen Kron vom Societäts-Verlag hat an das Buch geglaubt. Ein Dankeschön an sie alle. Besonderer Dank gilt auch Marion, Beate und Jochen, die in der Anfangsphase zig Versionen der Handlung erdulden mussten, bis die Geschichte rund war. Schließlich möchte ich auch Bettina danken, die in der Schlussphase des Schreibens nicht mit Anregungen und Kritik gespart hat – ohne dich hätte das Buch bestimmt ein paar »Anschlussfehler«, wie die Filmleute so schön sagen. Nicht zuletzt geht der Dank an die Schafherde und ihre Spenderin. Die vier waren Inspiration pur!

Alle diese Menschen haben mir ihr Wissen und ihre Zeit geschenkt. Und sollte ich nun jemanden vergessen haben, tut es mir aufrichtig leid. Ein Bier im Pueblo wird als Entschuldigung jederzeit gewährt.

Michael Kibler